KB009107

신마협도

권용찬 신무협 장편 소설

ORIENTAL FANTASY STORY & ADVENTURE

8

dream
books
드림북스

신마협도 8
능견난사(能見難思)

초판 1쇄 인쇄 / 2010년 7월 9일
초판 1쇄 발행 / 2010년 7월 16일

지은이 / 권용찬

발행인 / 오영배
편집장 / 김경인
편집 / 윤대호, 신동철
펴낸 곳 / (주)삼양출판사 · 드림북스

주소 / 서울특별시 강북구 송천동 322-10호
대표 전화 / 02-980-2112 팩스 / 02-983-0660
편집부 전화 / 02-980-2116 팩스 / 02-983-8201
블로그 / blog.naver.com/dreambookss

등록번호 / 제9-00046호
등록일자 / 1999년 3월 11일

ⓒ 권용찬, 2010

값 8,000원

(주)삼양출판사 · 드림북스의 서면 허락 없이는 어떠한
형태나 수단으로도 이 책의 내용을 이용하지 못합니다.

ISBN 978-89-542-3845-8   04810
ISBN 978-89-542-3561-7   (세트)

* 지은이와 협의하에 인지는 생략합니다.
* 잘못된 책은 구입한 곳에서 바꾸어 드립니다.

신마협도

8 능겨난사(能見難思)

권용찬 신무협 장편 소설

ORIENTAL FANTASY STORY & ADVENTURE

능견난사(能見難思)  **❽**
능히 보고도 생각하기는 어려우니
눈으로 잘 볼 수 있으나 이치는 깨닫기가 어렵다.

목차

第二十三章

　려강에서 예상치 못한 패배를 당하고 물러나야 했던 홍문한은 일귀 하봉의 시신을 수습해야 한다면서 빠져나간 이귀 상조면과 삼귀 송노칠을 기다리지 않고 곧장 팔공산으로 이동했다.

　떠날 때보다 몇 배나 많은 시일이 걸린 끝에 팔공산으로 귀환한 홍문한과 적룡대의 모습은 참으로 형편없었다.

　싸움 중에 말을 남겨두고 왔기에 걸어서 이동해야 했고, 타 문파들이 그들의 패배를 알지 못하도록 최대한 사람들과의 접촉을 피하며 외진 곳으로만 경유했기에, 제대로 준비되지 않은 야숙으로 고생이 심했던 것이다.

당연히 팔공산에 다다랐을 때쯤 홍문한의 분노와 복수심은 더 이상 차오를 수 없을 만큼 극에 이르러 있었다.

허나, 귀환하자마자 성주를 찾아가 무력대를 구성하고 토벌을 시작해야 한다고 강하게 주장하려 했던 홍문한은 비룡지 안으로 들어서기도 전에 상관미조에 의해 진로가 막혔다.

홍문한의 시선을 받은 상관미조는 적룡대 대주 손패와 적룡무사들을 눈짓으로 가리키고는 둘이서만 따로 이야기하자고 말했다.

홍문한은 그녀와 함께 적룡대와 멀찍이 떨어져 대화를 시작했다.

"내가 오는 걸 잘도 알고 나왔구나?"

"명색이 천문당의 부당주니까요."

"려강에서 어떤 일이 있었는지도 알고 있느냐?"

"대략은요."

홍문한은 상관미조가 그의 생각 이상으로 빠르게 천문당 당원들을 포섭하고 영향력을 넓히고 있음에 내심 적지 않게 놀랐다.

그러나 겉으로는 담담한 척 말을 이었다.

"그렇다면 내가 지금 얼마나 화가 나 있는지도 알겠구나."

"짐작은 하고 있어요."

"난 지금 당장 성주님을 찾아뵙고 대대적인 려강 토벌을 주장할 것이다."

"지금 아버지를 찾아가는 건 좋은 생각이 아니에요."

"무슨 말이냐, 성주님께 무슨 일이 있으신 거냐?"

"아버지는 여기 계시지 않아요."

"……?"

"지금 경석산으로 가 계세요."

홍문한의 미간이 좁혀졌다.

경석산은 안휘 북동쪽 끝에 있는 산으로, 오행궁의 본궁이 자리 잡고 있는 곳이었다.

'이제 좀 정신을 차리셨나 싶었더니…….'

"삼궁주의 짓이냐?"

"집이 그립다고 눈물로 아버지를 구워삶더라고요."

"왜 막지 않았느냐?"

"소궁주까지 같이 다녀오겠다고 하니 말리고 싶은 마음이 사라졌어요."

순간 상관미조의 눈빛이 묘하게 반짝였고, 홍문한은 내심 움찔하지 않을 수 없었다.

기묘한 광채를 발하는 눈동자와 붉고 탐스러운 입술이 살짝 비틀리는 모양새에서 은근한 욕정의 기운을 읽었기 때문이었다.

물론 의도된 표정과 발산일 가능성이 높았다. 그녀의 성적인 매력이 큰 힘을 발휘한다는 걸 그녀 자신도, 홍문한도 잘 알고 있었으니까.

"하지만 아버지를 만류하지 않은 진짜 이유는 따로 있어요."

"무엇이냐?"

"아버지가 이번 일로 대노하여 무력대를 대거 동원했다는 이야기가 안휘 전체로 퍼지게 해서는 안 되고, 논쟁의 중심거리가 되어서도 안 되니까요."

"남궁세가의 진전을 이은 자 때문이구나."

"맞아요. 우린 이름을 바꾸고 개파식까지 하며 안휘 최강임을 만방에 알렸어요. 사라진 남궁세가는 과거의 패자이고, 이제는 우리가 현재와 앞으로 이어질 미래의 패자라고 공표를 한 거죠.

그런데 남궁세가의 후인이 한 명 나왔다고 난리를 치는 모습을 보인다면 사람들이 어찌 생각하겠어요? 신경도 쓰지 않던 자들까지 남궁세가란 이름에 의미를 부여하려 하겠죠. 더불어 반룡복고당의 평가도 높아질 게 분명해요. 그러니 이럴 때일수록 대범한 모습을 보여야죠.

하지만 남궁세가의 후인이 나타났다는 말을 들으면 아버지가 어찌 반응하실지 뻔하잖아요. 물론, 나중에는 모두 알게 되실 일이지만, 지금처럼 처리할 문제가 많은 상황에서는 차라리 오행궁에서 삼궁주의 접대를 받고 계시는 게 더 낫죠."

홍문한은 고개를 끄덕였다.

완전히 동감할 수는 없었지만, 그녀의 말에 일리가 있다는 건 분명하니까.

"그래서 지금 어찌하자는 거냐?"

"아버지가 돌아오시기 전에 우릴 배반한 패왕보를 시작으로 해서 당장 놈들을 토벌할 준비를 갖춰야죠."

"……?"

이건 또 무슨 소리란 말인가.

과민하게 반응하여 패자로서의 위용과 체면을 잃어서는 안 된다고 했으면서 당장 토벌을 준비하다니.

"대신 우리 본타가 직접 나서는 게 아니라, 분타를 움직여야 해요. 물론, 은밀히 본타의 정예무사들을 보내서 지원을 해야겠죠.

또한 분타를 움직이더라도 뭔가 큰일이 생길 거라는 전조를 보이지 말아야 하니, 천문당원들을 최대한 활용하여 패왕보의 동태와 그들을 지원할 반룡복고당 놈들의 위치를 재빨리 파악해야 할 거예요."

좋은 생각이었다.

하지만 그녀의 생각에는 당장 본론으로 들어갈 수 없다는 단점이 있다. 무사들을 분타로 보내고 당원들을 움직여 정보를 규합하는 등의 일들은 최소한 보름 이상의 준비 기간이 필요할 테니까.

'그 때까지 놈들에게 당한 굴욕과 지금의 이 분노를 삭이고만 있을 수는 없지.'

뭔가 기분을 풀 만한 게 필요했다.

'그렇군. 그년이라도 먼저 제거해 버려야겠어.'

진가장의 장주 부용설.

남궁세가의 후인이 그렇게 챙기는 걸 보면 그 중요도가 생각 이상으로 크다는 의미였다. 더구나 중요한 전력인 일귀가 죽은 것도 결국 부용설을 처리하다 생긴 일이니, 그녀에게 책임을 물어야 하지 않겠는가.

'이귀와 삼귀가 돌아오면 당원 두 명 정도를 붙여서 그년을 암살하라고 보내야겠어.'

상조면과 송노칠 역시 복수할 생각을 하고 있을 테니, 명령을 거부하진 않을 것이었다.

"네 생각은 잘 알았으니, 이만 들어가자."

상관미조의 생각대로 한다는 말은 일부러 하지 않았다.

부용설을 제거하는 문제를 제외하고 그녀가 말한 대로 할 마음을 굳혔지만, 어느 정도 고심하는 모습을 보여야 자신이 그녀의 뜻대로 쉽게 조종당하지 않는다고 느낄 테니까.

'하여튼, 남자들의 자존심이란……'

상관미조는 홍문한의 내심을 꿰뚫어보고 속으로 코웃음을 치면서도 겉으로는 모른 척 했다.

"최대한 빨리 결정을 내려주세요. 일의 준비와 진행은 빠르면 빠를수록 좋다는 건 당주님도 잘 아실 테니까요."

홍문한은 대꾸 없이 고개만 끄덕였다.

그리고 적룡대와 함께 비룡지의 입구가 아닌, 그들의 입성을 아무도 눈치채지 못하도록 왼쪽으로 크게 돌아 조용히 성내로 들어갔다.

*　　　*　　　*

이틀 정도만 시간을 끌다가 상관미조의 생각대로 진행하려고 했던 홍문한의 계획은 승선포정사사의 고위 관리인 우참의가 갑자기 방문하게 되면서 어그러지기 시작했다.

이번에 새로이 발령을 받고 안휘에 온 그는 조정의 여러 실력자들과 친분을 유지하며 비호를 받고 있는 인물로서, 포정사도 함부로 대하지 못하는 인물이었다.

사실 승선포정사사의 모두가 그러한 인맥까지 갖춘 인물이 왜 조정에 남아 있지 않고 안휘로 부임해 왔는지, 그것도 직급의 서열로만 치자면 다섯 손가락 안에 간신히 드는 정도 밖에 안 되는 우참의로 온 것인지 의아해 하고 있었다.

우참의 부정철.

그는 진가장 장주 부용설의 오라비였다.

능력은 있으나 재력이 받쳐 주지 못해 말단 관리에 머물

러 있던 그는 부용설이 진가장에 시집을 가게 되면서 려강
을 거쳐서 조정에 입조한 고위 관리들과 인연을 얻게 되었
고, 부용설의 자금 지원 속에서 차근히 인맥을 넓혀간 끝에
최근에서야 그 결실을 얻은 것이다.

그런 그가 이번 진가장의 사건을 전해 들었고, 거룡성이
연관되어 있다는 제보까지 받았다면서 찾아왔으니, 홍문한
으로선 당혹스런 일이 아닐 수 없었다.

그래서 일단 강하게 부정을 하고, 어떤 조사에도 응하겠
다는 대답과 함께 포정사를 비롯한 고위 관리들에게 줄 막
대한 금액의 뇌물을 마차에 실어 보내고 나서야 간신히 한
숨을 돌릴 수가 있었다.

홍문한은 그 이후 당연히 부용설의 암살 계획을 취소했
다. 상조면과 송노칠이 아직 귀환하지 않아 진작 실행하지
못한 것을 다행스럽게 여기기까지 했다.

허나, 진짜 문제는 그 다음에 일어났다.

함산의 분타가 일단의 무리에게 기습공격을 당해 괴멸에
가까운 타격을 받았고, 장원은 불타서 잿더미가 되었다는
급보가 날아온 것이다.

그리고 살아남은 생존자의 말에 의하면 그 일단의 무리는
반룡복고당의 무리라고 했다.

결국 홍문한과 상관미조는 오행궁에 있는 성주에게 귀환
을 촉구하는 연락을 취하고, 새로운 대응방안을 구상해야

하는 상황에 놓이고 말았다.

*　　　*　　　*

산동 조장(棗莊) 근방.

창밖으로 시선을 고정하고서 달리는 마차 옆으로 흘러가는 풍경을 멍하니 바라보고 있던 묵담향은 고개를 돌려 발치에 놓아 둔 짐을 내려다보았다.

정확히는 짐 안에 들어 있는 혈우림의 일공자, 아니, 지금쯤 혈우림의 림주가 되었을 한위강과 맺은 맹약을 문서화한 종이를 생각하고 있는 것이었다.

맹약문서가 증명하듯, 일은 잘 풀렸다. 항복한 남극종과 산적들은 살려 보냈으나 결과적으로 남가채는 와해되었고, 한위강은 혈우림의 후계구도를 명확히 했으니까.

다만, 간계를 꾸민 이복동생 한보단이 죽었고, 침소에서 목을 매고 자살한 계모의 시신이 발견되어 줄줄이 초상을 치르게 되었으니, 그 뒤끝이 깔끔하다고 볼 수만은 없었다.

최소한 묵담향이 볼 때는 그러했다.

'원한과 미움이란 건 어디서 생겨나는 것일까.'

그녀는 삼 일 전 강소를 떠난 날부터 형제가 서로 칼을 겨누고 싸울 정도의 원한과 미움은 무엇으로부터 비롯되는가에 대한 의문을 떨칠 수가 없었다.

자신이 원한과 미움, 그리고 복수심 때문에 만들어진 단체에 들어와 있다는 걸 새삼 깨달았기 때문이었다.

'그리고 난 당원들이 느끼는 그런 감정들을 품고 있지 않아서 공감을 못하는지도⋯⋯.'

그녀는 집안이 거룡성에 의해 멸문을 당했다거나 하는 이유로 반룡복고당에 들어온 게 아니었다.

단지 당주인 하총평과의 인연 때문이었다.

'어쩌면⋯⋯.'

묵담향은 그녀와 대각을 이루는 자리에 늘 그러하듯 가부좌를 하고서 명상에 잠겨 있는 반악을 쳐다보았다.

'그래서 내가 저 사람을 이해하지 못하는 걸까?'

어떤 이유가 있다면 망설임 없이 사람을 죽일 수 있는 의지와 행동력이 그녀에겐 있지 않았다.

그녀는 원래부터 무림과 얽혀 있던 사람도 아니었고, 그저 하총평에게 받은 은혜를 갚아야 한다는 의무감으로 돕고 있으니 당연했다.

솔직히 그녀가 당주에게, 반룡복고당에 도움이 되고 있다는 확신도 없었다. 그래서 이번 여정에 대해서도 거부하지 못했던 것이다. 뭔가 도움이 되고 있다는 걸 보여 주고 싶었기 때문이었다.

처음에 다른 누구보다 강학청과 많은 대화를 나누고, 그의 재능을 꽃피우지 못하는 상황을 안타까워하여 도움을 주려고 노력했던 것도 같은 맥락이었다.

중심에 있는 것처럼 보이면서도 뭔가 겉돌고 있다는, 그런 동병상련의 기분을 느낀 것이다.

그러나 지금에서 따지고 보면 강학청도 그녀와는 달랐다. 최근 려강의 책임자로서 주도하고 있는 일들만 봐도 그녀와는 근본적으로 차이점을 가지고 있다는 게 증명되지 않았는가.

무공보다는 유학과 병법에 더 많은 지식을 갖추고 있다 하더라도 그는 엄연히 무림인인 것이다.

강학청과도 그러한 격차가 있는데 너무나 무림인다운 반악과는 오죽하겠는가.

'하지만……'

옛말에 남의 말에서 이해되지 않는 것이 있더라도 자신의 마음에서 그것을 이해하려고 고민하지 말고, 자신의 마음에서 편안하지 못한 것이 있더라도 그것을 해결하려고 하지 말라 했다.

역지사지란 말이 있기도 하지만, 처지를 완전히 바꿔서 모든 걸 직접 겪어 보기 전에는 상대의 태도와 고심을 아무런 반감도 없이 이해하기란 거의 불가능한 것이다.

'난 반 소협에 대해서 아는 것이 많지 않아. 그저 겉으로 보인 것과 그가 설명했던 이야기들 외에는……'

없었다.

사실 그렇게 알려고 노력도 하지 않았다는 게 더 맞는 표현이리라.

'아마도 끝까지 반 소협과 나와의 차이를 줄일 수는 없을 거야. 그러나 계속 반룡복고당에 같이 있으면서 힘을 합해야 한다면……'

최소한의 동료의식이라도 가져야 하지 않을까, 하는 생각이 들었다.

지금은 무시해도 좋을 작은 반목에 불과하지만, 나중에 한위강과 한보단 형제처럼 되지 말란 법도 없으니까.

서로가 고의로 쳐 놓은 가로막을 치울 때가 된 것이다.

하지만 진정 그 이유 때문이기만 한 걸까?

'괜한 생각은 말자.'

마음 한편에서 희미하게 아른거리는 뭔가가 있었지만 무시해 버렸다.

묵담향은 결심을 굳히고 입을 열었다.

"반 소협."

"……"

"방해가 되나요?"

반악은 눈을 떴다.

그리고 내심 의아함을 느끼면서도 겉으로는 무심한 표정을 지으며 묵담향을 쳐다봤다.

"우린 지금 대화가 필요해요."

"대화?"

"그래요, 대화. 그것도 솔직한 대화가 필요해요."

"무슨 소릴 하는지 모르겠소."

"우린 서로 다른 가치관과 신념을 가졌고, 당을 생각하는 마음 또한 달라요. 그것 말고도 다른 점이 많을 거라고 봐요. 솔직히 말할게요. 무위에서 난 나와 너무 다른 반 소협을 이해할 수 없었어요. 더 정확히 말하면 이해하고 싶은 마음도 없었죠."

"……."

"하지만 요 며칠 고심을 하면서 얻은 결론은 꼭 이해할 수 있어야만 동료가 되는 건 아니라는 것이었어요. 그러한 차이를 인정하고, 각자 잘할 수 있는 일에 최선을 다하면서 당에 도움이 된다면 그것으로도 충분하다는 생각이 들더군요. 반 소협의 생각은 어떤가요?"

솔직히 반악은 어리둥절했다.

무위에서의 일도 그렇고, 본거지에서의 감정 대립도 그러했고, 그 모든 게 갑자기 서로 인정하자고 해서 인정이 되고 해결될 문제였던가?

반악의 생각으로는 아니었다.

인생살이가 그렇듯, 쉽게 풀리고 인정할 수 있는 것이라면 미움, 원한, 살인 등의 끔찍한 일들이 끊임없이 생겨날

리가 없는 것이다.

게다가 지금껏 각자의 일에 잘 열중해 왔는데 새삼스레 잘하자고 하는 것도 우스운 일이었다.

그래서 반악은 솔직하게 말했다.

"차이가 뭔지 모르겠소. 묵 소저나 나나, 서로 간의 차이를 인정한다고 달라질 게 뭐요."

"내 말이 너무 갑작스럽고 이상하게 들린다는 걸 알아요. 그러나 언제까지나 이런 분위기로 여정을 이어갈 수는 없잖아요. 지금 우리가 반목과 대립을 정리한다면, 최소한 설득할 문파의 수장을 앞에 두고 냉랭한 분위기를 만들어 부정적인 선입견을 주지는 않게 되겠죠. 난 그것만으로도 의미가 있다고 생각해요."

'결국 임무 때문인가?'

반악은 왜 갑자기 변덕을 부리나 싶었다.

그런데 묵담향이 해묵은 감정 따위는 잠시 접어 두자고 하는 의도는 한 마디로 임무를 잘 마치자는 의도로밖에 들리지 않는 것이다.

물론, 묵담향은 그 이상의 복잡 미묘한 의미를 두고 한 말이었지만, 반악이 그러한 세밀한 부분까지 꿰뚫어볼 순 없지 않은가.

'내키지 않는군.'

사실 반악은 지금도 크게 불편함을 느끼고 있지 않았다.

단지 약간 신경이 쓰일 뿐이었다. 그러나 묵담향의 제안을 거부할 이유 또한 없었다.

그저 그녀의 의도에 완전히 공감하지 못하고 있다는 게 문제이긴 했지만, 그 정도는 참고 무시할 수 있을 정도의 인내심은 있었다.

"그럼 이제부터 왈가왈부하는 일 없이 서로의 차이를 인정하고, 각자의 일에 충실하면서 동료로서 협력하면 된다는 거요?"

"그래요."

"분명히 말하지만, 난 달라지지 않소. 그 때와 같은 일은 또 생길 수가 있다는 말이오. 그런데도 상관없다는 거요?"

"쉽지는 않겠지만, 노력하겠어요."

반악은 잠시 침묵하다 고개를 끄덕였다.

"알겠소. 그렇게 합시다."

두 사람 모두 어떤 큰 변화가 생길 것이란 기대는 하지 않았지만, 그렇게 합의를 이루었다.

반악은 다시 눈을 감고 명상에 들어갔고, 묵담향은 아주 조금 후련해진 마음으로 옆에 놓아둔 책을 집어 들었다.

쿵쿵쿵.

"이봐, 여기 근방에서 잠시 쉬었다 가자."

마부석 쪽에서 들려온 목소리에 눈을 감고 있던 반악의 미간이 좁아졌다.

'저 노인네, 정말 성가시게 구네.'

목소리의 주인은 철수룡 구지행이었다.

벽거길을 쫓아갔다가 결국 놓쳐 버리고 다시 돌아와서는 남극종의 멱살을 잡고 벽거길의 행선지를 캐묻더니만, 자신들과 행선지가 같다는 걸 알고는 동행하겠다며 염서성의 옆자리를 차지하고 앉아 버린 것이다.

염서성의 물음이 들려왔다.

"주인님, 어떻게 할까요?"

"이 녀석아, 내가 쉬다 가자고 했는데 묻긴 왜 물어? 얼른 세우기나 해."

"노선배, 전 주인님의 명령만 받습니다."

"뭐라? 이 애송이 녀석이!"

"아야! 머리는 왜 때립니까!"

"그래도 이놈이!"

"그만 때려요! 이러면 정말 저도 못 참습니다!"

"그래? 네가 못 참으면 어쩔 거냐? 한 번 덤벼 볼 테냐?"

두 사람의 투덕거림은 마차 안까지 또렷하게 들려왔고, 반악은 더는 듣고 있을 수 없어 소리쳤다.

"마차 세워!"

*　　*　　*

　구지행이 쉬고 가자고 한 이유는 근방에 작은 호수가 있기 때문이었다.

　"네 녀석이 하도 고집을 부려서 지금껏 꾹 참고 육포로만 허기를 달래지 않았냐. 하지만 가끔은 뱃속에 기름칠도 좀 해야 한단 말이지."

　마차를 호수 근처로 몰아가게 한 구지행은 밖으로 나오는 반악을 보고 말했다. 마치 이번엔 자신이 고집을 부릴 때라는 듯이.

　그는 낚싯대를 빼들면서 지시를 하기까지 했다.

　"한 식경 안에 모두 배 터지게 먹을 수 있을 만큼 잡아올 테니까, 너희 둘은 물고기를 구워먹을 수 있게 모닥불 피울 준비를 해 둬라. 그리고 네 녀석은 날 따라와."

　'네 녀석'이라고 불린 염서성은 인상부터 찡그렸다.

　"왜요?"

　"어른이 따라오라면 따라오는 거지, 뭔 말이 그리 많아!"

　염서성은 반악을 쳐다봤다.

　아무리 구지행이 천하에 손꼽히는 고수라고는 해도, 계속 참고 있어야 하냐고 묻는 것이다.

　하지만 반악은 구지행의 고집 또한 녹록하지 않다는 걸 알고 있었고, 또다시 두 사람의 시끄러운 투덕거림을 듣고 싶지도 않았다.

"그냥 따라가."

염서성은 반악이 귀찮다는 듯 손을 내젓자 한숨을 내쉬면서 벌써 저만치 가 있는 구지행의 뒤를 쫓아 걸어갔다.

"우린 땔감을 준비해야겠네요."

묵담향이 주위를 두리번거리고는 상대적으로 나무가 많이 자라고 있는 오른쪽을 가리켰다.

"저쪽에 마른 나무가 많을 거 같네요. 저리로 가죠."

"……."

반악은 잠시 망설였다.

서로를 동료로서 인정하기로 하자고 합의를 보기는 했지만 얼마 전까지도 냉랭했다가 이런 식으로 어울린다는 게 어색하게 느껴졌기 때문이었다.

"역시! 반 소협, 여기 마른 나무가 많아요!"

묵담향은 크게 목소리를 높이며 얼른 오라고 손짓을 했다.

'뭐, 사람 사이란 게 다 이런 건가 보지.'

어색하고 이상하단 느낌이 들긴 하지만, 자신이 너무 심각하게 받아들이기 때문인지도 모르지 않은가.

반악은 고민하지 말고 자연스레 흘러가는 분위기를 따라가 보자 하며 묵담향이 있는 곳으로 걸어갔다.

　　　　　*　　　*　　　*

　화르르.

　물고기 이십여 마리가 노릇이 구워지는 걸 바라보는 염서성과 묵담향은 저도 모르게 군침을 삼켰다. 요 며칠 육포로만 허기를 때운 탓도 있겠지만, 그게 아니라도 향이 너무나 고소했기 때문이었다.

　구지행이 구워준 물고기를 먹어 본 경험이 있는 반악도 입에 침이 고이는 걸 참기가 힘들 정도였다.

　"다 된 거 같은데요?"

　염서성이 구지행의 눈치를 살피며 물었다.

　그의 태도는 아까와 달리 공손하고 조심스러웠는데, 장담한 대로 한 식경 만에 이 많은 물고기를 낚아 버리는 능력에 놀랐기 때문이기도 했지만, 먹는 시기를 구지행이 결정한다는 이유가 가장 컸다.

　돈이든, 힘이든, 능력이든, 권력이든 일단 있고 봐야 한다는 게 삶의 진리임을 구지행을 향한 염서성의 태도가 입증하고 있는 것이다.

　구지행은 고개를 내저었다.

　"기다려."

　"하지만……."

　"녀석아, 물고기는 특히나 덜 익은 걸 먹었다간 크게 탈나는 수가 있어. 아무리 몸을 단련하는 게 생활화된 무림인이라도 속병엔 장사 없는 거야. 그러다가 한순간에 저승 문턱에 발을 들이게 된다 이 말이다."

염서성은 고작 구운 물고기 정도 가지고 별소리를 다 한다고 내심 투덜거리면서도 겉으로는 그럴 수도 있겠네요, 하고 대답했다.

그 진의 여부를 떠나서 반박을 해 보았자 좋은 소리 못 들을 테고, 반악과 묵담향도 묵묵히 기다리고 있는데 자신만 어린애처럼 칭얼거릴 수도 없는 일이 아니겠는가.

그런데 물고기만 보고 있으면 시간이 너무 안 가는 것 같아서 다른 쪽으로 고개를 돌려 조급한 마음을 다스리려던 염서성의 눈에 사람 하나가 들어왔다.

'유랑거지네.'

처음엔 그렇게 생각했다.

머리가 반쯤 벗겨져 등까지 치렁하게 백발을 기른 노인은 멀리서 봐도 몸집이 마른데다 왜소하기까지 했고, 입고 있는 옷은 넝마인가 싶을 정도로 허름하고 초라했으니까.

하지만 곧 그리 단순하게만 볼 수 없다는 걸 알게 되었다.

'중인가?'

넝마라 생각한 옷은 승려들이나 입는 장삼이었고, 이마에는 흐릿하게나마 계인이 찍힌 흔적이 보이는 데다, 목에는 메추리알만 한 검은색의 알이 그득히 꿰인 염주까지 걸고 있었던 것이다.

물론, 출가한 중이 머리를 길렀다면 환속했을 가능성도 있지만 승복과 계인 흔적, 그리고 염주를 감안하면 단언하기가 힘들었다.

그런데 무엇보다 특이한 점은 노승이 짚신조차 신지 않은 맨발이라는 점이었다.

'신도 안 신고 잘도 다니는군. 그런데 왜 이리로 오는 거지?'

노승은 가던 길로 그냥 가지 않고 갑자기 자신들 쪽으로 방향을 틀어 다가오고 있었다.

'설마 물고기 좀 같이 먹자고 오는 건 아니겠지.'

중이 살생과 육식을 금하고 있다는 건 누구나 아는 상식이었으니까.

'가만, 물고기 먹는 것도 육식에 해당하는 건가?'

잘은 모르겠지만, 어쨌든 살아 있는 것을 잡아먹는 것이니 중들에게는 금기일 가능성이 매우 높았다.

'그렇다면……'

시주를 받겠다고 오는 모양이었다.

그래서 염서성은 자신이 나서서 쫓아 버려야겠다고 마음먹었다.

세상에는 가짜 중과 도사들이 너무 많이 널려 있지 않은가. 다짜고짜 시주를 받겠다고 오는 것이라면 노승도 그러한 부류일 게 분명하다고 생각한 것이다.

헌데, 그가 나서기도 전에 구지행이 먼저 입을 열었다.

"이보시오, 노사님. 식사는 하셨소?"

"허허허, 아직 못했습니다. 사실 소승은 이 고소한 냄새에 이끌려서 온 것인데, 노시주께서 먼저 물어봐 주시니 민망함을 덜 수 있겠습니다그려. 소승에게 구운 물고기 한 마리만 공양해 주시겠습니까?"

"내 그럴 줄 알았다! 공양은 무슨 공양! 중이 고기 맛을 알면 그게 중이…… 악!"

염서성은 말을 하다 말고 머리를 감싸 쥐고 구지행을 노려보았다.

구지행이 낚싯대로 그의 머리를 때린 장본인이었으니까.

"이놈아, 말본새가 어찌 그 모양이냐!"

"아, 진짜……."

염서성은 목젖까지 차오른 욕을 간신히 억눌렀다.

구지행도 구지행이지만 묵담향까지 비난 섞인 시선으로 쳐다보고, 반악도 한심하다는 눈빛을 보내고 있었기 때문이었다.

노승이 허허, 웃으며 말했다.

"노시주께선 그 공자를 너무 탓하지 마십시오. 그 나이 때는 모든 게 불만이고, 못마땅할 시기잖습니까. 오히려 난데없이 나타나 부끄러움도 모르고 손을 내미는 소승의 행동이 잘못인 게지요."

염서성은 못마땅한 시선으로 노승을 쳐다봤다.

혼내는 시어머니보다 말리는 시누이가 더 밉다고 했다. 나름 그의 편을 들고 자신의 잘못이라 말하고 있었지만, 그 말 때문에 염서성이 더 어리고, 속 좁고, 개념 없는 놈이 되어 버린 것이다.

허나 구지행은 다르게 느낀 모양이었다.

"노사님이 그리 이해해주니 고맙구려. 자, 거기 그러고 있지 말고 여기 내 옆에 앉으시오. 이놈아, 사과드리는 의미로 네가 노사님에게 물고기를 집어 드려라."

염서성은 짜증스런 표정을 지으면서 말했다.

"이젠 먹어도 됩니까?"

"그래, 이놈아. 노사님에게 드리고 너도 처먹어라."

염서성은 물고기나 먹는 사람이 무슨 중이냐고 내심 투덜거리면서 자리에 앉은 노사에게 하나를 집어 내밀었다.

"고맙습니다, 공자. 복 받으십시오."

노사는 그를 못마땅해 하는 염서성의 태도와 표정에도 불구하고 미소를 잃지 않으며 두 손으로 공손하게 물고기를 받아들었다.

솔직히 너무 공손해서 부담스러울 정도였다.

태생부터 왕후장상이 아닌 이상에야 나이가 족히 세 배는 더 많아 보이는 노인에게 존대를 받는다면 누구라도 그처럼 느낄 수밖에.

게다가 민망스럽게 꼬박꼬박 공자라 불러 주기까지 하니
더 그러했다.

염서성은 그가 가짜 중이라는 생각에는 변함없었지만, 괜
스레 미안한 마음이 들었다. 그래서 노사가 뼈까지 꼭꼭 씹
어서 물고기를 모두 먹자 슬며시 하나를 더 집어 들어서 그
에게 내밀었다.

"배가 고팠던 모양인데 하나 더 드시오."

노사는 미소를 지으며 손을 내저었다.

"소승은 한 마리로 족합니다."

염서성은 혹시 조금 전 자신이 타박한 것 때문에 거절하
는가 싶어서 다시 권했다.

"고것밖에 안 먹으니까 몸이 그렇게 마른 게 아니오. 어디
로 가는지 모르지만, 걸으려면 장딴지에 힘이 있어야 하지
않겠소. 어서 하나 더 드시오."

"허허허, 공자의 마음은 고맙지만 정말 그만 먹어도 된답
니다."

노사는 극구 거절을 하고는 자리에서 일어나 강가 쪽으로
걸어갔다.

'진짜 중인가?'

중이 물고기를 먹었다는 게 걸리기는 하지만, 그저 입가
심 정도에 만족하는 모습을 보자 절로 의심이 사그라지기

시작하는 것이다.

게다가 보다 확실해진 것은, 강가로 간 노사가 주변을 이리저리 살피다가 손바닥만 한 나무 하나를 집어 들고 품에서 꺼내 든 작은 소도로 뭔가를 조각하는데…….

"불상을 만드는군."

한두 번 해 본 게 아닌 듯 자르고 깎고 파내는 노사의 자연스럽고 익숙한 손동작과 빠르게 모양새를 갖춰가는 나무를 가만히 바라보던 구지행이 가까이 가서 살펴볼 것도 없다는 듯 말했다.

하지만 중이 불상을 조각하는 것이야 이상한 일도 아니기에, 모두 관심을 접고 물고기를 먹는데 열중했다.

헌데, 그들이 물고기를 절반쯤 먹었을 때 이상한 소리가 들려오기 시작했다.

관자재보살 행심반야바라밀다시
조견오온개공 도일체고액
사리자 색불이공 공불이색 색즉시공
공즉시색 수상행식역부여시
사리자 시제법공상
불생불멸 불구부정 부증불감
시고공중무색 무수상행식
무안이비설신의 무색성향미촉법

무안계 내지무의식계
무무명 역무무명진 내지무노사
역무노사진 무고집멸도 무지역무득
이무소득고 보리살타 의반야바라밀다고

　모두의 시선이 소리가 들려오는 강가 쪽으로 모아졌다.
　그곳엔 방금 조각을 끝낸 손바닥 크기의 목조불상을 작은
바위에 올려놓고 그 앞에 오체투지의 예법으로 절을 하며
불경을 읊조리고 있는 노사의 모습이 있었다.
　'초라한 모습과 달리 깊이 있는 눈빛이 남다르다 싶었더
니, 확실히 범상한 중이 아니었군.'
　구지행은 노사의 불경 소리를 들으며 내심 감탄했다.
　가만히 듣고 있자니 금옥이 울리는 소리를 듣는 것처럼
몸과 마음이 맑고 산뜻해지는 느낌이 들기 때문이었다.
　노사가 정심을 다해서 불경을 읊는 게 아니고서는, 그리
고 법력이 높은 고승이 아니라면 절대 들려줄 수가 없는 소
리인 것이다.
　묵담향 뿐만이 아니라 부정적으로 반응하던 염서성까지
뭔가에 홀린 듯이 바라보고 있다는 것만으로도 노사에게 진
정 신묘한 능력이 있음을 증명하는 게 아니겠는가.
　노사의 불경 소리는 그렇게 기묘한 감정의 파장을 일으키
며 구지행 등의 마음속으로 전해져오고 있었다.

심무가애 무가애고 무유공포

원리 전도몽상 구경열반

삼세제불 의반야바라밀다고

득야뇩다라삼먁삼보리

고지반야바라밀다 시대신주 시대명주

시무상주 시무등등주 능제일체고

진실불허

고설반야바라밀다주 즉설주왈

아제아제 바라아제 바라승아제

모지사바하

＊　　　＊　　　＊

끊임없이 반복되던 노사의 불경 소리는 거의 한 식경이나 흐른 뒤에야 끝이 났다.

그리고 구지행 등은 식사가 다 끝난 상태에서도 그 모습을 끝까지 지켜보았다. 굳이 그럴 필요가 없었는데도 누구 하나 그만 가자고 하는 사람이 없었던 것이다.

'심지어 저 냉철한 녀석조차 눈도 깜빡하지 않고 지켜보다니……'

구지행은 반악까지도 자신들과 비슷한 반응을 보이고 있

다는 것에 신기함을 느끼면서 다시 한 번 노사가 대단하단 생각을 하게 되었다.

허나, 그는 반악의 반응을 잘못 이해하고 있었다.

물론, 반악도 불경 소리에 감탄을 하기는 했다. 하지만 그보다는 노사의 모습에서 누군가가 연상되었기 때문에 관심을 두고 지켜본 것이었다.

'정심한 불가의 심공을 운용해 불경을 읊조리는 것이나, 희미하긴 하지만 이마에 남아 있는 계인의 흔적이 무려 아홉이나 되고……'

작은 키와 나이 때 등등을 감안해 보면 반악이 소문으로만 들었던 그 누군가와 비슷한 점이 있었다.

하지만 허름한 복장에 아무 것도 신지 않은 맨발, 백발의 머리를 등까지 길게 기르고, 목에는 검은 빛의 염주를 걸고 있다는 점들을 비롯하여, 다른 점도 있어서 단언하기는 어려웠다.

그래서 구지행도 저 모습에서 그 누군가를 떠올리지 못한 걸 것이다.

'응?'

진정 그 사람일까, 하는 의문을 품고 자리에서 일어나는 노사를 빤히 쳐다보던 반악은 내심 깜짝 놀랐다.

정확히 백팔 번이나 절을 하고 잠깐의 여운 뒤에 돌아선 노사의 두 눈 가득히 눈물이 흘러내리고 있기 때문이었다.

중이 불경을 외며 운다는 말도 처음 들어 보았지만, 노인이 그 누군가가 맞는다고 한다면 정말 어울리지 않는 모습인 것이다.

하지만 구지행과 묵담향, 염서성은 노사의 눈물을 보며 다른 느낌을 받은 모양이었다.

이를테면 세상의 모든 짐을 어깨에 짊어진 고승이 번뇌를 떨쳐내고자 직접 조각한 작은 목조불상에 절을 하면서 깨달음을 얻어 가고 있구나, 하고 감탄하는 표정이랄까.

"노사님은 법명이 어찌 되시나요?"

구지행 등의 시선을 의식한 듯 얼른 소매로 눈물을 닦아내고 걸어오는 노사에게 묵담향이 물었다.

노사는 언제 눈물을 흘렸냐는 듯 미소를 지으며 대답했다.

"늙은 땡중에게 법명이랄 게 뭐가 있겠습니까."

"그렇다면 제가 노사님을 어찌 불러야 할까요?"

"여시주께서 굳이 소승의 이름을 찾고자 한다면 불명이라 불러 주십시오."

불교에서 불명이라 함은 부처의 이름이나 불법에 귀의한 남녀 신자에게 붙이는 이름을 뜻했다.

허나, 반악은 노사가 말하는 불명이 불호(佛號)라고도 하는 그 불명(佛名)이 아니라, 이름이 허락되지 않는다는 의미의 불명(不名)이라고 생각했다.

묵담향과 구지행도 살짝 놀란 표정인 걸 보면 반악과 비슷한 의미로 받아들인 모양이었다. 염서성만이 이름 참 이상하군, 하는 표정을 지을 뿐이었다.

"난 구지행이라 하는 사람이고, 이쪽은……."

자신의 이름을 밝히고 묵담향, 반악, 그리고 염서성까지 직접 소개한 구지행이 살짝 머뭇거리다가 물었다.

"혹시 불명 노사님은 소림의 분이시오?"

반악처럼 그 누군가를 떠올린 건 아니었지만, 불경을 읊조릴 때의 그 신묘한 음성은 불가에 전해지는 신공의 도움을 받지 않으면 힘들 거란 생각을 하고 있는 모양이었다.

물론, 불가의 고수가 소림에만 있는 것은 아니겠지만, 상대적으로 소림사가 가장 유명하고, 산동이 하남에서 가깝다는 이유로 가장 먼저 소림이 떠올라 물은 것이다.

"예전에는 그러했지만, 지금은 마음에 부처를 두고 있답니다."

자신이 소림사 출신임을 부정하진 않지만, 지금은 그곳에 연연하지 않고 세상을 떠돌고 있다는 의미였다.

'파계?'

처음엔 모두 그렇게 생각했다.

하지만 소림사에서 파계를 했다면 저리 멀쩡한 몰골로 하산하지는 못했을 터.

불명 노사의 대답은 구지행 등의 궁금증을 더욱 미궁에 빠지도록 만들었다.

하지만 그 대답의 형태로 볼 때 계속 물어본다고 해도 제대로 된 대답이 나올 것 같지는 않았기에, 그 이상의 질문은 하지 않았다.

*　　*　　*

"소승은 이만 길을 떠나야겠습니다."

"불명 노사님은 어디로 가시오?"

"글쎄요. 정처 없이 떠도는 처지라 딱히 정해 둔 목적지는 없지만……."

불명 노사는 말을 하다 말고 고개를 들어 잠시 하늘을 쳐다보며 구름이 흘러가는 걸 살피고 나서 대답했다.

"일단 서쪽으로 가볼 생각입니다."

말 그대로 구름 따라 바람 따라 떠도는 모양이었다.

구지행은 그 태도와 언행을 보고 더욱 깊은 호감을 느끼며 말했다.

"그렇다면 우리와 같이 가는 건 어떠하겠소? 우린 제남 쪽으로 가는 길인데, 방향도 맞으니 불명 노사님의 마음이 바뀌실 때까지만 같이 동행하시면 되지 않겠소이까."

묵담향도 구지행의 말에 적극 찬성하며 같이 가시자고, 가는 중에 좋은 말씀 좀 해주시라고 부탁을 하기까지 했다.

'저 노인은 흑광옹을 쫓아가야 한다더니만……'

반악은 구지행이 무리의 대표라도 된 듯이 불명 노사에게
제안을 하는 게 황당할 뿐이었다.

그는 무슨 이유인지 자세한 설명도 없이 그냥 벽거길을
쫓고 있다는 말만 했었다. 그 벽거길이 산동으로 갔고, 가는
방향도 비슷하니 심심하지 않게 같이 좀 가자며 막무가내로
마차에 올라탄 것이다.

그런데 지금 저게 무슨 말도 안 되는 오지랖이란 말인가.

허나, 이미 묵담향까지 동조하는 분위기를 풍기고 있어서
그가 뭐라 하기가 애매한 상황이었다. 게다가 그도 불명 노
사에 대해서 두 사람과는 다르기는 해도 호기심과 궁금증을
가지고 있었기에 동행하는 것에 대한 반감이 별로 일지 않
았다.

그런데 정작 불명 노사가 제안을 거부했다.

"참으로 고맙고 뿌듯한 제안이시나, 소승은 세상을 떠도
는 데 있어 되도록이면 이 두 다리에만 의지할 것이라 다짐
을 했답니다."

"허면, 정녕 이대로 그냥 가시렵니까?"

"억겁의 시간을 보내야 닿을 수 있는 게 인연이라 하나,
만남이 있으면 헤어짐 또한 있는 법이니 이쯤에서 소중한
연으로 간직하고 헤어지는 게 좋을 듯합니다."

불명 노사는 두 손을 합장한 채 공손히 머리를 숙이고, 나

무아미타불 관세음보살을 읊조리는 것으로 인사를 대신하며 돌아섰다.

"허허, 진정한 이인을 만났는데 이리 허무하게 헤어져야 하다니, 참으로 아쉽구나."

구지행은 저 멀리 길 끝으로 사라져가는 불명 노사를 바라보며 안타까워했다.

묵담향은 물론이고, 염서성까지도 아쉬운 표정을 짓고 있었다. 그들은 불자가 아님에도 불구하고, 불명 노사의 기묘하고도 신묘한 모습을 목도한 뒤 뭔가 그럴듯한 미지의 기대감을 가지게 된 모양이었다.

물론, 반악만은 예외였다.

헌데, 얼마 있지 않아 괴이한 일이 일어났다.

짐마차에 벽과 지붕을 붙여 개조한 듯 허름하면서도 긴 검은 색의 이두마차 한 대가 동쪽에서 천천히 달려오고 있었는데, 갑자기 문이 벌컥 열리더니 웬 여인이 튕기듯 밖으로 뛰쳐나온 것이다.

달리는 마차에서 뛰어내린 데다, 상체가 밧줄에 묶여 있기까지 했던 여인은 균형을 잡지 못해 땅에 곤두박질치고 몇 바퀴를 뒹굴었다.

"저런!"

구지행을 비롯해서 모두 깜짝 놀라 쳐다봤다.

그런데 여인의 다음 행동이 또다시 모두를 놀라게 했다.

무릎과 얼굴이 까여 피가 나고 상체가 결박당한 상태에서도 바둥거리며 일어나더니만, 그들을 향해 뛰어오기 시작하는 게 아닌가.

게다가 한쪽 다리를 절뚝거리는 게, 뛰어내리다가 발목에 문제가 생겼음이 분명해 보였다.

그런데도 이를 악물고 고집스럽게 그들을 향해 뛰어오고 있으니 놀랄 수밖에.

무엇이 저 여인을 고통도 무시하고 고집스럽게 뛰도록 만드는 것일까?

아니, 저 여인은 왜 몸을 결박당해 있는 것일까?

"도, 도와주세요!"

"……!"

여인은 입안이 메말라 있는 듯 푹 가라앉은 음성으로 더듬거리며 소리쳤다.

이 때 이두마차가 뒤늦게 멈춰 서고, 내부에서 뛰어나온 사내 두 명이 다급히 여인을 뒤쫓아 달려왔다.

"제, 제발 도와주세요!"

여인은 사내들이 뒤에서 쫓아오는 걸 알고는 절박함이 잔뜩 묻어난 음성으로 외쳤다.

그녀의 걸음으로는 금방 따라잡힐 것을 알기 때문이었다.

"무슨 영문인지 모르지만, 일단 도와줘야겠다."

구지행이 곧장 달려갔고 제풀에 밀려 앞으로 엎어지려던

여인을 붙잡아 부축했다.

'이거, 느낌이 좋지 않은데.'

반악은 불길함을 느꼈다.

딱 봐도 괴이한 상황인지라, 뭔가 안 좋은 일에 얽혀들었다는 기분이 드는 것이다.

구지행이 여인을 뒤로 보내고 앞을 막아서자 달려오던 사내들이 멈춰 서더니 허리에 차고 있는 칼을 두드리며 험악하게 소리쳤다.

"늙은이는 남의 일에 상관 말고 물러나라!"

일단 말로 시작하지만, 듣지 않으면 칼을 써서라도 물러나게 만들겠다는 경고인 것이다.

그러자 구지행이 점잖은 말투로 꾸짖었다.

"아녀자 한 명을 두고 사내가 둘이나 쫓아오는데 어찌 상관을 안 할 수 있겠느냐. 내 자초지종을 듣고 나서 너희들의 처우를 결정할 것이니, 입 다물고 가만히 기다리고 있거라."

사내들은 잠시 동안 할 말을 잃은 표정으로 서로를 쳐다보았다.

그러나 곧 인상을 찡그리며 칼을 빼들었다.

스릉.

"이런 염병할 늙은이가 있나! 꼭 관을 봐야 눈물을 흘릴 테냐!"

"허허, 네놈들 같은 잡것들이 그 말을 함부로 쓰고 다니니, 진짜 그 말을 들어야 할 놈들에게 내가 그리 말을 해도 놈들이 별 감흥을 느끼지 못하는 게 아니냐. 경고하는데 너희들은 앞으로 그 말을 쓰지 말거라."

사내들은 어이가 없었다.

적당히 협박성 경고를 하면 알아서 물러나리라 생각했는데, 오히려 훈계를 받다니.

허나, 처음 경고했던 대로 싸움을 야기하는 행동을 취하진 못했다. 뒤에 한 인상 하는 염서성과 허리에 박도를 차고 있는 반악이 있기 때문이었다.

게다가 척 봐도 늙은이에 불과한 구지행이 이리 강단 있게 나오자 뭔가 꺼림칙한 느낌에 망설이게 되는 것이다.

마치 그들이 없는 것 마냥 무시하고 뒤를 돌아본 구지행의 표정이 묘하게 변했다.

"흠."

그 사이 밧줄에서 풀려난 여인은 묵담향도 아니고 염서성도 아닌 반악의 옆에 딱 붙어 있는 게 아닌가.

무리 중에 반악만이 칼을 차고 있어 그의 곁이 안전하다 여긴 걸까, 아니면 냉랭한 성경과 달리 반반하고 선한 첫인상에서 안도감을 느끼고 선택한 걸까.

구지행은 잠시 떠오른 의문을 접고 물었다.

"처자, 이게 무슨 상황인 게요?"

사내들의 험악한 시선을 느낀 여인은 그녀 때문에 난감해하고 있는 반악에게 더욱 바짝 붙으면서 떨리는 음성으로 대답했다.

"저들에게 납치를 당했어요."

"납치라 했소?"

"이년! 헛소리 하지 마라!"

사내들이 버럭 소리쳤다.

염서성이 구지행의 옆에 서며 앞쪽을 완전히 가로막았다. 여인이 사내들의 험악한 얼굴을 보지 못하도록 하기 위함이고, 자신들이 있으니 두려워할 것 없다는 걸 알려주려는 행동이었다.

염서성까지 노골적으로 앞에 나서자 결국 두 사내는 이대로는 안 되겠다 싶었던지 그들이 타고 왔던 마차 쪽으로 뒤돌아 달려갔다.

이에 용기를 얻은 여인이 계속 말했다.

"친구들과 시장에 놀러 나갔다가 갑자기 정신을 잃었는데……."

여인의 설명대로라면 깨어나 보니 바로 저 마차에 있었고, 어딘지도 모를 곳으로 이동하는 내내 도망칠 기회를 찾다가 구지행 등이 밖에 있는 걸 보고 온 힘을 다해서 몸으로 문을 부딪쳐 뛰쳐나왔다는 것이다.

게다가 마차 안에는 다른 여인들이 다섯 명이나 더 있다

고 했으니, 인신매매를 하는 자들에게 납치를 당한 상황이
라고 밖에 설명할 수 없었다.

대략적인 이야기를 모두 들은 구지행의 얼굴에 노기가 어
렸다.

"이런 천벌을 받을 놈들이 있나!"

구지행이 막 분노를 토하는 순간, 갑자기 뒤쪽에서 차분
한 음성이 들려왔다.

*   *   *

"행객들께서는 그 여인의 거짓말을 믿기 전에 나의 말부
터 먼저 들어 보시오."

돌아보니 아까 물러났던 사내 두 명에다가 세 명이 더해
져 다섯 명이 다가오는데, 그중 가장 앞에선 사내가 유독 눈
에 들어왔다.

가지런하게 묶은 머리와 말끔한 차림새, 그리고 입가에
지어진 미소. 특이하다면 가슴에 지국천(持國天)이란 글자가
큼직하게 새겨져 있다는 점이었다.

그러고 보니 다른 자들의 가슴에도 지국천이 새겨져 있었
는데, 눈에 잘 띄지 않게 작은 걸 보면 그가 다른 사내들보
다 지위가 높은 게 분명한 듯했다.

게다가 여인이 그를 보고 몸을 더욱 움츠리며 거의 매달리듯 반악에게 달라붙는 걸 보면 그가 보기와 달리 무서운 성향을 가진 자라는 걸 알 수가 있었다.

아니면, 그에게 뭔가 매우 좋지 않은 일을 당했거나.

구지행이 버럭 소리쳤다.

"네 녀석이 인신매매단의 우두머리냐!"

"인신매매라니. 노인장은 저 여인의 간교한 거짓말만 듣고 단단히 오해를 한 모양이오."

"오해?"

"그렇소."

"이 처자가 결박당해 있는 걸 내 두 눈으로 똑똑히 보았는데 오해라고?"

"그러니 내 말을 먼저 들어 보라 하지 않았소."

구지행은 사내의 태도가 너무도 당당하고, 계속 오해라고 강조하자 슬쩍 여인을 돌아보았다.

혹시 사내의 말대로라면 자신이 괜한 일에 끼어든 게 되기 때문이었다.

"좋다. 너희들의 말을 한번 들어 보겠다."

"우선 내 이름부터 밝혀 두겠소. 난 천부교 지국천의 건달바라 하오."

"……"

구지행은 처음엔 무슨 소리를 하는 것인가, 싶어 빤히 쳐다보기만 했다.

천부교란 말은 무슨 종교 단체이겠거니 할 수 있지만, 지국천과 건달바란 용어는 너무 낯설었던 것이다.

하지만 그의 말을 알아듣는 사람도 있었다.

"천부교는 밀교의 일파인가요?"

스스로 건달바라 칭한 사내는 묵담향의 물음에 웃으며 고개를 끄덕였다.

"그렇다고 할 수도 있고 아니라고 할 수도 있소."

"⋯⋯?"

"뇌정신이시며 무신이신 제석천 교주님을 받들어 하늘님을 섬기고 만백성을 구원하고자 하는 우리야 말로 밀교 자체이기 때문이오."

"⋯⋯?"

밀교에 대해 약간의 지식이 있는 묵담향으로선 내심 고개를 갸웃거리게 만드는 대답이었다.

밀교는 불교의 한 흐름이었다. 더 정확한 설명으로는 종교적 체험의 깊이를 강조하는 불교로서, 밀교의 뜻을 그대로 풀이하면 비밀 불교인 것이다.

그리고 제석천은 범천왕과 함께 불법을 수호하는 신이었다. 그런데 신인 제석천을 교주로 받들고 있다하고, 들어본 적도 없는 하늘님이란 존재를 섬기고 있다니.

'사교인 모양이군.'

환골탈태를 이루기 위해서 수많은 서적을 학습하고 탐구해 온 덕분에 밀교에 대해 적지 않은 지식을 축적한 반악은 천부교란 게 그릇된 교리로 사람을 미혹케 하여 사회에 해를 끼치는 요사한 종교라고 결론지었다.

건달바란 이름 자체가 별자리를 관장하며 향(香)만을 먹고 산다는 신의 이름이었다.

더 알아볼 필요도 없이, 사람이 신의 이름을 쓰고 만백성을 구원한다고 하는 거창하기 그지없는 교리를 내세웠다면 정상적이라고 볼 수가 없는 것이다.

구지행은 반악이나 묵담향 정도의 지식은 없었으나, 인생 경험과 육감만으로도 천부교가 올바른 곳이 아님을 알 수가 있었다.

윗물이 맑아야 아랫물이 맑은 법이고, 될 성 부른 나무는 떡잎부터 알아보는 법이다.

다짜고짜 칼을 두드리며 거친 말투로 협박부터 하는 자들이 졸개로 있는 곳이야 더 말해 무엇 하겠는가.

그렇기에 되묻는 구지행의 말투는 자연스레 퉁명스러울 수밖에 없었다.

"그래서 네 말은 만백성을 구원하겠다는 천부교에서 사람을 납치했으니 괜찮다고 하는 것이냐?"

건달바의 표정이 살짝 굳어졌다.

천부교를 조롱하는 말투에 기분이 상한 모양이었다. 하지만 곧 다시 미소를 지으며 말했다.

"그럴 리가 있겠소. 다시 한 번 말하지만 우린 여인을 납치하지 않았소."

"그럼 내가 본 건 뭐란 말이냐?"

"우린 기루에 팔린 저 여인에게 도움을 주고, 내세에는 극락으로 갈 수 있도록 구원시키기 위해 데려가는 중이오."

그의 말은 즉, 스스로 기루에 몸을 판 여인을 자신들이 되사서 올바른 정신을 심어 주고자 본교로 데려가는 중이라는 것이었다.

구지행은 여인을 다시 돌아보았다.

찢어지게 가난한 집안을 위해서, 감당할 수 없는 빚을 갚고자, 혹은 배를 곯으며 사느니 몸이라도 팔아 호의호식 하겠다는 이유들로 기루에 몸을 팔거나 팔리는 여자는 세상에 넘치고도 넘치는 게 현실이었다.

그러니 건달바의 설명은 충분한 설득력을 가지고 있는 것이다.

그래서 모두가 조금 전까지 느끼고 있던 분노를 살짝 가라앉히고 여인을 쳐다보는 게 아니던가.

"아니에요, 아니에요. 제발 절 믿어주세요."

주목을 받은 여인은 고개를 좌우로 흔들며 울기 시작했다.

아니라고, 절대 아니라고, 반악의 팔을 부여잡고 제발 자신을 구해달라고 울며불며 애원하기까지 했다.

'어쩌면⋯⋯.'

구지행 등은 건달바의 말이 사실일 수도 있겠다는 생각을 했다.

별다른 항변도 없이 그저 아니라고만 하며 눈물로 호소하니 더 믿음이 가질 않는다고나 할까.

하지만 건달바의 말이 사실이라고 해서 여인을 그냥 모른 척해야 하는 걸까, 하는 의문도 같이 들었다.

이 때 말이 없던 반악이 처음 입을 열었다.

"그쪽 말은 못 믿겠어. 아무리 생각해 봐도 이 여인의 말이 진실인 거 같거든."

건달바의 표정이 굳어졌다.

그리고 그게 모두의 생각이냐는 시선으로 구지행 등을 한 번 씩 쳐다보았다.

"나도 같은 생각이야."

구지행까지 반악의 말에 동조하자, 건달바는 한숨을 내쉬었다.

"역시 교주님의 말씀은 한 마디도 틀린 게 없구나. 세상일이란 뜻대로 되지 않아 힘으로서 바로 세울 수밖에 없음이야."

스릉.

그의 말이 신호였는지, 뒤의 네 명이 일제히 칼을 뽑아 들었다.

게다가 건달바는 특별한 당부까지 했다.

"잘못을 모르는 자들이니 지국천도들은 손에 사정을 두지 말라."

이왕 손을 쓰는 것 화끈하게 써서 자신들이 얼마나 무서운 사람들인지 알게 하기 위함일 것이다.

허나, 무식하면 용감하다고 했다.

그들은 자신들의 앞에 있는 이들이 얼마나 대단한 고수들인지 전혀 짐작도 못해 무턱대고 우월의식을 드러내는 우를 범하고 있는 것이다.

"쳐라!"

명령을 받은 지국천도 네 명은 즉각 건달바를 지나쳐 앞으로 뛰어 나갔다.

염서성은 말했다.

"노선배가 어느 쪽을 맡으시렵니까?"

"당연히 내가 큰 놈이고, 네가 작은 놈들이지."

"그렇게 말씀하실 줄 알았습니다."

염서성은 피식 웃으며 구지행의 앞으로 나서서 네 명을 막아섰다.

그리고 구지행은 바닥을 찍어 그들을 단번에 뛰어넘고 건달바의 머리 위로 떨어졌다.

"……!"

그래도 뭔가 믿는 구석이 있어 고집을 피우겠지, 하고 예상하며 어느 정도 마음의 대비를 했던 건달바도 다섯 명을 가볍게 뛰어넘는 구지행의 도약력에 깜짝 놀랐다.

'젠장, 이거 생각보다 만만치 않겠구나.'

건달바는 허리에 차고 있던 연검을 빼들며 하늘을 향해 휘둘렀다.

차라라라.

연검은 가벼운 쇳소리를 내며 잎사귀처럼 흔들렸고, 대여섯 개의 검영을 만들어내며 구지행의 다리를 날카롭게 찔러 갔다.

구지행은 내심 제법이라고 생각하며 어느새 손에 들고 있던 낚싯대를 아래로 길게 내리쳤다.

티티티티팅.

연검은 호선을 그리며 떨어지는 낚싯대의 방어를 뚫지 못했고, 건달바는 어쩔 수 없이 뒤로 물러나 이어질 공세에 대비해야만 했다.

'연검이 아무리 얇다 하나 쇠로 만들어진 병기인데, 상처도 입히지 못 하다니.'

죽대로 만든 낚싯대가 분명한데도 쇠처럼 단단하다는 의미였다.

건달바는 땅에 내려서는 구지행을 노려보며 이를 악물었다.

감당하기 어려운 보물은 도리어 주인의 목숨을 노리는 양날의 칼과 같은 게 무림의 생리.

저와 같은 기물을 지니고 있음에도 여태껏 무사히 살아있다는 건 구지행의 능력이 대단하다는 걸 증명하는 것이니, 긴장감과 불안감이 급속도로 증가하는 건 너무도 당연한 현상이었다.

게다가 일류는 아니더라도 적지 않은 고련을 통해 제법 날카롭게 칼을 휘두를 수 있는 수하 다섯이 적수공권으로 대적하는 한 명을 감당하지 못하고 있질 않은가.

아니, 그 짧은 시간 동안 궁지에 몰린 것도 모자라 금방이라도 몰살될 것만 같은 상황이었다.

'저기 칼을 차고 있는 놈까지 합세하면⋯⋯.'

생각만 해도 눈앞이 캄캄했다.

건달바는 순식간에 생각을 정리하고 소리쳤다.

"물러나라!"

열세에 놓여 있던 지국천도 다섯은 기다렸다는 듯이 건달바가 있는 쪽으로 물러났다. 그들의 이마에 땀이 흥건한 것만 봐도 염서성 한 명을 상대로 얼마나 궁지에 몰렸었고, 위기였는지를 알 수 있었다.

이제부터 제대로 공격을 시작하려 했던 구지행은 어리둥절해하다가 그냥 보내줄 수는 없지, 하는 표정을 지었다.

그것을 본 건달바는 얼른 소리쳤다.

"저 여인은 우리와 인연이 없는 듯하니, 댁들에게 양보하고 물러나겠소!"

"조금 전까지 손에 사정을 두지 않겠다고 하던 녀석이 잘 도 양보란 말을 입에 올리는구나."

구지행은 건달바의 말을 무시하고 앞으로 나아갔고, 염서 성도 그 뒤를 따랐다.

"지금은 때가 아닌 것 같으니, 다음에 봅시다!"

인연이 없다느니 양보하겠다느니 했을 때부터 이미 조금 씩 뒷걸음치던 건달바는 곧바로 돌아 뛰었고, 지국천도들 역시 발바닥에 땀이 나도록 온힘을 다해 그의 뒤를 따라 달 렸다.

"허허, 처음에 그리 무게를 잡고 헛소리를 하더니만. 저런 것들이 만백성을 구원한다고 설레발을 치고 있으니 세상이 제대로 돌아갈 리가 있나."

자신들이 타고 온 마차를 끌고 갈 생각도 못하고 도망치 는 건달바 등을 가만히 바라보며 구지행은 고개를 내젓고 혀를 찼다.

하도 한심하여 쫓아갈 마음도 일지 않는 모양이었다.

'저것들을 제거하지 않아도 괜찮을지 모르겠군.'

반악은 건달바와 그 무리를 도망치게 놔두는 것에 꺼림칙 함을 느꼈다.

모두 그렇다는 건 아니치만, 가끔 저런 자들 중에 뒤끝이 좋지 않아서 자신들이 만족할 때까지 집요하게 달라붙는 경 우가 종종 있었기 때문이었다.

게다가 천부교는 종교 단체가 아닌가.

자신들의 행위를 지극한 선으로 인식하는 자들에게 후회와 포기는 있을 수가 없는 선택이고, 승리할 때까지 눈에 불을 켜고 일로 정진하는 아주 귀찮은 부류들인 것이다.

하지만 꺼림칙하다는 이유로 상대도 되지 않는 자들을 쫓아가 모두 죽여 버릴 순 없는 일이었다.

일단 그가 정파 성향을 가졌던 남궁세가의 후인으로 알려진 상황에서 구지행과 묵담향을 앞에 두고 다짜고짜 살인 행각을 벌이는 것도 이상하고, 후환이 염려되어 저들을 죽여야겠다고 두 사람을 설득하는 짓도 너무 좀스럽고 구차하게 보일 것 같았기 때문이었다.

'아마 억지스럽다며 반발만 하겠지.'

결국 반악은 신경 쓰기를 멈추고 나중에 문제가 생기더라도 그때 다시 생각하자고 결론 내렸다.

구지행은 염서성을 건달바 등이 끌고 온 마차를 살펴보라고 보낸 뒤, 긴장이 풀려 바닥에 주저앉은 여인에게 다가가 물었다.

"처자, 이제 그 놈들은 모두 떠났으니 사실을 이야기해 보시오."

여인의 얼굴에 당혹감과 긴장감이 어렸다.

구지행은 안심하라는 듯 미소를 지어 보였고, 묵담향도 그녀의 옆에 앉아 괜찮으니 그냥 사실을 이야기하라고 말했다.

여인은 한참을 망설이다가 한숨을 내쉬며 입을 열었다.

"사실 소녀는……."

건달바가 했던 말은 사실이었다.

찢어지게 가난한 집안에 조금이라도 보탬이 되겠다는 일념으로 돈을 받고 기루에 막 들어간 그녀를 그들이 돈을 주고 사서 데리고 가던 중이었던 것이다.

"처음엔 어느 대가집 시녀로 팔려 가는 줄 알았어요. 그런데 우연히 그 건달바란 사람이 하는 말을 들었는데 그런 게 전혀 아니었어요."

처녀를 여섯 명이나 구했으니 교주님으로부터 칭찬 받을 것이라는, 그녀들의 숭고한 희생을 통해 천부교의 힘이 더욱 커지고, 자신들은 내세뿐만이 아니라 현세의 극락까지 얻게 될 것이라는 말이었다.

그녀는 그 뜻을 이해하기 힘들었지만, 희생이라는 말 한마디만으로도 자신이 좋지 않은 상황에 처했고, 괴이한 곳으로 가고 있다는 걸 알 수가 있었다.

그래서 목숨을 걸고 탈출을 감행했으며, 거짓말을 해서라도 구지행 등의 도움을 받으려고 했다는 것이다.

'확실히 정상적인 종교 단체는 아닌 것 같군.'

구지행은 처녀라느니, 숭고한 희생이라느니, 현세의 극락이라느니 하는 말들에서 강한 거부감을 느꼈다.

"노선배."

염서성의 음성을 듣고 돌아보니 결박이 풀린 상태로 마차에서 나온 다섯 명의 여인들이 겁먹은 표정으로 주위를 두리번거리고 있었다.

'저 처자들을 어찌 한다……'

일단 구하긴 했지만, 이제부터 무얼 해야 할지 답이 없는 것이다.

그의 고민을 알아챈 묵담향이 말했다.

"일단 돌아갈 곳이 있는지 물어보고, 가까운 마을에 들어가서 돌아갈 방도를 찾아보도록 하는 게 어떨까요?"

"그러는 게 좋겠군."

그들은 이두마차에서 말만 떼어내 자신들의 마차에 묶은 다음, 여인들을 태우고 서쪽으로 출발했다.

* * *

산동 등주 외곽에 있는 장원.

혼자서 나귀를 훔쳐 타고 달려온 건달바는 장원에 들어서자마자 의아하게 쳐다보는 사람들의 시선을 무시하고 내처로 뛰어 들어갔다.

"지국천작님께선 안에 계시냐?"

건달바는 내처 앞에 당도하여 시녀를 붙잡아 세우고 물었다.

이곳 장원은 천부교의 소유가 아니라 천부교를 신봉하는 상인의 소유로, 일종의 별장이라 할 수 있는 곳이었다.

그리고 지금은 지국천의 무리가 모종의 이유로 인해 잠시 동안 머물고 있었다.

"마님과 함께 계십니다."

건달바는 그 말을 듣고 곧장 안으로 들어가려 했다.

허나, 그를 시녀가 붙잡았다.

"마님께서 따로 부르시기 전에는 누구도 방해 말라 하셨습니다."

"지국천작님께 급히 전할 일이 있으니 비켜라."

짜증이 난 건달바는 시녀를 밀쳐 버렸다.

허나, 그를 막는 사람은 시녀뿐만이 아니었다.

"자네가 분위기 파악도 못하고 그리 막무가내로 들어가려고 하는 걸 보면 꽤 큰일이긴 한가 보군. 하지만 자네의 목숨이 달린 일이라 해도 난 들어가지 말라고 충고하겠어."

금방이라도 문을 박차고 들어갈 것 같았던 건달바가 우뚝 멈춰 섰다.

그의 시선이 주랑 한쪽 기둥에 주저앉아 호리병을 홀짝거리고 있는 사내를 향했다.

사내는 뭔가 흐트러지고 지저분한 느낌을 주었다.

헝클어진 머리와 며칠은 씻지 않은 듯 지저분한 얼굴과

옷차림.

그의 이름은 부단나.

건달바가 지국천작의 오른팔이라면, 그는 왼팔이라 할 수 있는 인물이었다.

"부단나, 거기서 뭘 하고 있는 거냐?"

"뭘 하긴, 술 마시지."

"지국천작님을 모셔야 할 막중한 의무와 책임을 가진 자가 대낮부터 술이나 처마시고 있으면 어쩌자는 거야?"

"헤헤, 내가 하루 이틀 이런 것도 아닌데 새삼스레 왜 그리 성질을 부리실까. 아하, 발등에 불이라도 떨어진 듯 뛰어와 난리를 치는 걸 보면 이번에 갔던 일이 제대로 되지 않은 모양이구나."

"……."

"그렇다고 해도 안으로 들어가는 짓은 하지 말라고."

"왜?"

"어허, 건달바. 자네답지 않게 왜 그리 눈치 없게 굴어. 지국천작님과 여기 안주인이 같이 있다잖아. 그것도 시녀들한테 방해 말라고 신신당부까지 했다잖아. 그런데 아직도 감이 안 오나?"

남녀가 둘이 들어가 조용한 시간을 보내고 있다면 운우지락 외에는 달리 설명할 게 없는 것이다.

건달바는 한숨을 내쉬었다.

부단나의 말 대로였다. 마음이 급하다 보니 이전에는 바로 알아챌 수 있는 걸 곰처럼 둔하게 반응한 것이다.

"거기 그러고 있지 말고 여기 앉아."

건달바는 잠시 머뭇거리다가 달리 방법이 없다는 걸 인정하고 부단나의 옆에 앉았다.

"한 모금 해."

"됐어."

"자네 얼굴색을 보니 확실히 좋지 않은 일이기는 한가 본데, 이럴 때일수록 여유를 가져야 한다고. 그러니까 시원하게 한 모금 해."

"……."

그럴듯하게 들린다 싶어 호리병을 향해 손을 내밀던 건달바는 순간 멈칫했다.

"설마 독을 탄 건 아니겠지?"

부단나는 독공에 일가견이 있었다.

또한 평소 독공을 상승시키는 데는 무리하지 않고 자잘하게 독을 장복하는 게 제일이라고 말해 왔었다.

그러니 술에 독을 넣었냐고 의심하는 것도 이상할 게 없는 것이다.

"그러려고 했는데 안 했어."

"정말이냐?"

"진짜야. 술이 워낙 좋은 거라, 독을 넣으면 본래의 맛을 잃어버릴 거 같았거든."

건달바는 그래도 미덥지 못하다는 표정이었지만, 결국 호리병을 받아들어 한 모금을 들이켰다.

'진짜 맛있군.'

부단나의 말이 거짓이 아니었구나, 하고 생각하며 한 모금을 더 마셨다.

"근데 무슨 일이 있었던 건데?"

"후~ 그게 말이지……."

둘이 오른팔, 왼팔 어쩌고 평가를 받고는 있지만, 건달바는 부단나에게 경쟁심 같은 걸 느끼고 있지 않았다.

그는 조금이라도 인정을 받겠다고 이리 뛰고 저리 뛰고 하는데 반해서 부단나는 독물이나 독초를 찾아다니는 부류였기 때문이었다.

그래서 이번에 순결한 처녀를 여섯이나 구했고, 그 방법에 대해서도 서슴없이 이야기할 수 있었던 것이다.

"……그래서 결국 물러나야만 했다. 하지만 거금을 들여처녀를 여섯이나 구했는데 그냥 포기할 수는 없잖아. 그래서 수하들에게 최대한 조심해서 놈들의 뒤를 따르게 하고, 난 지국천작님께 보고하기 위해 먼저 온 거지."

건달바는 제대로 싸우지도 않고 물러나야 했던 당시의 일을 생각할수록 입이 마르고 울화가 치미는지 술을 벌컥벌컥 들이켰다.

그의 이야기를 듣는 중간쯤부터 표정이 심각해져갔던 부단나가 물었다.

"그러니까 그 늙은이가 칼에도 끄떡없는 낚싯대를 가지고 있었다고?"

"응."

"혹시 철로 엮은 바구니 같은 건 없었냐?"

"아니. 그건 왜?"

"흠."

"왜 그러냐니까?"

"아니, 누군가 생각나는 사람이 있어서."

"누구?"

"확실한 건 아니야."

건달바는 짜증을 냈다.

확실하단 판단이 서지 않는 이상 쉽게 입을 열지 않는 부단나의 속성 때문이었다.

"괜히 질질 끌지 말고, 그냥 말해."

"확실하지 않다니까."

"그래도 들어 봐야겠다. 어서 말해."

부단나는 어쩔 수 없다는 듯 대답했다.

"철수룡."

"뭐?"

"철수룡인 거 같다고."

"수노 구지행을 말하는 거냐?"

"그럼 철수룡이 그 늙은이 말고 또 있겠냐."

"하지만 그 늙은이는 저 밑에 있는 절강에서 활동하는 걸로 알고 있는데."

"무림인에게 정해진 집이 어디 있어. 그냥 꼴리는 대로 돌아다니다가 주저앉았다가 다시 돌아다니고 그러는 거지."

"……."

이번에는 건달바의 표정이 심각하게 굳어졌다.

부단나의 말을 듣고 보니 진짜 철수룡일지도 모른다는 생각이 들기 시작했던 것이다.

'별것도 없어 보이는 늙은이가 왜 그리 강짜를 부리나 싶었는데…….'

구노의 일인으로 천하에 이름이 자자한 고수라고 한다면 그 겁 없이 나서서 막아서던 행태가 충분히 이해하고도 남음이 있었다.

아니, 오히려 자신이 죽지 않고 안전하게 물러날 수 있었다는 것을 하늘님에게 감사하고, 또 감사해야만 할 일이었다.

"젠장, 일이 복잡해지네."

"뭐가 복잡해져?"

"상대가 그 철수룡이라고 한다면 처녀들을 찾아오기가 힘들게 되었잖아. 그렇다고 이대로 그냥 포기할 수도 없는 거고……."

요즘 열여덟 살에 남자 경험이 없는 순결한 처녀를 구하기가 하늘에 별 따기와 같은데, 그 귀한 처녀들을 어찌 포기할 수 있단 말인가.

게다가 많은 돈을 날린 데다 대단한 고수와 문제를 일으켰다는 책임까지 홀로 뒤집어쓰게 되면, 앞으로 지국천작의 신임은 물론이고 천부교 내에서 막중한 자리로 올라서는 데 있어 흠집으로 작용할 것은 불을 보듯 분명한 일이었다.

하지만 부단나의 생각은 다른 모양이었다.

"걱정될 게 뭐가 있어. 그냥 찾아오면 되는 거지."

"상대는 철수룡이라고."

"철수룡이 별거냐. 어차피 그 늙은이도 천하무적은 아닐 거 아니냐. 일장진천을 생각해 봐라. 안휘에선 상대가 없을 것처럼 잘난 척 하더니만, 결국 가장 끝에 거론되는 잔혹마한테 쪽도 못 쓰고 박살났잖아."

"잔혹마도 천하 오십삼 명 안에 드는 고수인데, 그게 비교가 되냐?"

"비교가 안 될 건 또 뭔데? 넌 그들이 진짜 천하에서 오십삼 명 안에 들어간다고 생각하는 거냐? 내가 생각할 때는 그거 다 천이서생이 조작한 거야. 도대체 그 인간이 무슨 자격으로 천하의 고수를 선별할 수 있는 건데?"

"……."

"쓸데없이 말이 길어졌군. 하여튼, 내 말은 천하의 고수든

뭐든 간에 죽을 놈은 죽는다는 거야. 천하의 고수로 뽑힌 인물이라고 겁부터 먹을 이유는 없다는 거지."

건달바는 아주 잠깐이라도 구지행과 싸웠던 느낌을 돌이켜 볼 때, 부단나의 생각에 완전히 동감하기는 힘들었다.

그런데도 새삼스런 시선으로 쳐다보는 것은, 그가 이상할 정도로 열을 올리는 것처럼 보였기 때문이었다.

"너, 그 늙은이랑 싸우고 싶냐?"

"당연하지. 강한 자와 싸우고 싶은 게 무림인의 본능이니까. 그리고 나처럼 독공을 수련한 사람은 그 정도의 고수와 싸워서 이기지 않는 이상에는 제대로 인정을 받지 못한단 말이다. 나에게는 이번이 명성을 날릴 절호의 기회란 말이지."

건달바는 자신에 비해서 욕심이 없고 태평한 부단나를 자극시키는 방법이 돈이나 지위가 아니라 독공을 수련한 무림인으로서의 명성이란 것을 알게 되었다.

'이놈을 이용해 먹으려면 이런 식으로 호승심을 자극해야 하는 거였군.'

"그럼 지국천작님께 보고할 때 이야기 잘해라. 그래야 네가 철수룡과 싸울 기회라도 얻을 수 있을 테니까."

"노력해 보지. 아, 이제 나오시려나 보다."

건달바와 부단나는 얼른 일어나 문을 주목했다.

                    *   *   *

반악 등이 탄 마차는 처음에 등주로 가려다가 얼마 있지 않아 추성으로 방향을 바꾸었다.

여인들을 집으로 보낼 마차 등을 찾으려면 아무래도 규모가 크고 사람들이 많이 오고가는 마을이 낫다고 판단한 것이다.

'아무래도 추성에 이르기 전에 일이 터질 것 같은데.'

반악이 그리 생각하는 것은 그의 예민한 감각에 포착된 줄도 모르고 계속 뒤를 쫓아오는 자들 때문이었다.

그리고 그들의 숫자가 정확히 넷이고, 아까 전 열세를 체감한 뒤 여인들을 포기하겠다면서 물러났던 천부교도들이란 것도 알고 있었다.

'지금 쳐 버릴까.'

일단 꽁지에 붙어 따라오는 것도 마음에 들지 않지만, 저들로 인해 또 다른 자들이 대거 쫓아올지도 모른다는 생각이 들어 기분이 좋지 않은 것이다.

게다가 이번에는 저들이 쫓아왔다는 핑계거리가 있어 아무도 자신의 행동을 비난하지 않을 것 같았다.

결국 반악은 자신이 직접 천부교도들을 쓸어버리리라 작정을 했다.

그러나 아쉽게도 바로 실행할 수가 없었다.

"어라? 저기 불명 노사님인 것 같은데요."

염서성이 저 멀리 길 끝을 가리키며 말했다.

구지행이 무릎을 치며 껄껄 웃었다.

"인연이로구나."

"무슨 인연이요?"

"이놈아, 추성으로 바꾸지 않고 등주로 계속 갔다면 만날 수 없었을 것이 아니냐."

"하긴."

염서성은 생각해 보니 참 신기한 일이네, 하고 감탄했다.

두 사람의 대화를 들었는지 묵담향도 창문으로 고개를 내밀고 기쁜 표정을 지었다.

'이들은 무엇 때문에 저 사람을 이리도 반가워하는 걸까.'

반악은 구지행 등이 불명 노사를 다시 만나게 되었다는 것만으로도 이렇게 좋아하는 이유를 알 수가 없었다.

불명 노사가 이들에게 밥을 사 준 것도, 술을 사 준 것도, 그렇다고 좋은 말을 해 주었던 것도 아니질 않은가.

그저 스스로 만든 목조불상에 불경을 읊으며 백팔배를 하고 나서 눈물 흘리는 얼굴을 보여 주었을 뿐인데…….

'다른 건 모르겠고, 걸음 빠른 것 하나는 인정할 만하군.'

사실 이때까지 오는 동안 보이지 않았기에 가는 길이 달랐다고 생각했는데, 그게 아니라 이미 한참을 앞서서 이곳까지 이르러 있었던 것이다.

그 점만 따지고 보자면 확실히 남다르고 비범한 구석이 있다고 할까.

'역시 그 사람인 것 같은……?'

반악은 생각을 멈추고 뒤를 돌아봤다.

저 뒤쪽 멀리서 말과 마차가 먼지를 가득히 일으키며 급박하게 달려오고 있기 때문이었다.

'올 것이 왔군.'

반악은 천부교의 무리들이 나타난 것이란 걸 직감적으로 알 수가 있었다.

"저것들 뭔가 이상한데요?"

염서성이 뒤를 돌아보며 말했다.

구지행도 눈에 힘을 주고 돌아보다가 한숨을 내쉬었다.

"아무래도 아까 도망친 놈들이 무리를 이끌고 쫓아온 거 같다. 기세를 보아하니 이번엔 제대로 드잡이 질을 해야 할 듯 싶구나."

"인연이 없으니 양보니 하고 떠들어 대며 줄행랑을 치더니만, 진짜 짜증나는 새끼들이네."

염서성은 고삐를 당겨 마차를 세웠다.

구지행은 무슨 일이냐고 묻는 묵담향에게 밖을 내다보지도 말라고 당부를 했고, 세 사람은 마차 뒤로 가서 천부교 무리가 다가오기를 기다렸다.

히히힝.

천부교의 무리는 넉 장의 거리를 두고 멈춰 섰다.

세 마리의 말과 한 대의 마차.

마차에서 우르르 나와 도열한 무사들의 숫자가 열이니, 모두 합쳐 열셋이었다.

앞장선 말에 타고 있는 중년인이 구지행 등을 가만히 내려다보다가 말했다.

"본인은 천부교의 지국천작이라 하오. 혹시 노인장이 철수룡이오?"

구지행의 시선이 스스로를 지국천작이라 칭한 중년인의 옆에 있는 건달바를 향했다.

건달바는 내심 찔끔했지만 겉으로 내색 않고 당당히 시선을 마주했다.

구지행은 웃었다. 힘이 되는 무리가 생겼다 하여 당당해진 건달바의 모양새가 우스웠던 것이다.

"그래, 내가 철수룡이다."

"아, 역시. 무림에 명성이 자자한 구 노선배를 만나게 되어 영광이오."

"영광? 말에서 내리지도 않고 깔아보는 놈에게서 그딴 말이 잘도 나오는구나."

지국천작은 미소를 지었다.

뭔가 능글맞은 느낌이 드는 미소였다. 여자에게는 모르겠지만, 사내의 입장으로는 기분이 확 나빠지게 하는 미소라고 할까.

지국천작은 지적을 받았음에도 말에서 내릴 생각을 않고 더욱 짙은 미소를 입가에 그렸다.

"구 노선배, 거기 같이 있는 두 소형제들의 이름도 알려주시오. 초면에 통성명하는 것이야 기본이고, 여기 내 수하와 작은 문제가 생긴 것 같은데도 이름을 몰라 부를 수조차 없으니 난감하기 이를 데가 없소."

뭔가 행동을 취하기 전에 반악과 염서성이 구지행만큼이나 신경 써야 할 존재인지를 알아내겠다는 수작이었다.

하지만 산전수전 다 겪은 구지행이 그런 것에 넘어갈 리 없었다.

"우선 네놈이 말에서 내리고 지국천작이란 해괴한 이름 말고 진짜 이름을 밝힌다면, 그 때 이 두 사람의 이름을 알려 줄지 말지에 대해 고민을 해 보마."

"과거 죄 많고 부족하기만 했던 시절을 잊고 천부교에 입교하여 새로운 삶을 추구하는 몸이라 구 선배에게 따로 알려 줄 이름이 없소. 그냥 지국천작이라 불러주시오."

"개과천선하겠다는 너의 의지를 지지해 주겠다는 의미로 이름을 듣고 나서 바로 잊어 줄 테니까, 일단 말이나 해 봐라."

"이미 잊어서 떠올리지도 못하는 이름을 어찌 말한단 말이오. 구 노선배야말로 속 좁게 굴지 말고 소형제들의 이름이나 속 시원하게 밝혀 보시오.”

가만히 듣고만 있던 반악은 이상함을 느꼈다.

‘아무래도 시간을 끄는 것 같은데…….’

물론, 본격적으로 싸우기 전에 그와 염서성의 정체를 아는 것도 중요할 것이다.

하지만 그 전에 여자들은 어디 있냐, 왜 남의 일을 방해하는 거냐, 당장 여자를 내놔라, 등등의 감정 섞인 고성이 먼저 오고가는 게 반악의 상식이었다.

그런데 지국천작이란 자는 그러한 과정을 생략하고 말장난이나 치고 있으니…….

‘……?’

반악은 내심 고개를 갸웃했다.

구지행과 말을 받아치던 지국천작이 아주 잠깐 건달바의 반대쪽에 있는 사내, 부단나를 슬쩍 쳐다봤기 때문이었다.

그것도 지국천작이 무의식적으로 본 게 아니라, 두 사람이 의미를 두고 시선을 교환한 것처럼 보였다.

‘……!’

의구심을 떨치지 못하고 부단나를 세밀하게 살피던 반악은 결국 이상한 점을 발견했다.

그가 무릎 아래로 늘어트리고 있던 왼손 엄지와 검지를 묘하게 비벼대고 있었던 것이다.

그리고 반악은 그 손가락 동작이 의미하는 바가 무엇인지를 바로 알아챘다.

'하독.'

바람이 자신들 쪽으로 불고 있는 걸 이용하여 은밀히 독을 살포하고 있었던 것이다.

"놈들이 독을 사용하고 있소."

반악은 즉각 구지행에게 알리고, 득달같이 앞으로 뛰어나갔다.

정확히는 부단나를 목표로, 하독하는 걸 막기 위해 뛰어나간 것이었다.

"놈이 눈치 챘습니다."

부단나는 반악이 그를 향해 직선으로 달려오자 지국천작에게 말하고 왼손을 앞으로 활짝 펼쳤다.

결코 항복의 의미는 아니었다.

"이거나 먹어라!"

부단나는 순식간에 그의 지척까지 다다른 반악을 향해 왼손을 부채처럼 휘둘렀고, 그의 소매 안쪽에서 모래 먼지처럼 검은색의 가루가 뿌옇게 퍼져 나갔다.

가루의 색깔만으로도 그 정체가 의심스러운 건 당연지사.

타탁.

반악은 검은색 가루를 본 순간 영향권 안에 들어가지 않기 위해 공중으로 뛰어 올랐다.

순식간에 부단나의 머리 위쪽을 선점한 반악은 그대로 발을 내질렀다.

"어딜!"

옆에 있던 지국천작이 손에 쥐고 있던 부채를 활짝 펴서 반악의 다리를 향해 휘저었다.

슈샤샤샤.

부채는 대나무와 종이로 만든 게 아니라 모두 철로 되어 있어, 공간을 가르는 소리가 섬뜩할 정도로 날카로웠다.

반악은 허리를 튕기며 몸을 뒤틀어서 뻗었던 다리를 당기고 동시에 박도를 빼들어 아래로 길게 휘둘렀다.

스악.

지국천작과 부단나는 그들을 한꺼번에 갈라 버리겠다는 듯 뻗어 나오는 도풍에 놀라 급히 말 등을 박차고 뒤로 뛰어올랐다.

히히힝.

등이 쩍 갈라진 말들이 비틀거리며 쓰러지고, 반악은 말 머리를 발끝으로 찍으며 다시 위로 뛰어올랐다.

'염병할, 왜 자꾸 나만!'

부단나는 공중으로 치솟아 오른 반악이 자신을 향해 떨어지며 박도를 내리찍어오자 속으로 욕을 내뱉으며 급히 지국천작의 뒤쪽으로 이동했다.

정면대결은 그가 추구하는 싸움 방식도 아니었고, 지금

그가 싸우고 싶은 상대는 반악이 아니라 구지행이기 때문이었다.

하지만 반악은 이러한 싸움에서 의외의 변수로 작용할 수 있는 그를 쉽게 포기하지 않았다.

파파파파파.

반악은 자의 반 타의 반으로 자신을 막아서게 된 지국천작을 향해 살짝 뛰어오르며 폭풍 같은 발길질을 날렸다.

'제, 젠장, 이놈은 뭐야!'

지국천작은 맹렬한 발길질을 철선으로 막으면서도 당혹스럽기 그지없었다.

조심하고 경계해야겠다고 생각했던 건 오직 구지행뿐이었다. 솔직히 홀로 상대해 이길 자신은 없었지만, 부단나와 건달바의 도움을 받으면 충분히 승산은 있다고 여겼다.

그런데 이름도 모르는 젊은 놈이 하독을 통해 쉽게 처리하겠다는 계획을 망쳐 놓았을 뿐만 아니라, 이렇듯 자신을 몰아붙이고 있다니.

게다가 수세를 벗어날 수가 없었다. 애송이 놈이 감히 누구한테, 라고 생각하며 힘을 냈지만 몰리는 상황은 조금도 달라지질 않는 것이다.

지국천작은 참다 참다 결국엔 짜증스런 음성으로 소리쳤다.

"건달바!"

*　　*　　*

건달바는 지국천작이 그를 부르는 소리를 들었다.

정확히 표현하지는 않았지만, 그에게 도움을 청하는 소리
란 것도 알고 있었다.

하지만 그는 지국천작을 도울 수가 없었다.

왜?

구지행과 염서성이 자신을 노리고 접근하고 있었으니까.

"이놈아, 또 도망쳐 봐라!"

한소리 외침과 함께 구지행이 낚싯대를 앞으로 쭉 내밀자
휘릭, 하는 소리와 함께 조그만 점 하나가 엄청난 속도로 그
의 미간을 향해 날아왔다.

낚싯줄 끝에 달아 놓은 손톱만 한 쇠구슬이 점으로 보였
던 것이다.

"윽!"

급히 머리를 뒤로 젖혀 쇠구슬을 피한 건달바는 그대로
한 바퀴를 돌아 균형을 잡았다.

하지만 완전히 피하지 못해서 피부가 쓸려 나갔는지, 이
마를 타고 가느다란 핏물이 흘러내렸다.

그는 뒤로 물러나며 소리쳤다.

"진을 구축하라!"

칼을 뽑아 들었지만 명령이 떨어지지 않아서 어느 쪽을

도와야 할지 갈피를 잡지 못하던 열 명의 지국천도들은 즉각 건달바를 향해 움직이고 반원형을 이루어 구지행과 염서성을 둘러쌌다.

"여긴 네가 맡아라."

건달바는 어느새 그의 옆으로 온 부단나를 향해 말했다.

부단나는 바라던 바라며 크게 고개를 끄덕이면서도 의아한 표정으로 물었다.

"넌?"

"나야 지국천작님을 보좌해야지."

보다 높은 자리와 권력을 추구하고 있는 건달바에겐 구지행을 죽이는 문제보다는 지국천작을 도와 그의 신임을 얻는 게 더 중요했던 것이다.

건달바는 혹시나 하는 마음에 물었다.

"너 혼자 가능하지?"

"쉽지는 않겠지만, 어떻게든 저 늙은이를 내 손으로 죽이고 말겠다."

"그럼, 믿고 간다."

물론, 부단나가 혼자는 힘들어, 하고 대답했다고 해도 그냥 무시하고 갔을 테지만.

부단나는 지국천작 쪽으로 가는 건달바를 일별하고 구지행과 염서성을 포위한 채 지시를 기다리는 지국천도들에게 힘찬 목소리로 명령했다.

"애들아, 훈련한 대로 움직여라!"

         *   *   *

'괜찮을까?'

반악은 구지행 쪽을 힐끔 쳐다보며 도우러 가야 하는가에 대해 잠시 고민했다.

염서성도 같이 있고, 명색이 구노의 일인이니 열 명 정도야 가볍게 처리할 수 있을 거란 생각이 들긴 하지만, 독을 사용하는 부단나의 존재가 신경 쓰였던 것이다.

하지만 부단나를 많이 의식하는 염서성과 달리 느긋하기만 한 구지행의 표정을 보니 걱정하지 않아도 될 것 같다는 확신이 들었다.

'웃기는군.'

반악은 저도 모르게 헛웃음을 지었다.

자신이 언제부터 남 걱정하며 싸움을 했단 말인가.

더구나 동행하는 것에 대해 탐탁지 않아 했던 구지행의 안위를 걱정하다니.

'이놈이!'

지국천작은 엄청난 힘과 속도로 박도를 휘둘러 자신을 몰아붙이면서도 구지행을 쳐다보며 웃을 정도의 여유를 부리는 반악의 태도에 울화가 치밀어 올랐다.

'내가 이 따위 어린놈한테……'

밀리고 있다는 것에 너무 화가 났다.

하지만 화가 난다고 갑자기 상황이 뒤바뀌는 게 아니질 않은가.

오히려 냉정을 잃어 손발만 더욱 어지러워질 뿐이었다.

"지국천작님, 제가 왔습니다!"

지국천작의 얼굴이 환해졌다.

건달바가 반악의 뒤쪽을 맡았으니 이제는 한결 수월한 싸움이 될 것이기 때문이었다.

하지만 반가움도 잠시, 건달바에 대한 분노가 끓어올랐다.

'병신 같은 새끼! 왜 소리를 지르고 공격하는 거야!'

기습을 할 것이면 조금 더 은밀하고 조용히 해야 할 것이 아닌가.

소리 지르고 공격을 하는 바람에 반악이 조금도 당황하지 않고 여유롭게 막아낸 것이 아닌가 말이다.

그런 마음이 들자 다른 것들에 대해서도 화가 났다.

'철수룡만 신경 쓰면 된다는 저 놈의 말만 아니었어도 내가 이렇게 당하고 있지는 않았겠지!'

지금의 열세가 충분한 대비를 하지 않았고, 긴장감 없이 대응했기에 생겨난 상황이라고 믿는 것이다.

아니, 믿고 싶은 거라는 말이 더 정확한 표현이리라.

그런 게 아니라면 너무나 자존심 상하는 일일 테니까.

'어쨌든……'

건달바가 합세를 했으니 이제까지 당한 굴욕을 몇 배로 부풀려서 되갚아 주리라 다짐한 지국천작은 공력을 힘껏 끌어올리며 반악의 요혈을 향해 철선을 찔렀다.

쩡.

"……!"

지국천작은 하마터면 신음을 터트릴 뻔했다.

철선이 박도와 부딪쳐 막힌 순간 손목이 저릴 만큼의 충격이 전해져왔기 때문이었다.

'뭐, 뭐야?'

건달바의 연검을 피하면서 박도를 휘둘렀으면 충분한 힘이 실리지 않아야 정상이 아닌가.

그런데 조금 전과 다름없이 막강한 도력이라니.

"그런 실력으로 고작 요 정도의 인원만 데리고 온 걸 보면 네놈의 커다란 간담 하나는 인정해줘야겠군."

연검과 철선을 동시에 막아내고 변함없이 빠르고 느긋하게 공격해 오는 반악의 조롱에 지국천작의 낯빛이 붉어졌다.

조롱 받았기 때문이라기보다 그 조롱을 반박할 수가 없다는 사실에 대한 부끄러움이었다.

하지만 목숨이란 건 세상 그 무엇과도 바꿀 수 없다는 게 그의 지론이자 험난한 무림에서 이때까지 살아남을 수 있게 한 근간이었다.

얼굴이 붉어질 정도의 부끄러움도 목숨과 비교하면 달빛 앞의 반딧불 정도에 불과한 것이다.

'이대로는 당해낼 방도가 없다.'

지국천작은 반악의 강함을 인정하기로 했다.

그래서 건달바가 반악의 공세를 받아내는 사이에 뒤로 빠졌다가 상황이 유리해 보이는 부단나가 있는 쪽으로 달려갔다.

'제, 젠장!'

반악의 박도를 감히 정면으로 마주칠 생각도 못하고 피하기 급급하던 건달바는 지국천작이 그를 남겨두고 부단나 쪽으로 가는 것을 보고 커다란 배신감과 위급함을 동시에 느꼈다.

"넌 이제 끝났어."

냉랭한 음성과 함께 박도가 정확히 건달바의 심장을 노리고 찔러왔다.

눈으로 보면서도 그 날카로움과 정확도, 그리고 시기적절함 때문에 막기가 힘든 공격이었다. 그러나 굼벵이에게도 구르는 재주가 있듯, 건달바에게도 위급한 상황에서 써먹을 구명절초 비슷한 것이 있었다.

건달바는 소매에 감춰두고 있던 동그란 구슬을 다급히 반악의 발밑으로 던졌다.

펑.

공허한 폭발음과 함께 거뭇한 연기가 뿌옇게 피어올랐다.

매캐하면서도 비릿한 향.

연기는 그냥 시야를 가리는 정도가 아니라, 흡입하면 목숨을 위협할 수 있을 만큼 치명적인 독향이었던 것이다.

많이 흡입하면 자신에게도 위험할 만한 독향임을 바로 알아챈 반악은 당연히 뒤로 물러날 수밖에 없었다.

'부단나에게 거금의 사례비까지 줘 가면서 얻어 낸 물건이라고.'

건달바는 아주 잠깐에 불과하지만 반악에게서 떨어질 틈을 얻었고, 곧장 지국천작과 부단나 등이 있는 곳으로 있는 힘껏 달려갔다.

*   *   *

"저 빌어먹을 새끼가!"

염서성은 급히 허리를 숙이며 부단나를 향해 욕을 내뱉었다.

정면으로 대응하는 것도 아니고, 자신들을 둘러싼 지국천도들 뒤쪽에서 이리저리 옮겨 다니며 눈에 잘 보이지도 않는 독침을 던지고 있으니 짜증나고, 화가 날 수밖에.

게다가 독공이 별거야, 라는 생각에 긴장감 없이 대응했던 구지행이 등에 독침을 맞아 버린 터라 더욱 답답하고 화가 나는 상황이었다.

"괜찮으십니까?"

염서성은 자신이 허리를 숙인 사이 등을 노리고 찔러오는 칼을 철토시로 보호되는 손목으로 쳐내고 구지행에게 물었다.

구지행은 낚싯대를 좌우로 흔들어 두 개의 칼을 쳐내면서 껄껄 웃었다.

"이놈아, 나 구지행이야. 독침 따윈 안중에도 없어!"

하지만 그의 이마와 등줄기를 따라 흘러내리는 식은땀은 무슨 의미란 말인가.

아니, 고작 열 명을 상대로 방어만 하고 공세를 취하지 않는 것만 봐도 그의 몸 상태가 정상이 아님을 증명하는 것이리라.

'상대를 만만히 보고 안이하게 대처하여 생긴 일인 것을 누굴 탓하랴.'

구지행은 독침에 맞아 욱신거리는 어깨의 고통을, 점차로 그 고통이 전신으로 퍼져가면서 기력이 빠지고 있다는 것을 애써 무시하며 지국천도들의 공격을 막아갔다.

'거의 다 잡았다!'

훈련 받은 대로 차륜의 묘를 살린 진을 충실히 이행하는 지국천도들 뒤쪽에서 틈나는 대로 독침을 던지고 있던 부단나는 입가에 득의의 미소가 지어지는 것을 참기가 힘들었다.

스스로에게 최면을 걸듯 할 수 있다, 이길 수 있다, 라고 속으로 끊임없이 되뇌며 독침을 던졌는데 구지행이 그처럼 쉽게 당할 줄은 미처 몰랐다.

남들은 그의 싸움 방식을 비겁하다 욕하겠지만, 어쨌든 성공한 것이고, 침에 발라 놓은 독이 매우 치명적인 종류라는 걸 감안하면 그가 바란 대로 구노의 일인을 죽일 가능성이 높아지게 된 것이다.

솔직히 이젠 죽일 수 있다 확신하고 있었다.

'이제 내 명성이 무림 전체에 퍼져 나갈 날도 머지않았다!'

주위가 떠나가라 웃고 싶었다.

헌데, 그의 좋았던 기분은 지국천작의 등장으로 망쳐 버렸다.

"부단나, 뒤쪽을 맡아라!"

갑자기 합류한 지국천작은 곧바로 지국천도들의 포위망을 뛰어넘어 구지행을 향해 철선을 휘둘렀다.

'염병!'

염서성도 있는데 하필 구지행을 노리다니.

구지행이 독침에 맞아 약해진 것을 눈치챈 것일까?

아니면 그냥 가장 센 놈부터 제거하겠다는 생각인 걸까?

사실 이유는 중요하지 않았다.

고의든 우연이든 간에 자신이 다 잡아 놓은 먹이에 손을 뻗치는 지국천작의 행태에 분노가 치미는 건 매한가지였으니까.

하지만 그는 항의조차 할 수 없었다.

앞뒤 상황이 어찌되었든, 그는 지국천작의 명령을 받는 입장이기 때문이었다.

"부단나!"

들떠 있던 감정과 의욕이 저 밑바닥으로 가라앉아 표정이 어둡던 부단나는 다급히 자신을 부르는 건달바의 음성에 뒤를 돌아보았다.

"……!"

귀신에게 쫓기기라도 하는 것처럼 안색이 창백한 건달바가 정신없이 그를 향해 달려오고 있었다.

하지만 부단나가 신경 써야 할 것은 건달바가 아니라, 새처럼 날아 건달바의 머리 위로 떨어지며 박도를 내리치고 있는 반악이었다.

그제야 지국천작이 뒤쪽을 맡으라고 한 말의 의미를 이해할 수 있었다.

"피해!"

부단나는 힘껏 외치며 동시에 반악을 향해 독침을 연속으로 세 개나 던졌다.

펑.

건달바가 오른쪽으로 몸을 날리자마자 땅이 움푹 파이며 흙이 사방으로 튀어 올랐다.

'독침은?'

부단나는 의구심과 당혹감을 동시에 느끼며 반악을 노려보았다.

반악이 조금도 회피하지 않고 그대로 박도를 휘둘렀다면 그가 날린 독침에 맞아야 하지 않았겠는가.

하지만 땅에 내려서자마자 다시 정신없이 뛰기 시작한 건달바를 뒤쫓는 반악의 움직임 어디에도 독침에 맞았다는 증거를 찾을 수가 없었다.

그래서 부단나는 네 개의 독침을 손끝에 쥐었다. 하지만 이번엔 날리지 못했다. 반악이 그보다 먼저 뭔가를 던졌기 때문이었다.

"윽!"

본능적으로 몸을 틀어 회피 동작을 취했지만 어깨와 옆구리에 따끔함이 느껴졌다.

어깨와 옆구리를 확인한 부단나의 얼굴이 당혹감에 물들었다.

'독침?'

반악이 던진 것은 조금 전 그가 던졌던 세 개의 독침이었다.

'저 놈이 맨손으로 독침을 막았다고?'

잡아 버렸다고 하는 게 더 정확한 표현이지만, 놀랍기는 매한가지였다.

빠르게 날아가는 작고 가는 독침 세 개를 잡아 버린다는
게, 그것도 공중에 떠서 박도를 휘두르는 순간에 그런다는
게 어디 쉬운 일이던가.

허나, 지금은 그런 의문을 떠올리며 머뭇거릴 때가 아니
었다.

'염병!'

그는 서둘러 품 안에서 약병을 꺼내 그 안에 들어 있는 손
톱만 한 회색 단약 두 알을 꺼내 삼켰다.

침이 박힌 것쯤이야 나중에 다시 뽑으면 되지만, 아무리
독공을 수련한 그라도 극독이 몸에 퍼지는 것까지 무시할
수는 없었으니까.

"우리 둘로는 상대할 수 없는 놈이니까, 이쪽으로 와!"

그 사이 부단나가 있는 곳까지 물러난 건달바는 다짜고짜
소매를 잡아 지국천도들이 차륜진을 펼치고 있는 곳으로 끌
어 당겼다.

"뭐?"

"젠장, 잔말 말고 그냥 내 말대로……!"

건달바는 말을 하다 말고 다급히 옆으로 몸을 뺐다.

부단나 역시 위험을 감지하고 반대쪽으로 몸을 날렸다.

스악!

방금 전까지 두 사람이 서 있던 땅에 새하얀 줄기가 내리

꽂히며 깊은 고랑이 만들어졌다.

'강기!'

부단나와 건달바는 동시에 같은 생각을 했다.

땅을 이러한 깊이로 파헤칠 만한 위력이라면 검풍 정도로는 설명될 수 없는 것이니까.

파파파팍.

강기에 이어 내려선 반악은 그대로 뛰어올라 부단나를 향해 박도를 휘두르고, 건달바를 향해 발길질을 날렸다.

그 연속성이 너무 빠르고 시기적절하여 두 사람은 완벽히 피할 수가 없었다.

"큭!"

"컥!"

각기 어깨를 베이고 가슴을 걷어차인 부단나와 건달바는 고통에 신음하면서도 시간을 허비하지 않고 이를 악문 채 지국천도들 쪽으로 물러나는 길을 선택했다.

부상을 입은 것도 문제지만, 강기를 목도한 것만으로도 반악의 무서움을 충분히 실감했으니까.

하지만 반악은 두 사람을 쫓지 않았다. 조금 전까지 그를 상대로 수세에 허덕이던 지국천작이 구지행과 염서성을 상대로 물 만난 물고기처럼 날뛰고 있는 걸 막아야 하기 때문이었다.

'독침에 당한 모양인데, 정말 한심하군.'

구지행 정도의 실력과 경험이면 걱정 없을 거라 생각했던 게 후회스러울 지경이었다.

반악은 공중으로 뛰어올라 가까이 있던 지국천도의 어깨가 으스러질 만큼 강하게 짓밟고 더 높이 뛰어올랐다. 그리고 중독 증세로 쓰러지기 직전에 이른 구지행을 보호하느라 애를 쓰는 염서성을 철선으로 난타하고 있던 지국천작의 머리 위로 떨어져 내렸다.

'젠장, 다 잡았는데!'

반악의 움직임을 계속 신경 쓰고 있었던 지국천작은 크게 당황하지 않고, 끝장을 내겠다며 고집을 부리지도 않고, 조금의 망설임도 없이 뒤로 몸을 뺐다.

아쉽긴 하지만 혼자서 어찌할 상대가 아니란 걸 이미 경험했으니까.

*　　*　　*

"그렇게 빌빌거려서 어디에 써먹겠냐."

그와 구지행을 보호하듯 앞을 막아선 반악의 말에 염서성은 헛웃음을 지었다.

보통 이런 상황이면 괜찮냐 다쳤냐 하고 묻지, 약해서 당한 거라는 투의 질책어린 말을 하는 경우는 없기 때문이었다.

하지만 한편으로는 역시 반악답다, 하는 생각이 들기도
했다.

지국천작이 반악을 매섭게 노려보며 물었다.

"네놈의 정체가 뭐냐?"

"그런 너야말로 정체가 뭐냐?"

구지행이야 중독이 되서 힘을 못 쓴다고 하지만, 염서성
의 실력 또한 고수급에 들어가는 실력.

아무리 차륜의 묘를 살린 열 명의 수하들이 좌우를 받치
고 있다 해도, 그런 염서성을 몰아붙일 정도라면 절대 무명
소졸이라 할 수 없는 것이다.

"네놈 먼저 밝혀라."

왠지 어린애 치기 같은 다그침이라 반악은 저도 모르게
피식 웃고 말았다.

지국천작은 그 웃음을 비웃음으로 받아들였다. 이미 한
번 혼쭐이 났고 구지행을 죽일 수 있는 기회까지 놓쳤으니,
반악이 자신을 우습게보고 있다 생각하는 것도 이상한 일은
아니었다.

그리고 반악이 지국천작을 우습게 생각하는 것도 사실이
었다. 자신보다 하수라서가 아니라, 불리하다 싶으면 수하
가 죽건 말건 위험을 떠넘기고 그냥 외면해 버리는 행동거
지 때문이었다.

그런 행동은 반악이 공감하고 이해할 수 있는 실리주의에

서 비롯된 게 아니라, 지극히 이기적이고 몰상식한 멍청이들이나 하는 행동인 것이다.

반악은 박도를 앞으로 내밀어 지국천작의 미간을 겨냥하며 말했다.

"어차피 널 죽이기만 하면 되니까, 굳이 네놈의 정체를 알 필요는 없어."

반악의 음성에는 분노와 살기가 담겨 있지 않아 무덤덤하게까지 느껴졌지만, 지국천작은 오히려 그래서 등골이 오싹해졌다.

어떤 상황에서도 쉽게 흥분하지 않고 냉정함을 유지한 채 사람을 죽일 수 있는 자들에게서나 느낄 수 있는 분위기였기 때문이다.

지국천작은 피에 젖은 어깨를 감싸 쥐고 있는 부단나와 내상을 입은 듯 안색이 창백한 건달바를 슬쩍 쳐다보며 고민했다.

'이길 수 있을까?'

구지행이야 다 죽어가고 있으니 반악과 염서성만 제압하면 되고, 자신들은 열이 넘으니 외형상 많이 유리한 형국이라 봐야 했다.

하지만 왠지 이길 수 없을 것 같다는 불길함을 떨칠 수가 없었다.

지국천작은 결국 다음을 기약하자는 쪽으로 생각을 정리

했다.

'물러나자.'

절대적인 확신도 없는 상황에서 무리수를 둘 이유가 무엇인가.

구지행의 죽음을 완전히 마무리 짓고 물러나면 더할 나위 없이 좋겠지만, 자신의 목숨이란 건 세상 그 무엇과도 바꿀 수는 없다는 신념에 입각해 판단하자면 지금은 미련 없이 물러나야 할 때인 것이다.

허나, 그의 미세한 표정 변화를 통해 낌새를 눈치챈 반악이 먼저 움직였다.

"이번엔 아무도 돌아갈 수 없다!"

반악은 한 걸음으로 두 장의 간격을 줄여 버리고 박도를 내리쳤다.

"건달바, 부단나!"

지국천작은 뒤로 몸을 빼면서 외쳤다.

그 혼자 감당할 수 없으니, 부상을 당했더라도 두 사람의 도움이 절실한 것이다.

'야비한 새끼! 꼭 필요할 때만 찾지!'

부단나와 건달바는 내심 욕을 하면서도 지국천작의 좌우로 뛰어들었다.

어깨에 심각한 부상을 입은 한 명을 제외한 아홉의 지국천도들은 자신들이 끼어들 자리가 아니라 판단하고 옆으로 물러났다가 염서성과 구지행 쪽으로 움직였다.

지국천도들이 다시금 포위 형세를 취하자, 염서성은 그의 뒤쪽에 가부좌를 하고 앉아 땀을 뻘뻘 흘리고 있는 구지행을 힐끔 돌아보았다.

'늙은이 때문에 개고생하는군.'

꼼짝도 못하는 이를 보호하며 싸운다는 건 쉽지 않은 일이고, 그래서 염서성이 지금까지 실력 발휘를 제대로 하지 못했던 것이다.

만약 쇠신발을 비롯한 방어구를 착용하지 않았다면 더 큰 낭패를 보았을 게 분명했다.

'하지만 철수룡이 내게 빚을 진다는 것도 나쁠 게 없지.'

언젠가 그도 철수룡의 도움을 필요로 할지도 모르는 일이었다.

그런 생각이 들자 괜히 기분이 좋아진 염서성은 대흑금마력의 공력을 가득히 끌어올리며 히죽 웃었다.

지국천작의 철선에 난타당하여 상의가 넝마처럼 찢겨지고 작은 생채기가 가득히 새겨진 그의 피부가 점차로 거뭇하게 물들어 갔다.

"개자식들아, 어디 피터지게 한 번 붙어 보자!"

염서성의 호기어린 외침에 지국천도들은 코웃음을 치면서 포위를 좁혔다.

헌데, 그들이 막 공세를 펼치려는 그때, 갑자기 뒤쪽에서

잔잔하면서도 힘이 느껴지는 음성이 그들의 행동을 막았다.

"모두 물러나십시오."

지국천도들은 뒤를 돌아보고 황당함을 느꼈다.

행색이 초라한 반백의 늙은이가 있었기 때문이었다.

"불명 노사님……."

염서성은 이미 한참 전에 멀리 떠났을 거라 생각했던 불명 노사가 이곳에 나타난 것에 깜짝 놀라고, 당혹스러워 했다.

"미친 늙은이!"

가까이 있던 지국천도가 비웃음을 지으며 불명 노사를 향해 발을 치켜들었다.

한 번 걷어차 주는 것으로 쫓아낼 심산인 것이다.

허나, 불명 노사의 배를 노리고 내지른 발은 빈 공간만 차버렸을 뿐이었다.

그리고 어느새 바로 옆으로 다가온 불명 노사가 그의 옷깃을 잡으며 말했다.

"다 댁들의 안위를 위한 일이니 아파도 참으십시오."

"……!"

지국천도는 갑자기 세상이 뒤집어진 듯 머리는 아래로 다리는 하늘로 향한 채 던져져서는 땅바닥에 쿵 하고 떨어졌다.

동료가 반항 한 번 못하고 내던져진 데다 어딜 어떻게 떨어진 것인지 끙끙 거리며 일어나질 못하자, 나머지 지국천도들은 불명 노사가 범상한 인물이 아님을 깨닫게 되었다.

그리고 자신들에게 호의적인 인물이 아님도 확실해졌기에 곧바로 적의를 드러냈다.

"죽여라!"

누군가의 외침과 함께, 가까이 있던 세 명이 빠르게 정면과 좌우로 움직이며 불명 노사를 향해 칼을 내리쳤다.

그리고 두 명이 곧바로 따라붙어서 뒤이어 공격할 태세를 갖추고, 나머지 다섯은 염서성이 방해하지 못하도록 일자로 방어막을 치며 견제 했다.

공격과 방어를 구분 지어 형세를 갖추고 차륜의 묘를 살린 그들의 움직임은 이제까지의 상황이 말해주듯 매우 훌륭했다. 염서성과 구지행이 제대로 힘을 못 쓴 것도 물 흐르듯 자연스러운 그들의 대응력 때문일 것이다.

허나, 지금 그들이 상대할 불명 노사는 그 정도 수준의 차륜진으로는 어찌할 수 없는 인물이란 게 곧 드러났다.

"으악!"

"어억!"

고통이 아닌 당혹감과 놀람으로 가득 찬 외침들이 연신 터져 나오고 그 때마다 지국천도들이 뒤로 던져졌다가 요란한 소리와 함께 땅바닥을 나뒹굴었다.

다수가 수레바퀴처럼 공수를 전환하여 상대의 진을 빼고 제압한다는 차륜진은 불명 노사가 손을 뻗을 때마다 속절없이 뚫리며 빠르게 와해되어 갔다.

지국천도들 모두가 저 뒤로 던져져 땅을 나뒹굴기까지 걸린 시간은 촌각이라는 말로 표현할 수 있을 만큼 짧았다.

그만큼 실력의 격차가 컸던 것이다.

그의 놀라운 무위에 염서성은 벌린 입을 다물지 못했고, 금방이라도 피가 튀고 살이 튀는 싸움을 벌일 것 같았던 반악과 지국천작 등도 할 말을 잃은 채 쳐다보고 있었다.

"이제 그만들 하는 게 좋겠습니다."

너무나 정중하고 예의바른 말투와 태도였지만, 불명 노사에게서 느껴지는 분위기는 겉모양처럼 초라하고 나약하지 않았다.

오히려 말 한마디마다 만근거석을 달아 놓은 듯 무겁고 위압적이기까지 했다.

적아를 떠나 모두 그 기세에 짓눌려 버렸는지 입을 여는 사람이 없었다.

물론, 언제나 그러했듯 반악은 예외였다.

"여긴 노인장이 끼어들 자리가 아니오."

"……"

불명 노사는 반악을 쳐다보았다.

반악의 시선에선 뭔가 도전적이고, 불만스러움이 느껴졌다.

언뜻 불쾌감을 표출하는 듯도 했다.

'처음 보았을 때부터 남다른 느낌이 있었지.'

불명 노사는 반악의 반응을 자연스럽고 당연하게 받아들

이고 있었다.

스스로도 이상하고 괴이하다 느낄 정도였다.

"반 공자를 방해해서 미안하지만, 소승은 이 이상 문제가 생기도록 방관하고 있을 수가 없습니다."

사람이 죽고 다치는 일이 생기지 않도록 하겠다는 의미일 것이다.

그래서 반악은 짜증이 났다.

난데없이 나타나 지국천작 등이 어떤 자들이건 간에 상관 없이 무슨 수를 쓰든 살생을 막아야겠다고 하는 불명 노사의 의도가 마음에 들지 않기 때문이었다.

"이미 일행이 피해를 입었으니 이자들은 그에 합당한 대가를 치러야 하오."

"부디 반 공자의 너그러움을 바랄 뿐입니다."

불명 노사는 마치 지국천작과 그 무리의 대변인이라도 되는 것처럼 반악을 설득하려 했다.

'웃기는군.'

반악은 불명 노사가 정말 자신이 생각하는 그 사람이긴 한 건가, 하는 의구심이 들었다.

그 사람은 결코 이러한 상황에서 너그러움을 논할 사람이 아니기 때문이었다.

'……?'

반악은 문득 이상한 낌새를 느끼고 부단나를 쳐다봤다.

부단나의 얼굴에 움찔하는 기색이 스쳤다. 그리고 왼손을 뒤쪽으로 숨기고 있는 것도 보였다. 그가 뭘 하고 있는 건지는 뻔했다. 그 사이에 몰래 하독을 하고 있었던 것이다.

반악의 가슴속에 살기가 가득 피어올랐다. 하지만 그가 조치를 취하기도 전에 불명 노사가 먼저 움직였다.

"갈!"

불명 노사는 눈 깜짝할 사이에 부단나의 지척으로 다가가 그의 왼쪽 어깨를 부여잡고, 손가락으로 상반신 이곳저곳을 연달아 십여 번이나 찌른 뒤 마지막으로 손바닥을 펼쳐 단전을 빠르게 밀어 쳤다.

찔리고 가격당할 때마다 움찔하며 몸을 떨던 부단나는 마지막 일격에 뒤로 붕 날아가 땅을 뒹굴었다.

"우웩!"

반사적으로 벌떡 일어나던 부단나는 다시 허리를 구부리고 거무죽죽한 액체를 한가득 토해 냈다.

두 장이나 떨어진 상태에서도 역하고 비릿한 향이 풍기는 걸 보면 단순한 토사물이 아니었다. 창백하고 기력이 모두 빠져버린 듯한 얼굴만 봐도 그가 매우 치명적인 타격을 입었다는 걸 알 수가 있었다.

불명 노사는 부단나의 품에서 꺼낸 주머니를 염서성을 향해 던져 주고, 다시 부단나를 쳐다보며 말했다.

"그대는 앞으로 독공을 익힐 수 없을 것이니, 부디 마음을 바로잡아 갱생의 길을 걷도록 하십시오.”

가뜩이나 창백해져 있던 부단나의 얼굴이 완전히 핏기를 잃었다.

불명 노사는 감히 덤벼들 엄두도 내지 못하고 돌처럼 굳어 있는 지국천작을 쳐다봤다.

“당신들은 저 공자를 당해낼 수 없으니 이쯤에서 무리를 데리고 물러나도록 하십시오.”

지국천작은 숙고할 것도 없다는 듯 얼른 고개를 끄덕이고는 비틀거리며 일어서고 있는 지국천도들과 건달바, 혼백이 빠진 것처럼 보이는 부단나를 데리고 서둘러 자리를 떠났다.

＊　　＊　　＊

불명 노사는 가부좌를 한 구지행의 뒤에 앉아서 그의 등에 양손바닥을 가져다 댔다.

순간 불명 노사를 중심으로 강력한 기운이 뿜어져 나왔고, 지켜보던 묵담향과 염서성, 그리고 여인들은 화들짝 놀라며 한 걸음씩 물러났다.

하지만 불명 노사에게서 뿜어지는 기운은 너무나 강력해서, 그들은 다시 몇 걸음을 더 물러나야만 했다.

얼마 있지 않아 구지행의 몸에서도 막강한 기운이 발출되고, 얼굴과 전신에서 역한 냄새를 동반한 불투명한 땀이 흘러내리기 시작했다.

그렇게 반각의 시간이 흘렀을 때, 불명 노사가 손을 떼고 일어났다.

"이제 기다리는 일만 남았습니다."

잘될 거라느니, 구지행은 회복할 것이라느니 하는 구체적인 말은 하지 않았다.

하지만 묵담향 등은 그 말만 듣고도 안심이 되었다.

불명 노사가 부단나에게서 빼앗은 해독약을 복용시키고, 어느 정도 수준일지 감히 추측할 엄두조차 나지 않는 막대한 공력을 써서 도왔으니, 반드시 살아날 것이라는 믿음이 들었던 것이다.

불명 노사는 혼자서만 멀찍이 떨어져 앉아 있는 반악을 향해 걸어갔다.

"반 공자는 소승에게 단단히 화가 난 것 같습니다."

반악은 그를 쳐다보지도 않았다.

불명 노사는 그 옆에 앉았다.

"혹시 반 공자는 앙굴리마라라고 하는 이름을 들어 본 적이 있습니까?"

"……"

반악이 무시하듯 아무 대꾸하지 않았지만, 불명 노사는 개의치 않고 차분하게 앙굴리마라란 인물에 대한 이야기를 하기 시작했다.

"옛날 저 서방의 어느 나라에 앙굴리마라라고 하는 매우 잘생긴 젊은이가 있었습니다. 아마도 반 공자만큼, 아니 그 이상으로 잘생긴 젊은이였을 겁니다. 그는 바라문이라고 하는 스승 밑에서 배움을 얻고 있었습니다. 어느 날……"

어느 날 앙굴리마라의 스승이 집을 비운 사이에 그는 사모의 유혹을 받게 되지만 단호하게 거부했다. 사부가 집으로 돌아오자 사모는 앙굴리마라가 자신을 욕보이려 했다고 정반대로 이야기를 하여 누명을 씌운다.

부인의 말만 믿고 크게 노한 스승은 마지막 수행이므로 절대 거부해선 안 된다는 당부와 함께 말도 되지 않는 일을 하도록 명했으니, 일백의 남녀를 죽이고 그들의 손가락 한 개씩만을 모아서 목걸이를 만들라고 했다.

사람들의 원한을 사서 앙굴리마라를 죽게 만들 속셈이었던 것이다.

앙굴리마라는 순진하게도 그 말을 따라 사람을 죽이다가, 마지막 한 명을 남겨두었을 때 석가세존을 만나게 된다.

그제야 자신의 행동이 그릇됨을 깨달아 석가세존에게 가르침을 받게 되지만, 과거를 뉘우치고 수련에 힘쓰는 그를 사람들은 용서하지 않았다.

앙굴리마라에게 혈육을 잃은 사람들은 탁발에 나선 그에게 욕을 하고, 돌을 던지고, 저주의 말을 퍼부을 뿐이었다.

"그리고 매일같이 한 톨의 양식도 얻지 못하고 지친 모습으로 피범벅이 되어 돌아오는 앙굴리마라에게 석가세존은 말합니다. 앙굴리마라여, 너는 그것을 참고 견뎌 내야만 한다. 꾹 참고 견뎌 냄으로써 너는 과거의 죄업을 청산할 수 있을 것이다."

불명 노사는 그렇게 이야기를 끝내고 입을 다물었다.

반악은 생각했다.

'중의 입을 통해 들어도 웃기는 이야기군.'

사실 반악은 앙굴리마라란 이름을 이미 알고 있었다.

과거에 한참 여러 서적을 탐구할 무렵에 한 불가서적에서 읽어 봤던 것이다.

반악이 생각할 때, 앙굴리마라에 대한 이야기가 말하고자 하는 골자는 하나였다.

타인으로부터 받는 박해를 참고 견뎌내는 삶.

담겨진 의미를 보다 길게 따져보자면, 자신이 악한 마음을 갖고 한 게 아니라도 타인에게 피해를 입힐 수 있으니, 저도 모르는 사이에 타인을 힘들게 할 수 있다는 걸 유념하여 그들의 질타를 참고 고행해야만 진정한 불교인이라는 의미라고나 할까.

불명 노사가 스스로 만든 목조불상에 절을 하며 읊었던 불경인 반야바라밀다심경이 인생은 본디 허무하며 때론 그것마저 없다는 걸 알게 되었을 때 깨달음을 얻게 된다고 가르치는 걸 감안할 때, 불명 노사가 추구하고자 하는 것도 결국 앙굴리마라에게 말했던 석가세존의 이야기와 비슷한 것이리라.

물론, 인내와 무심과 초탈이란 건 불교에서 떼어낼 수 없는 것이기 때문에 불명 노사 한 사람에게 국한된 가치관이라 할 수는 없겠지만.

어쨌든, 불명 노사는 그에게 지극히 너그럽고도 포용적인 인내를 요구하고 있었다. 반악은 당연히 그러한 요구를 받아들이고 싶지 않았다. 그러한 종류의 인내심은 그가 용납할 수 있는 상식도 아니고, 망상에 빠져서 현실과 한참이나 동떨어져 버리는 멍청한 짓이었으니까.

게다가 그 이야기도, 그 의미와 가르치고자 하는 의도도 이해할 수 없었다.

아니, 이해하기 싫었다.

그것이 옳든 옳지 못하든, 스스로 선택한 행동이라면 누구든 자신의 행동에 책임을 지고 자신만만하게 맞서야만 하는 것이다. 또한 불합리한 피해를 입었는데 전생의 업보라고 하면서 눈과 귀를 닫고 자책하며 수용하는 것으로 끝내서는 안 된다는 게 반악의 생각이었다.

반악이 체험을 통해 인식하고 있는 현재의 삶은 숨이 가빠올 정도로 매우 치열하고, 과거와 미래를 염두에 두며 여유롭게 행동할 만큼 만만하지 않았으니까.

그래서 반악은 지국천작과 그 무리를 그냥 돌려보낸 불명 노사에게 매우 화가 나면서도 그의 말에 대꾸하거나 반박하지 않는 것이다.

　왜?

　그럴 필요성조차 전혀 느끼지 못했다.

　그와 불명 노사는 같은 공간에 있었지만 완전히 다른 세상에 살고 있기 때문이었다.

＊　　＊　　＊

　"후~."

　구지행은 긴 숨을 내뱉으며 눈을 떴다.

　해독약을 복용하고 불명 노사의 도움까지 받았음에도 반 시진이나 운기행공을 한 끝에 눈을 뜬 것이다.

　묵담향은 염려어린 눈빛으로 조심스레 물었다.

　"괜찮으세요?"

　구지행이 많이 지쳐 있는 미소를 지으며 목이 마르다고 하자, 염서성이 얼른 마차로 달려가 물통과 잔을 가져왔다.

　"이제 조금 살 것 같구나."

　물통을 반이나 비워 버리고 나서야 입을 연 구지행은 묵 담향의 만류에도 불구하고 일어나서 멀찍이 떨어져 반악과 나란히 앉아 있는 불명 노사를 향해 걸어갔다.

"불명 노사님은 혹시……."

불명 노사는 일어나서 구지행의 말을 중간에 끊었다.

"소승은 단지 불명이라 불리길 바라고 있습니다."

구지행은 불명 노사의 반응을 통해 자신의 짐작이 맞았다는 확신을 하게 되었다.

허나, 선뜻 이해하긴 힘들었다.

불명 노사가 거론하지 않으려 하는 이름은 배분과 명성, 그리고 무공실력을 비롯하여 어느 하나 부족함 없이 무림 최고라 칭송되는 이름이었다.

그런데 그 이름을 거부하다니.

'나름의 사정이 있는 것이겠지.'

의문은 남아 있었지만 더는 묻지 않기로 했다.

지금은 입에 올리길 거부하는 과거의 그나 불명이라 불리길 바라는 현재의 그나 범상치 않기는 매한가지였으니, 단순한 설명으로 이해가 되리란 생각은 들지 않는 것이다.

무엇보다, 배분과 실력에 있어 대적할 이가 손에 꼽히는 그가 남녀노소 신분여하를 떠나 모두에게 공대하는 것만으로도 이해불가한 일이 아니던가.

그래서 더는 알려 하지 않고 그냥 감사만 표하기로 했다.

"노사의 도움으로 늙은 목숨을 건질 수 있었습니다."

"소승이 한 일은 인사를 받을 정도가 아니었으니, 개의치 마십시오. 도리어 소승의 욕심으로 그들을 돌려보내고 후환을 남겨 두었으니, 여러분께 번거로움을 끼치게 되었습니다. 해서, 안심이 될 때까지 소승이 동행했으면 합니다만, 어찌 생각하십니까?"

구지행으로선 거부할 이유가 없었다.

묵담향과 염서성도 마찬가지였다. 누구도 딱 부러지게 이야기를 하지 않아 불명 노사의 정체에 대해서 알 수 없었지만, 천부교의 무리를 가볍게 압도하던 실력만 봐도 천군마마를 얻은 것과 진배없기 때문이었다.

하지만 반악은 그들의 의견에 동의할 수 없었다.

"난 반대요."

"그게 무슨 말인가? 설마 자네는 그 사교의 무리가 이대로 포기할 거라 생각하는 건 아니겠지?"

"그래요, 반 소협. 그들은 더욱 많은 사람들을 데리고 나타날 가능성이 높아요."

염서성은 감히 반악의 말에 반박할 수는 없었지만, 표정만으로도 불명 노사의 동행을 적극 환영하고 있다는 게 뻔히 보였다.

반악은 불명 노사를 싸늘하게 쳐다보았다.

"놈들이 어떤 짓을 하든 아까처럼 살려서 보내기만 한다면, 천하의 고수들이 모두 우릴 돕는다고 해도 영원히 그들을 떨쳐낼 수 없을 거요."

"……."

구지행 등은 잠시 할 말을 잃었다.

반악의 말이 틀렸다 할 수는 없었으니까.

허나, 그렇다고 해도 불명 노사의 도움이 필요하다는 현실을 외면할 수는 없지 않은가.

"반 소협의 말도 일리가 있지만, 구 어르신이 완전히 몸을 회복하시기 전까지 우리에겐 불명 노사님이 필요해요. 최소한 황보세가에 도착하기 전까지만이라도 동행해달라고 부탁드리고 싶어요."

"……."

반악은 불명 노사가 없어도 상관없다고, 자신의 능력으로도 충분히 해결할 수 있다고 말하려다가 참았다.

천부교의 무리가 얼마나 많은 인원으로, 얼마나 대단한 고수들을 데리고 나타날지 알 수가 없는 마당에, 함부로 단정지어 책임질 수도 없는 말을 하는 건 그답지 않은 짓이니까.

솔직히 그도 불명 노사가 큰 힘이 될 거란 걸 인정하고 있었다. 하지만 아까처럼 불살생의 계를 주창할 것은 너무도 뻔한 일.

자신이 그런 꼴을 계속 참아낼 수 있을지 확신이 없는 것이다.

'하지만 만약 놈들이 감당하기 쉽지 않은 인원과 고수들을 몰고 나타난다면…….'

그때도 불명 노사가 불살생의 계를 지키겠다고 고집을 부릴까?

'궁금하군.'

갑자기 어찌 대응할지, 어떻게 행동할지가 보고 싶어졌다.

불명 노사가 거론하지 않으려는 과거의 그는 불살생의 계에 얽매이는 인물이 아니었기에, 진정 완전히 다른 사람이 된 것인가에 대한 의문이 드는 것이다.

'나도 과거와 달라진 점은 있지만 기본적으로는 바뀌지 않았다. 아니, 못했다. 뼛속 깊이 새겨져 굳어져 버린 폭력성과 잔혹성은 그처럼 쉽게 뽑아낼 수 있는 게 아니었으니까.'

그런데 불명 노사는 달라졌다고 하는 것이다.

그리고 그게 진짜인지, 진정 반약이 가능하지 않다고 하는 변화를 이루었는지 알고 싶었다.

그래서 담담한 눈빛으로 쳐다보는 불명 노사를 날카로운 시선으로 일별하고, 구지행 등에게 고개를 끄덕였다.

"모두의 생각이 그렇다고 한다면 나 혼자 반대할 수는 없겠지. 알겠소. 대신 황보세가에 도착할 때까지만이오."

"그 이상으로 동행을 부탁드리는 건 오히려 우리가 실례를 저지르는 것이겠죠. 불명 노사님, 제남까지만 동행을 부탁드릴게요."

"여시주의 말을 따르도록 하겠습니다."

합의를 이룬 무리는 천부교가 추적해 올 것을 감안하여

여인들을 추성에 남겨두고 가서는 안 된다고 판단, 방향을
바꾸어 곧장 북쪽 사수 쪽으로 마차를 몰아갔다.

第三十四章

산동 남서쪽 곡부(曲阜).

그 외곽에는 천운이라는 이름의 산이 하나 있었다.

그리 높지도 않고, 나무가 빽빽하게 우거진 것도 아닌, 그냥 야트막한 산이었다.

하지만 특징이 하나 있었으니, 사시사철 하얀 운무에 휩싸여 있다는 점이었다.

그리고 몇 년 전, 그 천운산에 일단의 무리가 나타나 밑자락에 장원을 짓더니만, 얼마 있지 않아서 그 무리는 자신들이 천부교의 교도들이라며 주변에 교리를 퍼트리기 시작했다.

포교 활동을 시작한 것인데, 처음 사람들은 그들의 말에 시큰둥한 반응을 보였다.

기존에 알려진 종교와 크게 다를 것이 없는 교리.

약간의 차이점이라고 한다면 내세를 강조하면서도 현세의 물질적 풍요 또한 중요하다고 말한다는 점이었지만, 별다른 반향을 불러일으키지는 못했다.

그러나 자칭 제석천의 현신이라 하는 교주가 저수지에 물이 마르게 될 것이라는 예언을 하고, 그 예언대로 저수지 물이 원인을 알 수 없는 이유로 줄어들어 바닥을 드러내게 되자, 상황은 순식간에 달라져 버렸다.

사람들이 천부교를 진지한 눈으로 보게 된 것이다. 그렇게 주목을 받게 되고, 저수지에 물이 다시 차게 될 때가 언제냐는 물음과 물이 다시 차게 해달라고 찾아와 기도하는 사람들이 갈수록 늘어나던 어느 날, 얼굴에 면사를 쓰고 장원 밖에 나타난 교주가 손수 저수지로 가서는 모두가 보는 앞에서 기도를 드리자 그 다음날부터 저수지에 물이 차오르게 되었고, 그 이후로 천부교는 곡부에서 가장 영향력 있는 종교로 거듭나게 되었다.

그 이후에도 몇 번의 예언과 신통하고 영묘한 능력을 보여준 교주는 절대적인 신봉을 받는 존재가 되었음은 당연지사.

현민들에 대한 영향력이 워낙 대단해서 현령조차 그와 대면하는 게 매우 어려워졌고, 무슨 일을 벌이든 그에게 조언과 허락을 받아야 할 정도였으니……

그렇게 곡부 깊이 뿌리를 내리고 대부분의 현민들을 직간접적으로 교도화시킨 천부교는 곡부 밖으로까지 포교를 펼쳐, 지금은 근방 추성을 비롯한 다섯 개 현에서 받아들인 교도만도 수천이라고 알려졌다.

그리고 지금도 적극적이고 공격적인 활동으로 빠르게 성장하고 팽창하는 중이었다.

*   *   *

뎅, 뎅, 뎅.

장중하고 은은한 징소리와 함께 거대한 대전 가득히 들어차 있던 교도들이 앉은 자리에서 일어났다.

그들은 비단을 가늘게 꼬아 그물처럼 엮어서 흐릿하게나마 안쪽을 볼 수 있게 만든 장막으로 막아 놓은 넓은 단상을 향해 일제히 허리를 숙이고, 다시 무릎을 꿇고, 마지막으로 머리를 바닥에 닿게 하는 오체투지의 자세를 취했다.

교도들의 면모는 남녀노소를 가리지 않았고, 거의 일백에 가까웠다. 그리고 그들은 오체투지를 일곱 번이나 반복한 뒤에 무릎을 꿇고 양손을 엇갈려 가슴에 붙이고 이마가 바닥에 닿도록 허리를 숙인 채 조용히 기다렸다.

뎅.

한 번의 징소리.

그게 신호였던지 교도들은 한 목소리로 중얼거리기 시작했다.

"제석극락 불신구천, 제석극락 불신구천……."

제석극락(帝釋極樂) 불신구천(不信九泉).

교주인 제석천을 믿으면 극락에 가고, 믿지 않으면 귀신이 되어 고통 속에서 영원히 구천을 떠돌게 될 거라는 의미를 담은 말이었다.

이때, 장막 밑으로 하얀 연기가 뭉실거리며 흘러나왔다.

기묘한 향이 나는 연기가 교도들 사이로 퍼져 나가 대전 바닥을 모두 채웠을 때, 다시 한 번의 징소리가 울렸다.

장막 안쪽으로 사람의 윤곽이 보였다.

천부교의 교주 제석천이었다.

하지만 감히 고개를 들어 교주의 흐릿한 신형을 보려고 하는 교도들이 없었다. 허락 없이 보려고 하면 저주를 받아 눈이 멀게 될 거라는 경고와 당부가 있기 때문이었다.

그리고 초창기에 그 말을 무시하고 쳐다봤다가 다음날 시력을 잃은 사람도 진짜 있었기에, 이젠 아무도 허락 없이 교주의 신형을 보려고 하지 않았다.

"고개를 들라."

남자인지 여자인지 알기 힘든 교주의 중성적인 음성은 별로 크지 않았지만 넓은 대전 끝까지 울려 퍼졌다.

교도들은 감탄과 두려움을 동시에 느끼며 허리를 펴고 장막을 응시했다.

다시 음성이 흘러나왔다.

"이 우주는 모두 본좌의 소유이니라. 그 안에 사는 생명이 있는 모든 것들이 본좌의 자식들이니라."

교도들은 자그맣게 제석극락 불신구천을 읊조리며 고개를 끄덕거렸다.

"세상의 모든 것은 본좌로 말미암지 않으면 헛된 것이니, 모든 괴로움에서 벗어나기를 바라거든 마땅히 본좌를 받들기에 힘쓰고 행해야 할 것이니라."

"제석극락 불신구천……."

"무엇을 기뻐하고 무엇을 웃으랴. 삶이란 항상 깊은 어둠이 덮여 있는 것과 같으니, 본좌를 찾지 않으면 널리 바라볼 수 있는 불빛이 없어 밑바닥에서 허우적거리기만 할 뿐, 불행으로부터 영원히 벗어날 수 없으리라."

"제석극락 불신구천……."

"본좌를 믿고 받들지 않으면 근심과 두려움을 낳을 것이니, 이곳에 있는 그대들은 근심하고 두려워할 것이 무엇이 있겠는가."

"제석극락 불신구천……."

제석천은 계속해서 자신의 절대적인 존재감과 자신을 믿지 않으면 생겨날 죄악과 고통, 자신을 믿으면 얻어질 행복과 풍요를 이야기했다.

교도들은 눈도 깜빡하지 않고 장막을 응시한 채로 교주의 설교에 깊이 빠져들어 갔다.

낯빛은 맹렬한 열기를 마주한 듯 붉어졌고, 눈동자는 더할 수 없는 만족감을 경험하고 있는 것처럼 몽롱했다.

교주의 음성에 취했음인가, 아니면 바닥을 뒤덮고 있는 기이한 향기를 풍기는 연기에 취했음인가.

헌데, 바로 그때 대전의 문이 열리며 웬 장년의 사내가 뛰어들어 왔다.

"교주님!"

척 보아도 몸이 뚱뚱하고 부유함이 느껴지는 사내였다.

그러나 원래 고급스러웠던 의복은 무슨 이유인지 찢기고 더러워져 있었고, 기름기가 줄줄 흘러야 했을 낯빛은 냉수를 뒤집어쓴 듯 창백하게 질려 있는 것이, 매우 위급한 일에 처했었다는 걸 알 수가 있었다.

장년의 사내는 장막을 향해 절박한 음성으로 소리쳤다.

"교주님, 불쌍한 소인을 굽어살펴 주시옵소서!"

그는 근방에서 몇 개의 사업체를 소유한 상인이었고, 사람들은 그를 윤 대고라 불렀다.

즉, 상류층으로서 남부러울 것 없는 부유함을 누리고 사는 만큼 스스로를 불쌍하다고 하는 건 사리에 조금도 맞지 않는 말인 것이다.

118

게다가 윤 대고는 천부교에 입교한 교도였지만 신실한 자는 아니었다. 그저 필요성에 의해 교도가 된 사람이었다. 근방의 많은 사람들이 천부교를 믿으니, 자신도 교도가 되어 그들과 교류하면 보다 많은 고객을 손쉽게 얻을 수 있다는 판단에 따른 것이다.

"윤 대고님, 이러시면 곤란합니다."

"교주님께서 설교 중이실 때 소란을 피우는 것은 죄를 짓는 것입니다."

밖을 지키고 있던 교도들이 뒤늦게 따라 들어와 그를 데리고 나가려했다. 하지만 윤 대고가 나가지 않겠다며 저항하고 실랑이를 벌이면서 진정은커녕 점점 소란이 커져 갔다.

이때, 듣는 이에게 기묘함을 느끼게 하는 제석천의 중성적인 음성이 장막 안에서 흘러나왔다.

"그를 본좌의 앞으로 오게 하라."

윤 대고를 데리고 나가려던 교도들은 말 잘 듣는 어린애처럼 즉각 몸을 바로하고, 단상 앞으로 가 보라며 윤 대고의 등을 떠밀었다.

윤 대고는 처음의 기세는 어디로 갔는지 불안감과 두려움, 그리고 약간의 기대감을 품고 교도들이 좌우로 물러나며 열어준 길의 중앙을 가로질러 단상 앞에 섰다.

순간 장막 안쪽에서 웅혼한 고성이 터져 나왔다.

"갈!"

윤 대고는 뒤로 벌렁 쓰러졌다.

단순히 소리에 놀랐기 때문이 아니라, 장막을 투과하고 와락 밀려드는 무형의 압력에 떠밀려서 쓰러진 것이다.

윤 대고는 자신이 어떤 잘못을 했는지 깨닫고는 다급히 몸을 바로 하고 엎드려서 이마가 바닥에 닿을 만큼 머리를 수그렸다.

교주의 음성이 들려왔다.

"무엇이 네 마음에 고통과 어둠을 밀어 넣어 조급케 만들었더냐?"

"산적들입니다, 교주님. 그들이 운송 중이던 제 물건들을 강탈하고, 제 일꾼들을 다 죽였습니다."

"본좌가 일전에 무어라 했더냐?"

"서쪽에 좋지 않은 기운이 느껴지니 가지 말라 경고해 주셨습니다."

"헌데도 너는 간 것이로구나."

윤 대고는 다시금 무형의 압력을 느끼며 등줄기로 식은땀을 흘렸다.

어깨를 짓누르는 알 수 없는 힘에 숨이 막힐 지경이었다.

저도 모르게 피가 날 만큼 주먹을 꽉 움켜쥐고 꺽꺽 거리며 숨을 쉬고 있었다.

경외감과 두려움이 가득한 시선으로 조용히 지켜보던 교도들은 윤 대고를 비판하듯이 제석극락 불신구천을 읊조리기 시작했다.

그들의 읊조림에는 여러 복합적인 감정이 담겨 있었다.

윤 대고의 부족한 믿음을 탓하는 한편, 교주를 믿지 않고 의심했었던 자신의 과거를 반성하고, 앞으로 절대 그러지 않겠다며 다짐하는 의미라고 할까.

"본좌는 만물의 아비니, 누구 하나 빠짐없이 모두를 사랑하고 아끼느니라."

교주의 음성이 흘러나옴과 동시에 윤 대고를 짓누르던 압력도 사라졌다.

윤 대고는 안도의 한숨과 함께 쿵쿵 소리가 날 만큼 머리를 바닥에 세게 찧으며 잘못을 고하고 죄를 청했다.

"용서해주십시오, 용서해주십시오, 교주님. 무지몽매한 소인을 제발 용서해주십시오."

"아비가 잘못을 알고 용서를 구하는 자식을 어찌 용서하지 않을 수 있겠느냐."

"감사합니다, 교주님."

"너의 고통을 아느니라. 너의 절박함을 아느니라. 세상이 혼란하고 어지러워 부자가 존경 받지 못하고 간악한 무뢰배들의 탐욕스러움을 채워 줄 대상이 되어 지탄 받는 세상이니, 본좌는 참으로 안타깝구나."

"제석극락 불신구천……."

"돌아가 정심으로 기도하며 기다리거라. 본좌가 친히 하늘님께 기도하여 너의 아픔을 다스리고, 잃었던 재물을 돌려받게 할 것이니라."

"감사합니다, 교주님. 감사합니다, 교주님."

단지 약속만을 받았음에도 마치 모든 게 다 해결되었다는 듯, 윤 대고는 진정 감격한 얼굴로 눈물까지 흘리며 천천히 일어나 뒷걸음질로 대전을 나갔다.

"모두 명심하라. 본좌를 믿지 않고 불신하는 자들은 그 어떤 풍요와 즐거움도 얻지 못하고 고통에 허덕이다 죽을 것이며, 영원히 구천을 떠돌면서 고통 받게 될 것이니라."

"제석극락 불신구천……"

대전을 울리는 일백 명의 중얼거림, 바닥에 깔린 기이한 연기.

어느 순간 장막 안쪽에 드리워졌던 교주의 윤곽은 사라졌지만, 교도들은 이후로도 한참 동안을 기도하고 또 기도하며 교주와 천부교를 찬양했다.

*　　　*　　　*

극소수의 중진 몇 명과 허락 받은 소수의 시녀를 제외하고는 절대 아무도 출입할 수 없는 천부교의 후원 심처.

훤히 개방되어 있어야 할 주랑까지 비단을 넓게 펼쳐 가려 놓았을 정도로 모든 것들이 비밀스럽게 감춰져 있었다.

스르르.

기다란 천이 바닥을 부드럽게 쓸고 지나가는 소리와 함께, 고요함과 무거움만이 가득한 주랑에 한 사람이 모습을 드러냈다.

형형색색의 화려하고 풍성한 옷차림.

눈동자만 드러내고 얼굴을 가린 노란 면사.

머리에 쓴 모자는 태양을 연상케 하듯 그 끝이 둥글게 물결치며 삐죽이 치솟아 올라서, 보는 이로 하여금 절로 머리를 숙이게 만드는 위엄을 발산했다.

그가 바로 설교를 마치고 대전을 빠져 나온 천부교 교주 제석천이었다.

거침없이 주랑을 가로질러 가던 제석천은 갑자기 걸음을 멈추고 뒤를 돌아보았다.

얼음을 박아 넣은 듯 투명하게 반짝이는 그의 눈동자가 향한 주랑 저 끝에서 호남형의 장년인이 걸어오고 있었다.

그는 천부교를 처음 포교할 당시부터 제석천을 보좌해 온 증장천작이었다.

"교주님, 오늘도 열화와 같은 믿음으로 충만한 설교였다고 들었습니다. 특히 윤 대고의 등장이 아주 시기적절하여 교도들의 반응이 남달랐다지요."

이야기하는 증장천작의 입가엔 유쾌한 미소가 떠나질 않

았다.

해마다 교도들이 늘어나고 번창을 거듭하고 있으니, 어찌 기분이 좋지 않을 수 있겠는가. 그런데 이상하게도 제석천은 별다른 반응을 보이지 않았다.

아니, 노란 면사 위로 드러난 그의 눈빛은 냉랭하기까지 했다.

뒤늦게 제석천의 분위기를 감지한 증장천작은 무슨 안 좋은 일이라도 있으시냐고 물었다.

제석천은 특유의 중성적이고 싸늘한 음성으로 말했다.

"증장천작은 목에 쇠기둥이라도 박아 넣었느냐?"

"……?"

"본좌를 마주하고도 어찌 머리를 숙이지 않는 거지?"

증장천작의 낯빛이 순간적으로 굳어졌다가 다시 풀어졌다.

그는 양손을 엇갈려 가슴에 붙이고 머리를 숙였다.

"소신이 큰 실수를 하였습니다. 교주님의 너그러운 용서를 바라옵니다."

"다음부터는 이 같은 일이 없도록 하라."

"명심하겠습니다."

제석천은 다시 앞으로 걸어갔고, 증장천작은 고개를 들고 그 뒷모습을 힐끔 쳐다본 뒤 따라 움직였다.

그런데 방 앞에 이르러 증장천작이 안에까지 따라 들어오려고 하자 제석천이 입구를 막아서듯 돌아보며 물었다.

"무슨 할 말이 있느냐?"

"교주님께 몇 가지 말씀드릴 일이 있습니다."

"이곳에서 말하라."

증장천작은 내심 투덜거렸다.

제석천이 요 일 년 간 그를 방에 들어오게 한 적이 한 번도 없기 때문이었다.

그에게만 해당되는 게 아니었다. 후원 심처를 오갈 수 있는 이들은 최측근이고 중진들인데도 불구하고 최근에 제석천의 방으로 들어가 본 사람이 아무도 없었다.

'염병, 금불상이라도 숨겨 놓은 것인지······.'

그 전에는 천부교를 번창시키기 위한 논의를 교주의 방에서 주기적으로 행해 왔었던 것을 생각하면 의문이 생길 수밖에 없지 않겠는가.

허나, 청소 때문에 보름에 한 번 특별히 입실을 허락 받은 어린 시녀들을 은밀히 따로 불러내 닦달을 해 보았음에도 특별한 점을 알아내지 못해 답답함만 커졌을 뿐이었다.

'어쩌면 쉽게 눈에 띄지 않는 물건일 수도 있지. 이를테면, 무공비급과 같은······.'

물론 추측일 뿐이지만, 아주 가능성이 없다고도 할 수 없었다. 가만 생각해 보면 면사를 벗은 교주의 얼굴을 본 지도 오래된 것 같았다.

뭔가 드러낼 수 없는 외적인 변화가 일어난 걸까?

혹시 독공이라도 수련하고 있는 걸까?

아니면 피부 색깔이 변하는 독특한 심법을 연공 중에 있는 걸까?

'교주가 신비한 존재라는 걸 강조하기 위해 교도들 앞에서만 변성하여 내던 중성적인 목소리를 언제부터인가 우리들 앞에서까지 내는 것도 뭔가…….'

"증장천작, 할 말이 무엇이냐?"

잠시 상념에 빠져 있던 증장천작은 제석천의 음성에 퍼뜩 정신을 차렸다.

"아, 예. 지국천작으로부터 이번에 갔던 일이 잘되지 않았다는 전갈이 왔습니다."

"……."

제석천의 눈동자에 짜증스러움이 생겨난 것만으로도 매우 마음에 들지 않는 소식이란 의미였다.

지국천작은 천부교의 공식적인 임무를 수행하는 게 아니라 제석천의 개인적인 명령을 이행하고 있었다.

'우리에게 알리지 않고 지국천작이 따로 명을 받아 움직인 것도 대략 일 년 전부터였지.'

제석천이 그와 측근들을 방에 들어오지 못하게 했던 시점과 주기적으로 여자를 데려오기 시작한 시점이 공교롭게도 비슷했던 것이다.

'그것도 순결을 간직한 열여덟 살의 처녀를…….'

처음엔 욕구를 충족시키기 위해서 젊은 여자들만 찾는 것으로 생각했다. 지극히 개인적이고 사사로운 욕망에 관한 일이라서 처음부터 자신들에게 알리지 않고 지국천작만 불러 조용히 처리한 거라고 말이다.

결국 자신들이 지국천작의 움직임을 통해 알게 되고, 엎드려 절 받는 식으로 교주도 그러한 명령을 내렸다고 뒤늦게 이야기하긴 했지만…….

그런데 나중에 그 여자들의 나이가 모두 열여덟이고, 한 번도 남성을 경험하지 않은 순결한 처녀들이었으며, 결국 소리 소문 없이 사라진다는 걸 알게 된 이후 쭉 이상하단 생각을 하고 있었다.

욕구에 관한 개인적인 성적 취향일 뿐이라 치부하기에는 순결성과 열여덟이란 나이에 너무 집착을 보이는 데다, 모두 존재감 없이 사라졌으니까.

증장천작은 이 문제에 대해 술자리를 빌어서 몇 번이나 지국천작을 떠보기도 했었지만, 교주에게 엄명을 받았기 때문인지 그는 그녀들의 희생을 통해 천부교의 힘이 더욱 커지고 결국 우리 모두 내세와 현세의 극락을 경험하게 될 거라는 추상적인 말만 늘어놓은 게 고작이었다.

그가 지국천작과의 알맹이 없는 대화를 통해 얻은 결론은 지국천작도 교주가 처녀들을 수집하는 이유에 대해서 쥐뿔도 아는 게 없다는 것이었다.

잠시 침묵하던 제석천이 물었다.

"어찌된 일이라고 하더냐?"

"갑자기 철수룡이 끼어들어서 여자들을 빼앗아 갔다고 합니다."

"철수룡? 수노 구지행을 말하는 것이냐?"

"그렇습니다."

"그 자가 왜 그랬단 말이냐?"

"그 내막에 대한 설명은 없었습니다. 단지 잘 설명하여 여자들을 돌려받으려 했고 말을 듣지 않아 무력을 써 보기도 했지만, 철수룡뿐만 아니라 그 일행들의 실력이 만만치 않아 실패했다고 합니다. 사실 철수룡을 감당하기에는 지국천작의 능력이 부족하긴 하지요."

증장천작은 별로 놀랄 만한 일도 아니라는 듯 담담한 표정이었다.

그에 반해 제석천의 눈동자에는 짜증스러움과 더불어 분노의 기운이 피어났다.

"수노 따위가!"

천하에서 손꼽히는 고수를 따위라고 폄하하다니.

하지만 제석천 본인은 그 말을 하는데 전혀 거리낌이 없었고, 그 말을 듣고 있는 증장천작도 당연하게 받아들였다.

왜?

제석천의 진정한 정체는 결코 구노에 뒤지지 않는, 실력과 명성에 있어 구노보다 더 높이 평가받는 절정의 고수이기 때문이었다.

"광목천작은 지금 어디 있느냐?"

증장천작은 우려 섞인 표정으로 물었다.

"설마 광목천작을 보낼 생각이십니까?"

"광목천작이라면 철수룡을 처리하고 여자들을 데려올 수 있겠지."

물론, 처리할 수 있을 것이다.

광목천작이 홀로 철수룡에 맞선다면 약간 버겁겠지만, 그는 혼자가 아니라 많은 수하들을 거느리고 갈 테니까.

"하지만 그를 보냈다가 혹여 지난번처럼 문제를 일으키면 어쩌려고 그러십니까. 최근 황보세가가 각지로 고수들을 풀었다는 소문이 있습니다. 그냥 제 수하들을 보내 처리하도록 조치하겠습니다."

"상관없다."

"예?"

"본좌는 황보세가를 신경 쓰지 않는다."

증장천작은 내심 당황했다.

교주는 그가 생각했던 것 이상으로 여자들에 대한 문제를 중요하게 생각하고 있었던 것이다.

황보세가와 직접적인 충돌이 일어나는 것도 상관하지 않을 정도로.

"지금 당장 광목천작을 찾아서 지국천작에게 보내도록 하라. 천단도 지급하여 사용케 하라."

증장천작은 더욱 당황했다.

천단은 천부교의 비전 단약으로, 그 엄청난 효능 때문에 사용에 신중을 기해야 하는 물건이었다. 잘못하면 산동 무림뿐만이 아니라, 그 이상의 지역으로까지 부정적인 파장을 일으킬 수 있기 때문이었다.

"증장천작, 본좌의 말이 들리지 않느냐?"

"아, 죄송합니다. 소신, 교주님의 명을 즉시 시행하겠습니다."

증장천작이 얼른 양손을 엇갈려 가슴에 붙이고 머리를 숙이며 대답하자, 교주는 반드시 여자들을 회수해 와야 한다는 당부와 함께 서두르라는 말을 끝으로 방에 들어가 버렸다.

증장천작은 교주가 사라지자 주랑을 따라 걸으며 내심 욕을 했다.

'젠장.'

반발의 여지도 주지 않아 일단 알겠다고 대답은 했지만, 난감하기 이를 데가 없었다.

'그 골칫덩이가 또 문제라도 일으키면 어쩌라고……'

그는 광목천작을 보내는 것이 못마땅했다.

지난번에도 술에 취해서 여자를 희롱하다가 시비가 붙은 황보세가의 사람을 죽이는 바람에 골머리를 썩지 않았던가.

다행스럽게도 사단이 벌어졌던 지역이 곡부와 적당히 거리를 둔 녕양이었고, 인적이 드문 산 중턱 정자에서 싸움이 벌어진 데다, 재빨리 시신을 치운 뒤 소수의 목격자들을 모두 없앤 덕분에 황보세가와 부딪칠 일을 사전에 차단해 버리긴 했지만, 여전히 위험 요소는 남아 있었다.

황보세가가 가문의 실종자(사망자)를 찾고 있는 중이고, 잠시라도 얌전히 있지 못하는 광목천작이 또 어떤 문제를 일으킬지 예측하기가 힘들기 때문이었다.

게다가 천단까지 지급해 사용케 한다면······.

허나, 그가 내키지 않는다고 교주의 명을 무시할 수도 없는 일이 아닌가.

'아무래도 광목천작에게 수하 하나를 딸려 보내야겠어.'

수하를 같이 보내 감시토록 하는 게 그가 할 수 있는 최선의 방법인 것이다.

'그건 그렇고······.'

증장천작은 교주의 방을 불만스런 시선으로 쳐다보았다.

'이젠 나도 어쩔 수 없을 만큼 교주의 오만함이 극에 이른 것 같구나.'

사실 처음 천부교를 만들 때만 해도 교주와 그, 그리고 거의 활동을 하지 않는 다문천작은 일종의 동업자였다.

냉정하게 명성과 실력을 따지면 분명한 격차가 있어서 은연중에 보이지 않는 서열이 존재하기는 했지만, 어찌되었든

외견상 지금과 같은 주종의 관계는 절대 아니었던 것이다.

헌데 지금 제석천은 스스로를 진짜 교주로 생각하는 듯했다. 그리고 그와 다른 사천작들을 자신의 아래로 보고 있음이 확실했다.

'오랜 세월 수많은 교도들이 교주라고 떠받들었으니, 그리고 내가 수족처럼 보좌해 주었으니, 이 모든 게 진실인 것마냥 착각하게 된 것도 이상하지 않지.'

하지만 문제는 그게 아니었다.

스스로 교주니, 제석천이니 하는 착각에 빠지고 싶다고 한다면 말릴 생각은 없었다. 이때까지 키운 천부교를 계속 유지하고 더욱 번창시킬 수만 있으면 되니까.

'그러나 이대로 계속 보고만 있다가는 지금껏 노력한 내 공로가 아무것도 아니게 되어 버릴 것 같단 말이야.'

증장천작은 천부교를 지금처럼 번창시키는 데 있어서 교주보다 자신이 더 큰 역할을 했다고 자부하고 있었다.

처음 교주를 영묘한 능력자로 위장하고 알리기 위해 저수지의 물이 빠지도록 몰래 손을 쓰는 등의 계획을 꾸민 것도 그였고, 최근 귀룡채의 산적들을 끌어들여서 믿음이 약하고 불신에 찬 상인들을 강탈하도록 사주하여 교주의 말을 잘 듣고 의지하도록 한 것도 그가 아니었던가.

그밖에 이루 셀 수도 없는 계획과 계략들이 모두 그의 머리에서 나온 것이었다.

'천부교는 내가 일으키고 완성시킨 것과 마찬가지라고.'

생각하면 할수록 짜증이 나고 화가 치솟았다.

왜 머리 아프도록 고심하고 이리저리 뛰어다니면서 가장 고생한 자신이 이따위 취급을 받아야 한단 말인가.

이제는 그도 어깨를 펴고 여유를 누릴 때가 되지 않았는가 말이다.

증장천작은 고개를 뒤로 돌려 교주의 방을 쳐다보았다.

'조만간 다문천작을 찾아가 이야기 좀 해 봐야겠어.'

하지만 그 전에, 뒷말이 없도록 교주의 명을 이행하는 게 우선이었다.

불만은 있지만, 교주 제석천의 힘은 그냥 무시해도 될 만큼 만만하지 않았으니까.

증장천작은 광목천작을 찾아내 교주의 명을 전하기 위해서 빠른 걸음으로 주랑을 가로질러 갔다.

*　　*　　*

신시(申時오후3~5시) 무렵, 곡부에서 동북쪽 방향에 위치한 사수현.

주변의 다른 현과 비교하여 규모와 중요도 면에서 특별한 점을 찾을 수 없었지만, 아주 미세하게나마 번영을 이루어

가고 있는 마을이었다.

그 사수현 입구에 말을 탄 세 사람이 들어섰으니, 바로 견일, 견이, 견삼이었다.

오랫동안 쉬지 않고 달려온 듯, 그들은 온통 먼지로 뒤덮여 있었다.

"이야, 여기 생각보다 괜찮은데?"

말에서 내린 견삼이 주변을 두리번거리며 흥미롭다는 반응을 보였다.

견일과 견삼도 동감한다는 듯 고개를 끄덕였다. 상점들도 적지 않고, 크고 작은 몇 개의 객잔에다 저 끝에 기루까지 있는 걸 보면 유동인구가 제법 된다는 의미였으니까.

"지금쯤 문을 열었을 거 같은데. 어때, 오랜만에 회포나 풀고 갈까?"

견삼이 기루 쪽을 눈짓하며 은근한 웃음을 지었다.

술을 마시자는 게 아니라, 여자나 품고 가자는 의미일 것이다.

하지만 그에게 돌아온 것은 한심스럽다는 시선과 비난뿐이었다.

"너 미쳤냐?"

"지금 우리한테 그럴 시간이 있다고 생각하는 거냐?"

두 사람의 즉각적인 반발에 견삼은 움찔했다.

하지만 너무 공격적인 반박을 받게 되면 자존심 때문이라도 곧바로 수긍하기가 힘든 법.

"기껏해야 반각도 안 걸리잖아. 솔직히 너희 중에 일각 이상을 버틸 놈 있냐?"

이번엔 견일과 견이가 움찔했다.

거시기 크기와 발기의 지속성 등을 비롯한 성적인 능력에 대해 거론하면 어떤 사내라도 민감하게 반응할 수밖에 없는 것이다.

하지만 지금 그들의 행보는 그러한 반격이라도 한 귀로 흘려버릴 만큼 급하고 중요했다.

"야, 지금 우리한테는 일각이, 아니, 촌각이 여삼추야. 이틀 안에 주인님을 찾지 못하면 그냥 골로 가는 거라고. 넌 그거 하겠다고 목숨을 걸겠다는 거냐?"

물론, 고사에는 나라가 망해 가는 걸 모를 정도로 여색에 빠진 왕이 있었다는 이야기도 있지만, 저 기루에 경국지색의 미녀가 있을 리 만무하지 않은가.

견삼은 기가 한풀 꺾인 말투로 대꾸했다.

"누가 목숨까지 건다고 했냐. 그냥 우리 모두 너무 조여 있는 것 같아서 긴장이나 풀자고 하는 소리였지."

"됐어. 얼른 허기나 채우고 출발하자."

그들이 사수현에 들어선 것은 반악의 종적이 이곳으로 이어져 있었기도 했지만, 말들이 너무 지쳤고 자신들도 며칠 동안 제대로 먹지 않아 기력이 많이 떨어졌기 때문이었다.

세 사람은 어디가 좋고 나쁘고를 따지지 않고 가장 가까운 객잔으로 걸음을 옮겼다.

"이놈들 잘 씻겨주고, 삶은 콩을 여물에다가 잔뜩 섞어서 먹여라."

밖으로 나와 말의 고삐를 받아 든 점소이에게 당부를 한 뒤, 객잔 안에 들어선 견일 등은 너무 고요한 내부의 괴이한 분위기를 감지하고 의아해 했다.

허나, 곧바로 그 고요함이 무엇으로부터 기인하는 것인지를 알아채고 드러나지 않게 경계심을 품었다.

『죄다 무림인들이다. 그것도 같은 무리에 속한 자들이야. 놈들의 분위기가 심상치 않으니 자중해라.』

견일이 입술만 움직이는 화법으로 견이와 견삼에게 주의를 주었다.

하지만 견일과 견이가 지니고 있는 쌍초겸과 쌍륜은 천으로 가려 두었다고 해도 완전히 존재감을 감추기가 힘든 무기였고, 그래서 안으로 들어섰을 때부터 이미 일 층 중앙을 가득 채운 삼십여 명에 이르는 무림인들의 시선을 잡아끈 상태였다.

"이 층에 자리가 있겠지?"

견일은 일 층에서 저들과 같이 있으면 좋을 게 없을 것 같아서 이층으로 가려고 했다.

하지만 점소이는 난감한 표정으로 고개를 저었다.

"죄송합니다, 손님. 실은 어제부터 수리를 하고 있어서 이 층을 사용하실 수가 없습니다."

그래서 무림인들이 일 층에 자릴 잡고 있었던 것이다.

보통 저런 자들은 사람이 많이 오가는 일 층보다 이 층을 선호하기 마련인데도.

"어쩔 수 없지. 저기 구석자리에 앉겠다."

점소이는 견일 등을 신기하게 쳐다봤다.

저리 많은 무림인들이 자릴 차지하고 앉아 있으면 보통 사람들은 그냥 나가 버리는 게 일반적인 행동이기 때문이었다.

그래서 지금 무림인들 외에 다른 손님들은 아무도 없었던 것이다.

'내가 상관할 바는 아니지.'

점소이는 견일 등도 무림인이라는 생각은 못하고 그저 간 담이 큰 모양이라고 여기며 안쪽 구석진 자리로 안내했다.

세 사람은 점소이에게 주문을 하고 특유의 화법으로 대화를 시작했다.

『어디서 온 놈들일까?』

『상의에 지국천이니, 광목천이니 하는 글자가 자그맣게 쓰여 있는데. 아, 몇 놈은 글자가 크네.』

『아무래도 천부교 같은데.』

『천부교?』

『자세히는 모르는데, 예전에 산동 남쪽에서 나타난 종교 단체야. 거기가 밀교와 연관되어 있어서 그 하부 단체들의 이름이 지국천왕, 광목천왕 등의 사천왕 이름을 사용한다고 했었거든.』

견이가 주방을 쳐다보는 척 우연을 가장해서 중앙 쪽을 스치듯 살피고 말했다.

『어쨌든 이제 신경 끊자. 저기 중앙에 앉아 있는 놈이 우릴 보는 시선이 심상치 않아. 원래부터 불량스런 자인 것 같은데, 붉게 달아오른 얼굴을 보니 술도 꽤 취한 거 같다. 쳐다보지 말라니까, 괜히 시비라도 붙게 되면 곤란해진다고.』

그는 저들이 무서워서가 아니라, 아까도 견일이 이야기했듯 촌각이 여삼추인 상황에서 괜한 짓으로 시간 낭비를 하고 싶지 않기 때문이었다.

말 그대로 목숨이 달린 여정이었으니까.

하지만 그들이 거부한다고 그냥 넘어갈 수 있는 세상이 아니었다.

견이가 우려스럽게 봤던 중년 사내가 피식 거리며 자리에서 일어섰는데, 그의 시선이 정확히 견일 등을 향하고 있었던 것이다.

특별히 시비와 다툼이 생겨날 일도 없었다는 걸 감안하면, 중년 사내는 그냥 흉포하고 싸움하길 좋아하는 그런 부류가 분명했다.

그러나 견일 등에겐 다행스럽게도, 중년 사내 일행 중에 그를 제지하는 이가 한 명 있었다.

*   *   *

"광목천작님, 그냥 무시하십시오."

증장천작의 오른팔로서 문제가 생기지 않도록 잘 보필하라는 명을 받고 따라온 구반다는 광목천작의 소매를 붙잡으며 만류했다.

광목천작은 자신의 소매를 잡고 있는 구반다의 손을 내려다보며 피식 웃고 말했다.

"손모가지 잘리고 싶지 않으면 치워."

술 냄새를 풀풀 풍기는 그의 입은 웃고 있었지만, 눈동자엔 살기가 아른거렸고 음성은 늑대의 으르렁거림처럼 거칠었다.

그의 직속 수하인 용과 비사사를 포함한 모두가, 심지어 서열상 비슷한 위치인 지국천작까지 주눅이 들어 쳐다보지 못할 만큼 날카로운 기세였다.

하지만 말처럼 길쭉한 구반다의 얼굴엔 조금도 두려워하는 기색이 없었다.

"증장천작님의 당부를 잊으신 건 아니시겠죠?"

광목천작의 미간이 좁혀졌다.

"날 협박하는 거냐?"

"제가 어떻게 감히 광목천작님을 협박할 수가 있겠습니까. 단지 교주님께서 이번 일을 매우 중요하게 여기시며, 그 어떤 일보다 조속하게 해결하길 원하고 계신다는 걸 유념하시라 말씀드리는 겁니다."

"……."

"지금 놈들의 행보를 보자면 황보세가로 가는 게 분명합니다. 왜 그리로 가는지 이유야 알 수가 없지만, 하루 안에 따라잡지 않으면 황보세가의 직접적인 영향권 안에 들어가니 결국 우리가 손을 쓸 수 없어 교주님을 실망시켜 드리게 될 것입니다. 그리고 광목천작님은 무림에서 손꼽히는 고수들 중 하나인 철수룡을 상대해야 할 중요한 임무를 부여받은 분이 아닙니까. 이런 곳에서 상대도 되지 않을 자들과 장난치는 것 자체가 시간을 낭비하고 교주님께 죄를 짓는 일이 될 것입니다. 부디 그 점을 생각해 보시고 판단해 주십시오."

구반다의 입이 다물어지고 나서부터 광목천작의 얼굴이 조금씩 일그러지기 시작했다.

나름 고심을 거듭하고 있는 것인데, 그 자신에게 내키지 않는 결론에 도달하고 있는 모양이었다.

"알았으니까, 손 치워."

구반다는 내심 안도의 한숨을 내쉬며 손을 치웠다.

광목천작은 자리에 앉아 반쯤 차 있던 호리병을 한 번에 비워 버린 후 말했다.

"구반다, 다신 내 몸에 손대지 마라. 지금은 봐 주지만, 또 이런 일이 있으면 임무건 뭐건 간에 네놈의 머리를 몸에서 뜯어내 시궁창에 던져 버릴 거다. 알겠냐?"

"명심해 두도록 하겠습니다."

물론, 형식상의 대답일 뿐이었다.

광목천작이 또다시 골치 아픈 짓을 하려 한다면 구반다는 지금처럼 제지하고, 막고, 설득할 것이니까.

"다 먹었으면 그만 가자. 네놈 말대로 그 새끼들을 빨리 따라잡아야 하니까."

광목천작은 벌떡 일어났다.

아직 식사를 끝내지 못했던 지국천작은 내심 욕을 했지만, 성질이 지랄 같고 싸움 하나는 진짜 잘하는 광목천작을 거스를 수 없기에 짜증을 억누르며 따라 일어났다.

광목천작을 위시한 천부교의 무리가 객잔을 떠나고 얼마 있지 않아서 음식을 반밖에 먹지 않은 견일 등이 자리에서 일어났다.

"자세한 사정은 모르겠지만, 주인님이 천부교와 단단히 척을 지신 모양이야."

"어딜 가나 골치 아픈 일을 달고 다니시는군."

"그래도 주인님이 황보세가로 가고 계시다는 걸 확실히

알게 되었으니, 우리에겐 다행이지."

"뭔 소리야? 지금껏 내 추적술로 주인님을 뒤따라온 거잖아."

"견삼, 네 능력을 의심하는 게 아니니까 민감하게 반응할 필요 없어."

"어쨌든, 저 놈들의 뒤를 쫓아가자."

"앞질러서 주인님과 만나는 게 아니고?"

"놈들도 급하게 움직이는 것 같고, 우리 말은 지쳐 있는데 어떻게 추월해 갈 수가 있겠냐? 그리고 혹시라도 주인님이 따라잡혀서 싸움이 벌어졌을 때 우리가 놈들의 뒤를 치는 게 더 효과적이지."

"하긴."

"빨리 가자."

"아, 배고프다."

"늦장부리다 죽으면 먹지도 못하니까 그만 투덜거려."

"먹다 죽은 귀신은 때깔도 좋다고 하잖냐."

"그럼 너 혼자 남아서 때깔 좋게 죽든가."

"정 없게시리 꼭 그렇게 말을 해야겠냐?"

"시답잖은 농담은 그만하고 얼른 따라와."

견일의 재촉에 견이와 견삼은 얼른 뒤따라 객잔을 나섰고, 점소이가 마구간에서 끌고 나온 말을 타고 천부교의 무리가 떠난 방향으로 달려갔다.

＊　　＊　　＊

사수와 태안 사이.

척 봐도 몸이 단단하고 듬직해 보이는 중년인과 만만치 않게 몸이 좋은 이십 대 초반의 청년이 나란히 길을 걸어가고 있었다.

청년, 황보맹준이 물었다.

"형님, 백부님이 이번 일로 천부교와 일전을 불사하리라 보십니까?"

중년인, 황보만천은 무덤덤한 표정으로 고개를 저었다.

"모르겠다."

"소제는 그렇게까지 하시진 않으리라 봅니다."

"……"

"이런 이야기는 엎드려 침을 뱉는 격이기는 하지만, 곡리 숙부는 세가의 이름을 내세워 주색이나 탐하며 방탕하게 허송세월을 보내던 분이셨습니다."

황보맹준은 여전히 무덤덤한 황보만천의 표정을 슬쩍 살피고 말을 이었다.

"그 분이 돌아가신 것은 안타까운 일이나, 무림에선 사소한 문제로 싸움이 일어나고 목숨을 잃는 경우가 허다하지 않습니까. 그것도 다수를 상대로 한 게 아니라 정당하게 일 대일의 싸움 중에 목숨을 잃었다고 한다면 누군가의 책임을 묻는 것도 우스운 일이죠."

"맹준아."

"예, 형님."

"곡리 숙부의 죽음을 논하는 것이 우스운 일이더냐?"

황보맹준은 당황하여 고개를 내저었다.

"소제는 그런 뜻으로 이야기한 게 아니었습니다."

"물론 그렇겠지. 하지만 너의 말투에선 곡리 숙부의 죽음을 안타까워하고 애도하는 기색이 조금도 느껴지지가 않는구나."

황보맹준은 반박하지 못하고 고개를 숙였다.

솔직한 심정으로는 그러했으니까.

그는 잠시 머뭇거리다가 입을 열었다.

"전 곡리 숙부님이 세가의 사람이라는 것 자체가 믿기 힘들고, 부끄럽기까지 합니다. 몇몇 어르신들은 그 분이 어린 시절 백부님과 다른 숙부님들에 비해서 재능이 턱없이 부족하다는 것을 통감하고 좌절하여 그리 되셨다고 하지만, 오히려 그래서 곡리 숙부님을 인정할 수가 없습니다. 재능이 부족하면 노력을 해야지요. 어릴 때 부족함을 느끼고 포기했다는 건 게으름에 대한 핑계밖에 되질 못합니다."

황보만천은 쓴 웃음을 지었다.

그의 생각도 크게 다르지 않았으니까.

아니, 신진이라 할 수 있는 세대들은 모두가 비슷한 생각을 가지고 있을 게 분명했다.

하지만 이번 일은 황보곡리가 능력이 없고, 세가의 이름이 통하지 않는 상대를 잘못 만나 죽었다는 단순한 논리로 정의내리기 어려운 문제였다.

"너는 우리가 곡리 숙부 한 분 때문에 들고 일어나 위험을 무릅쓰면서까지 싸울 필요는 없다고 말하는 것이겠지?"

"그렇습니다. 천부교는 단순히 종교 단체로만 볼 수 없는 무리라는 게 드러났습니다. 당장에 그들과 일전을 벌이는 건 아무 준비 없이 커다란 벌집을 건드리는 것만큼 위험천만한 일이라고 봅니다."

"네 말도 일리는 있다. 하지만 넌 한 가지를 간과하고 있구나."

"……?"

"곡리 숙부는 엄연히 황보 성을 부여 받은 황보세가의 사람이다."

"……!"

"이 일을 논하는데 있어서 그 분이 삶을 어떤 방식으로 살다 가셨는지는 중요하지가 않다. 우리에겐 같은 성을 쓰고 있던 일족이 죽임을 당한 것에 분노하고, 우리의 입장에서 볼 때 그 죽음이 타당하고 정당했는지에 대한 여부를 따져야 할 자격과 의무가 있는 것이다."

"……."

"내가 너에게 말해 주고 싶은 건 시야를 황보세가의 테두리 안에만 두지 말고, 산동 전체를 볼 수 있도록 하라는 것이다. 설사 어제 들어와 가문의 시녀가 된 여인이 죽임을 당한 것이라고 해도, 우리에게는 사소한 사건일 뿐이겠지만 세상 사람들에게는 황보세가가 거론된다는 것만으로도 그냥 흘려 넘길 수 없는 문제가 되어 버린다. 만약 앞서 말한 그 두 가지를 따지지 않고, 당장의 희생과 고통 때문에 그냥 잊어버리려 한다면, 그 때부터 산동 제일의 무림세가는 황보세가가 아니게 된다는 거다."

"이를테면, 거룡성의 도발을 사소한 문제로 여겨 무시해 버렸던 남궁세가가 결국엔 멸문당한 것처럼 말입니까?"

"오만함으로 자격과 의무를 도외시하면 결국 힘을 잃게 되는 것이니, 결국엔 남궁세가의 전철을 밟게 된다고 봐야 하겠지."

황보맹준은 상념에 빠져 들어갔다.

지금껏 당연하게만 생각했던 황보세가의 힘과 능력, 그리고 산동에서 차지하는 지위에 대해서 다시금 따져 보는 것이리라.

그는 조금 뒤 입을 열었다.

"그럼 형님은 백부님께서 이번 일을 그냥 묵과하지 않고 천부교에 책임을 물으실 거라 생각하십니까?"

"모르겠다."

146

황보맹준은 어리둥절한 표정을 지었다.

방금 자격과 의무를 말하고 세가의 이름이 무시당하면 결국엔 멸문의 길로 가게 된다고 말했으면서, 모르겠다니.

"너에게 말을 한 것들은 나의 생각일 뿐이다. 윗분들은 내가 아직 알지 못하는 걸 아실 테고, 이해하지 못하는 걸 염두에 두고 생각하시지 않겠느냐. 그러니 내가 어찌될 것이라 이야기하는 것 자체가 의미 없는 짓이지. 물론, 곡리 숙부의 죽음을 숨기기 위해 천부교가 행한 짓들을 감안하면 백부님이 이대로 묵과하셔서는 안 된다고 생각한다."

대화는 그것으로 끝이 났다.

작정하고 이야기를 한다면 대화는 끝없이 이어지겠지만, 판단은 그들이 아닌 윗사람들의 몫이었으니까.

두 사람은 갈 길이 아직 멀기에 입을 다물고 이동하는 데만 집중했다.

그렇게 한 식경쯤 걸었을 때, 두 사람은 난감한 상황에 처한 일단의 무리와 조우하게 되었다.

한쪽 바퀴가 물구덩이에 빠진 마차를 꺼내려고 하는 구지행 등과 만나게 된 것이다.

'사람을 실어 나르는 운행마차인가?'

무림인으로 보이는 사내들, 그리고 어린 여인들과 노인.

한쪽으로 기울어진 마차 옆에 모여 서 있는 사람들의 면모가 가지각색이라서 황보만천이 그리 생각하는 게 당연했다.

"형님, 우리가 도와줘야겠는데요."

황보맹준이 남의 어려움을 그냥 지나칠 수는 없지 않느냐며 한 소리였다.

하지만 그는 마차가 아니라 그 옆에 모여 있는 여인들을 유심히 쳐다보고 있었으니, 염불보다 잿밥에 더 관심이 있어 하는 게 분명했다.

황보만천은 그 마음을 이해한다는 듯 웃음을 지으면서 마차로 다가가 구지행에게 물었다.

"노인장, 우리가 도와드리리까?"

구지행은 고개를 내저었다.

"제안은 고마우나, 우리만으로도 충분하네."

황보만천은 바퀴가 빠진 쪽에 서 있는 염서성을 쳐다봤다.

우리라고 했지만, 염서성 혼자 바퀴를 움켜잡는 걸 보면 혼자서 들어 올릴 생각인 모양이었다.

'행색이 괴이한 자군.'

그는 쇠로 만들어진 신발과 장갑을 착용하고 다니는 무림인에 대해서 들어 본 적이 없었다.

'체구가 그리 크지 않은데……'

바퀴는 절반 이상이나 빠져 있어 마차가 기울어 있는 각도가 꽤 컸다.

즉, 빠진 바퀴 쪽으로 마차의 무게가 잔뜩 쏠려 있기에 혼자서 들어 올리기 쉽지 않은 일인 것이다.

하지만 그의 우려는 기우에 불과했다.

"흡!"

드드드득.

염서성이 짧은 기합과 함께 힘껏 들어 올리자 마차가 순식간에 균형을 잡아 가기 시작했던 것이다.

"됐다."

구지행은 바퀴가 구덩이 밖으로 완전히 빠져나오자 말의 고삐를 당기고 있던 반악에게 그만 하라고 소리쳤다.

'기력이 대단한 자군.'

황보만천은 염서성이 남다른 수준의 외공을 익힌 무림인이라고 판단했다.

염서성의 크지 않은 몸집으로 판단할 때, 태생적으로 용력을 지녀서라기보다는 다리와 허리를 중점적으로 근육을 착실하게 다지면서 단련했을 가능성이 더 높았으니까.

무엇보다, 결코 가볍지 않을 것이 분명한 쇠로 만든 신발과 장갑을 착용하고 다니는 것만으로도 그가 근육 단련에 노력을 기울이고 있다는 걸 예상할 수 있었다.

"소형제의 능력이 참으로 놀랍구려."

염서성은 황보만천의 칭찬에 반응을 보이지 않았다.

황보맹준의 표정이 딱딱하게 굳어졌다. 황보만천은 가문에서 앞날을 기대하고 있는 인재 중의 인재. 심지어 그가 닮고 싶어 하는 형님인데, 염서성은 그를 완전히 무시하는 태도를 보이고 있는 것이다.

만약 황보만천이 아무 말 말라고 눈짓을 주지 않았다면 크게 화를 내며 사과를 요구했을 것이다.

하지만 염서성은 두 사람이 그의 태도를 어떻게 받아들였는지에 대해 전혀 신경 쓰지 않았다. 지금 그의 신경은 오직 반악에게 집중되어 있었으니까.

'젠장, 된통 욕먹겠구나.'

바퀴가 구덩이에 빠지게 된 것은 마차를 끌던 염서성이 잠깐 조는 바람에 피하질 못했기 때문이었다. 그래서 책임을 지겠다는 마음으로 불명 노사가 같이 하자는 걸 거절하고 혼자 한 것인데, 막상 바퀴를 꺼내고 보니 구덩이에 빠진 충격으로 인해 한쪽에 금이 심하게 가 있는 게 아닌가.

갈아 끼울 여분의 바퀴도 없으니, 참으로 난감한 상황이었다.

"이 상태로는 오래가지 못하겠는데."

구지행이 바퀴의 상태를 살펴보고는 고개를 내저었다.

"바퀴에 무리를 주지 않을 정도로 천천히 움직인다면 바퀴를 교체하거나 수리할 수 있는 태안까지 갈 수 있을 것도 같지만……."

지금 그들은 혹시 모를 천부교의 추적을 염려하여 빨리 이동해야 하기 때문에 천천히 이동할 때가 아니었다.

"……."

염서성은 구지행의 말을 듣고 바퀴를 살펴보는 반악을 마음 졸이며 지켜봤다.

내심 사람이 실수도 할 수 있는 거지 왜 눈치를 보고 그러냐고 스스로를 위로하고 질책도 해 보지만, 이제는 반악의 눈치를 살피는 게 습관처럼 굳어 버렸는지 몸과 마음이 움츠러드는 걸 막기가 힘들었다.

그러나 반악은 의외다 싶을 정도로 담담하게 행동했다.

"마차는 그냥 버리고 여자들을 말에 태운 뒤 이동하는 게 낫겠소."

"여자들 중에 말을 타 본 사람은 담향이를 빼고 아무도 없을 텐데."

"이 바퀴 상태를 유지하고 가려면 굼벵이처럼 느리게 갈 수밖에 없소. 그러느니 여자들을 말에 태우고 우리가 고삐를 잡고서 걸어가는 게 빠를 거요."

가만히 생각해 보던 구지행은 곧 고개를 끄덕였다.

"자네 생각대로 하는 게 낫겠어. 어서 말을 마차에서 떼어

내자고."

"제 실수 때문에 일이 이렇게 되었습니다. 죄송합니다, 주인님."

염서성의 조심스런 사과에 반악은 별다른 질책도 않고 얼른 말이나 떼어 내라고 했다.

'저 소형제가 고작 종복이라고?'

가만히 지켜보고 있던 황보만천은 반악에 대한 염서성의 조심스런 말투와 태도 때문에 놀랐다.

착용한 것들도 범상치 않은 데다 마차를 혼자 들어 올릴 정도의 용력을 가진 염서성이 비슷한 연배로 보이는 반악을 주인으로 섬기고 있다는 건 호기심을 자극시킬 만한 내용이었으니까.

'어디 명망 있는 무림가의 공자인가?'

반듯한 외모와 오만하게까지 느껴지는 당당한 태도.

어려서부터 대우를 받고 명령을 하는데 익숙한 자들에게서 흔히 볼 수 있는 모습인 것이다.

물론, 그 자신도 그러한 부류에 속해 있기에 주변에서 자주 보았다.

'하지만……'

반악이 그러한 상류 신분이라고 가정을 한다면, 여인들과 구지행, 그리고 초라하기 그지없는 행색의 불명 노사 등과 함께 다닌다는 게 뭔가 부자연스러웠다.

'게다가 서두르려는 기색을 보면 마치 누군가에게 쫓기기라도 하는 것처럼…….'

만약 쫓기고 있는 것이라면 도와야 할까?

내막도 알지 못하고 끼어드는 건 무림에서 기피해야 할 일이었다. 하지만 이곳은 황보세가에서 크게 멀다 할 수 없는 곳이었고, 누가 옳고 그르냐의 문제를 떠나 살인 사건이라도 발생한다면 많은 사람들이 황보세가의 능력과 영향력에 대해 의구심을 표시할지도 몰랐다.

생각이 거기까지 미친 황보만천은 구지행에게 다가가 물었다.

"노인장과 일행들은 혹 태안으로 갑니까?"

"그렇다네."

"마침 우리도 그쪽 방향으로 가는 길인데, 동행해도 되겠습니까?"

"어차피 방향이 같다니 상관은 없지만, 우린 나름의 사정이 있어 빠르게 이동을 해야 하네."

"이동하는 데 방해가 되지는 않겠습니다."

"글쎄……."

"내 이름은 황보만천이고, 여기 이 녀석은 내 사촌동생으로, 황보맹준이라 합니다."

황보만천에 의해 소개된 황보맹준은 자부심 가득한 표정으로, 특히 염서성을 향해 우리가 이런 사람인데도 만만히 볼 테냐, 하는 표정을 지으며 포권을 취했다.

구지행은 반악과 묵담향을 쳐다보았다. 우연도 이런 우연이 어디 있느냐는 시선으로.

목적지가 황보세가인 만큼 두 사람과 만난 게 참으로 신기한 인연임은 분명하지만, 사실 반악 등은 혈우림에 갈 때도 이와 유사한 경험을 했었기에 구지행처럼 놀랍게 느껴지지는 않았다.

황보만천은 구지행 등이 자신들의 가문이 어디인지를 눈치 챘다 생각하고 고개를 끄덕였다.

"예, 여러분들의 짐작대로입니다. 우린 황보세가의 사람입니다. 여러분들의 일에 억지로 개입할 생각은 없지만, 노인장과 일행 분들은 뭔가 좋지 않은 상황에 처한 듯 보입니다. 만약 우리와 동행을 한다면 태안에 분타가 있으니 어느 정도는 안심할 수 있을 것입니다."

구지행은 묵담향에게 눈짓하며 한 발 물러났다.

이제부터는 자신이 아니라 그녀가 이야기하는 게 더 적절하다고 생각했으니까.

"인사가 늦었네요. 전 묵담향이라 해요. 안휘 반룡복고당의……."

묵담향은 자신이 반룡복고당에 속해 있고, 마침 황보세가로 가는 중이라고 말했다.

그리고 구지행과 반악 등을 소개하고, 또한 여인들은 누구이며 지금 어떤 상황에 처해 있는가에 대해 간단하게 설명을 해 주었다.

황보만천은 이야기를 모두 듣고 놀라움을 금치 못했다.

반악이나 불명 노사 등의 이름은 이전에 들어 본 적도 없으니 귀에 잘 들어오지 않았다. 허나, 구노의 일인은 절대 흘려들을 수 없는 존재가 아닌가.

'저 노인장이 철수룡 구지행이었다니.'

하지만 그보다 더 신경이 쓰이는 건 그들이 천부교의 추적을 받고 있다는 사실이었다.

"지금 여러분들이 천부교에 쫓기고 있다는 게 진정 사실입니까?"

"확실하다고 단정 지을 수는 없지만, 이제까지 그들의 대응을 보면 쫓아오고 있을 가능성이 매우 높아요."

황보만천은 심각한 표정을 지었다.

묵담향 등이 그들을 만난 것도 신기하고 놀라운 우연이라 생각하겠지만, 그들의 입장에서도 마찬가지인 것이다.

황보만천은 중독의 후유증에서 완전히 벗어나지 못해 낮빛이 좋지 않은 구지행을 힐끔 쳐다봤다. 명불허전이라, 중독의 여파로 힘겨워 보이지만 눈빛만은 날카롭고 형형했다.

'이런 기회에 구노의 일인과 연을 맺어 두는 것도 나쁘지 않지.'

물론, 구지행이 아니라도 이들을 모른 척할 상황은 아니었지만.

"그럼 서둘러 출발하는 게 좋겠습니다."

마음이 급해진 황보만천은 재촉을 하며 황보맹준과 함께
앞장을 섰고, 구지행 등도 여인들을 태운 말의 고삐를 잡고
서 그 뒤를 따랐다.

하지만 서둘렀음에도 불구하고, 그들은 태안에 당도하기
직전에 작은 선착장이 있는 장강의 한 지류를 앞에 두고 광
목천작을 위시한 천부교의 추적대에 꼬리를 잡히고 말았다.

*   *   *

반악은 저 멀리 모래바람을 일으키며 달려오고 있는 무리
를 쳐다보고 구지행에게 말했다.

"구 노인장은 여자들과 나룻배를 타고 강을 건너가 있으
시오."

구지행은 인상부터 썼다.

"네 녀석이 날 늙은이 취급하는 거냐?"

"늙은 거 맞잖소. 그리고 그런 몸 상태로는 오히려 짐만
될 뿐이오. 처음에야 조금은 쓸모가 있을 테지만, 길게 가지
못할 거요. 저 많은 사람들과 싸우고 싶으면 몸이나 완전히
나은 다음에 고집을 부리든지 하시오."

구지행은 승복할 수 없었다.

이런 상황에서 도망치듯 물러난 적은 한 번도 없었으니까.

하지만 반악의 이어진 말에 마음이 흔들렸다.

"아니면, 저 여자들만 태워 보내란 말이오?"

구지행은 두려움에 오들오들 떨고 있는 여인들을 돌아보았다.

'하긴, 저 아이들만 보낼 수는 없겠구나.'

깊지도 넓지도 않은 강이었지만, 그녀들이 잘 견뎌 낼 수 있을지 확신할 수 없었다.

묵담향이 그녀들의 곁에 있겠지만, 상대적으로 자신과 같은 고수가 옆에 있어야 안심이 되지 않겠는가.

어쩌면 천부교 무리 중에 일부가 넓게 돌아서 강을 건너는 데에 더 주력할 수도 있다. 그럴 때 여인들을 지켜 줄 사람이 필요한 것이다.

결국 그는 한숨을 내쉬며 고개를 끄덕였다.

"알았다, 이놈아."

반악 등이 구지행을 설득하는 사이, 황보만천도 그만의 조치를 취했다.

"맹준아."

"예, 형님."

"넌 말을 타고 강을 건너 곧장 태안으로 가서 분타의 사람들을 데려오너라."

이곳에서 태안까지는 대략 반 시진을 더 걸어야 하는 거리.

말을 타고 힘껏 달린다면 한 식경이면 가능하고, 왕복으로 반 시진이면 충분했다.

"저도 같이 싸우겠습니다."

"이 싸움은 이기기 위한 싸움이 아니라, 시간을 벌기 위한 싸움이다. 그리고 네가 옆에 있다면 내가 싸움에만 집중할 수 없을 것 같구나. 또한 어찌어찌 저들의 공세를 막아내고 떨쳐낸다고 해도, 물러났다가 더 많은 무리를 데리고 쫓아올지 어찌 알겠느냐. 그러니 넌 태안으로 가서 우릴 도울 수 있는 분타의 사람들을 데려오너라. 지금은 그게 네가 할 일이고, 가장 중요한 일이다."

황보맹준은 마치 금방이라도 울 것처럼 얼굴을 찡그렸다.

솔직한 심정으로는 다른 사람은 신경 쓰지 말고 자신들끼리라도 강을 건너자고, 그래서 목숨을 보전하자고 주장하고 싶었다.

하지만 입 밖으로 꺼낼 수 없었다. 일단 황보만천이 그 말을 듣지도 않겠지만, 그도 황보세가의 역사와 명성이 그냥 이루어진 게 아니며, 그 모든 걸 잃지 않도록 지키기 위해선 때론 개인의 안위와 두려움을 억누르고 목숨을 걸어야 한다는 걸 알기 때문이었다.

"형님, 조금만 버티십시오. 바람처럼 달려가 사람들을 데리고 오겠습니다."

"널 믿고 있으마."

황보맹준은 곧장 말에 올라타 강으로 뛰어들었다.

구지행은 묵담향을 비롯한 여인들을 나룻배에 태우고, 이게 무슨 일인가 하며 어리둥절해 하고 있는 주인을 다그쳐 배를 출발하게 했다.

"계획은 있소?"

황보만천이 반악을 보며 물었다.

네 명이서 수십 명을 상대로 싸워야 하니 무턱대고 싸울 수는 없지 않겠는가.

반악은 그의 옆에서 눈을 감고 목에 건 염주를 만지작거리며 불경을 읊조리고 있는 불명 노사를 힐끔 쳐다보고, 다시 전방을 바라보며 웃었다.

"상대가 날 죽이겠다고 덤비면 온 힘을 다해 응대하여 상대를 죽이고 내가 살면 되는 거요."

"……."

황보만천은 단순하면서도 현실적인 대답에 할 말을 잃었다.

불명 노사의 자그마한 불경 소리만이 네 사람 사이를 휘돌았다.

다시 앞쪽을 보려던 황보만천은 그 불경 소리에 문득 의문 하나를 떠올렸다.

'저 노승의 정체는 뭐지?'

가만히 생각해 보니 이제까지 불명 노사의 존재감을 거의 느끼지 못하고 있었다.

처음에 이 행색이 초라한 노승이 왜 구지행 등과 같이 있는 건가, 아주 잠깐 의아해 하기도 했지만, 그뿐이었다.

하지만 몸 상태가 정상적이지 않다 하여 구지행까지 강을 건너게 한 마당에, 신발도 신지 않은 허름한 옷차림과 왜소한 몸의 노승이 남아서 싸우려 하는 건 막을 생각도 않고 있으니, 너무 이상한 일이 아닌가.

황보만천이 노승의 정체에 대해 궁금해 하는 건 지극히 자연스런 반응이었다.

그래서 물었다.

"저 노승은 누구시오?"

반악은 박도를 빼들며 시큰둥하게 대답했다.

"곧 알게 될 거요."

황보만천은 더 자세한 설명을 듣고 싶었지만, 천부교의 무리가 지척까지 이르렀고, 자신들을 짓밟아 버리겠다는 듯 속도를 줄이지 않은 채 밀고 들어오고 있어서 더 물어볼 여유가 없었다.

"모두 피하시오!"

*　　　*　　　*

무리의 선두에서 말을 몰아가던 광목천작은 황보만천이 피하라고 외치며 옆으로 몸을 날리자 피식 웃었다.

바로 그런 반응을 기대하며 속도를 늦추지 않은 것이니까.

그는 마차를 타고 자신의 뒤를 따르는 지국천작과 수하들이 반악 등을 상대하는 사이에 강을 건너가 여자들부터 확보할 생각이었다.

이 추적은 첫째로 여자들을 확보, 둘째로 방해자들을 제거하는 게 목적이기 때문이었다.

'응?'

광목천작의 눈매가 날카로워졌다.

둘은 옆으로 피했는데, 나머지 둘은 아직도 피하지 않고 있었다.

게다가 그중 하나는 칼을 치켜들고는 휘두르기라도 할 것처럼 자세를 잡고 있는 게 아닌가.

"병신 같은 새끼!"

아무리 무공을 익힌 무림인이라 해도 질주하는 말을 막아선다는 건, 특히 자신과 같은 고수가 기수로서 모는 말을 막아선다는 건 매우 위험한 짓이었다.

"깔아뭉개……?"

비웃음과 함께 깔아뭉개 버리겠다고 소리치려던 광목천

작의 얼굴이 찌푸려졌다.

피하지 않고 있던 또 다른 한 명이 칼을 치켜든 자의 앞을 막아섰기 때문이었다. 그것도 허름한 모습의 왜소한 늙은이가.

"오냐! 둘 다 뭉개 주마!"

광목천작이 크게 외치며 고삐를 흔들자, 뒤를 따르는 용과 비사사, 그리고 세 명의 광목천도들도 환성을 지르며 속도를 높였다.

*   *   *

"무슨 짓이오?"

반악은 불명 노사가 그의 앞을 막아서자 황당하고 어이가 없어 물었다.

"반 공자가 살생을 자제하는 싸움을 하지 않겠다고 한다면 소승이 앞서 싸우겠습니다."

"……!"

반악은 짜증이 났다.

반악이 볼 때, 적아를 떠나 죽고 다치는 걸 두고 볼 수 없다는 불명 노사의 태도는 위선이고 자기만족일 뿐이었다.

그러나 더는 아무 말도 하지 않았다. 그와 동행하는 걸 받아들인 것은 치열한 싸움 중에도 불살생계에 따라 소신을 지킬 수 있는지 두고 보자는 의도였으니까.

이런 싸움 중에는 불명 노사도 결국 자신만을 위한 선택을 할 수밖에 없을 테고, 반악은 그때 마음껏 비웃어 주마, 하는 마음이었던 것이다.

"피하지 않고 뭘 하는 거요!"

황보만천의 놀란 외침이 들려왔지만 반악은 꼼짝도 하지 않았다.

그는 코앞까지 다다른 인마의 무리를 향해 앞으로 한 걸음 나서서 맞이하는 불명 노사의 뒤통수를 눈도 깜빡하지 않고 뚫어질 듯 쳐다보았다.

불명 노사는 모두의 시선을 한 몸에 받으며 다시 한 걸음을 내딛었다.

말발굽이 금방이라도 불명 노사의 가슴을 꿰뚫어 버릴 듯이 힘차게 뻗어왔다.

"……!"

비웃음을 짓던 광목천작의 눈동자가 커졌다.

불명 노사가 갑자기 눈앞에서 사라졌기 때문이다.

통.

순간, 달리던 말이 살짝 밀리는 느낌과 함께 비틀거렸다.

저도 모르게 옆쪽을 쳐다보니 마치 처음부터 그 자리에 있었던 것처럼 불명 노사가 서 있었다. 순간의 틈을 파고들어 말을 피하고 옆쪽으로 자리를 옮긴 그가 손으로 말의 옆구리를 밀어 쳤던 것이다.

히히힝.

말은 아주 살짝 균형을 잃은 것이었지만, 전속력으로 달려왔기에 그 작은 흔들림이 일으킨 결과는 매우 컸다.

말이 옆으로 기우뚱하며 쓰러지려는 순간, 광목천작은 급히 말 등을 박차고 공중으로 치솟아 올랐다.

쿠당탕!

'염병!'

광목천작은 공중에서 시선을 돌려 자신의 뒤를 따르던 수하들을 확인했다.

자신은 전혀 예상 못한 반격에 당했지만, 수하들은 늙은이를 짓밟거나 칼로 두 쪽을 냈기를 바라면서.

하지만 들려오는 건 자신의 말처럼 균형을 잃고 쓰러지는 말들의 울음소리였고, 보이는 건 말과 얽혀 낭패 당하지 않기 위해 옆으로 혹은 위로 뛰어오르는 수하들의 당혹스런 얼굴뿐이었다.

그는 분노와 짜증과 혼란스러움 속에서 몇 번 몸을 틀었다가 땅에 내려섰고, 곧바로 등에 차고 있던 두 개의 은조수를 꺼내 양손에 꼈다.

세 갈래로 갈라져 쭉 뻗어나가 끝에서 부드럽게 안쪽으로 휘어진 은조수의 날카로운 손톱이 햇볕에 반짝였다.

칭.

광목천작은 위협적으로 은조수를 부딪치고 불명 노사에게 소리쳤다.

"늙은이, 실력이 제법이구나! 네가 철수룡이냐!"

"아닙니다."

"뭐? 그럼 넌 누구야?"

"소승은 불명이라 합니다."

"아! 네가 혼자서 애들을 죄다 집어 던져 버렸다고 하는 그 땡중이냐?"

누구든 상관없이 모두 죽여 버릴 것이기에 꼭 확인할 필요는 없었다.

그저 자신의 수하들과 지국천작 등이 포위 형세를 취할 동안 시간을 벌기 위함이었다.

하지만 거들떠도 보지 않고 있던 반악이 그의 신경을 건드렸다.

"싸우러 왔으면 입 닥치고 덤비기나 해."

광목천작은 반악을 매섭게 노려보았다.

'이놈인가?'

지국천작의 설명대로라면 어린놈인데 무섭게 강하다고 했던 자의 용모와 반악의 모습이 딱 일치했다.

물론, 그는 지국천작의 실력을 조금도 인정하고 있지 않기 때문에 무섭게 강하다고 했던 표현을 전혀 신용하지 않았지만.

감히 대적할 수 없었다던 불명 노사에 대한 이야기도 마찬가지였다.

"어른들 이야기하는 데 애송이는 빠져!"

"나도 대화 같은 건 할 생각이 없어. 그런데 네놈이 병신처럼 입만 나불거리잖아."

"이 새끼가!"

울컥 화가 치밀어 오른 광목천작은 먼저 반악부터 죽이기로 작정하고 몸을 날렸다.

하지만 이번에도 불명 노사가 그 앞을 막아섰다.

그런데 불명 노사가 앞을 막으며 선의를 가지고 한 말이 광목천작의 성질을 자극했다.

"시주께선 무모한 싸움에 목숨 거는 실수는 하지 마십시오."

"빌어먹을 땡중이, 감히 누구보고 개소리야!"

늑대처럼 펄쩍 뛰어오른 광목천작은 불명 노사의 얼굴과 어깨를 향해 은조수를 연달아 내리그었다.

얼굴과 가슴을 단번에 찢어발기겠다는 기세였다.

하지만 불명 노사는 말을 피했던 것처럼 순식간에 자릴 옮겨 은조수의 날카로운 끝을 가볍게 피해 버렸다.

그러나 광목천작의 공격은 이제 시작일 뿐이었다. 한 번 아래로 그어진 은조수는 땅에 발을 딛자마자 뛰어오르는 몸을 따라 움직이며 불명 노사의 양 어깨를 노렸다.

스아악—

은조수는 아주 간발의 차이로 빈 공간을 긋고 지나갔다. 상체를 뒤로 뺐던 불명 노사는 아직 공중에 떠올라 있는 광목천작의 옆구리를 향해 오른손을 내뻗었다.

휘릭.

광목천작은 허리를 튕기며 공격을 피하고 발끝으로 가슴을 내리찍었다.

허나, 불명 노사는 어느 틈에 양손을 모아 뻗으며 발끝을 밀어냈다.

'제법이군.'

반악은 내심 광목천작의 대응을 칭찬했다.

불명 노사의 양손에 밀린 순간 뒤로 멀찍이 날아올라 땅에 내려선 광목천작의 움직임은, 즉흥적이라기보다 처음 발을 뻗을 때부터 공세를 벗어나기 위해 의도적으로 취한 공격이 분명하기 때문이었다.

'젠장, 진짜 강한 늙은이잖아.'

광목천작은 불명 노사에 대한 지국천작의 평가가 거짓이나 허풍이 아니었음을 인정할 수밖에 없었다.

하지만 그의 좌우로 용과 비사사가 자릴 잡고 그 옆으로 세 명의 광목천도들까지 서자 득의의 미소를 지으며 말했다.

"땡중, 정체가 뭔지 모르지만, 이것만 알아 둬."

"……."

"넌 오늘 나한테 죽었어."

반악은 내심으로 코웃음을 쳤다.

광목천작은 불명 노사가 숨기고 있는 정체가 무엇인지나 알고 저딴 소리를 하는 걸까?

아마 전혀 짐작도 하지 못하고 있을 것이다.

알고 있다면 절대 저런 소리를 할 수가 없을 테니까.

오히려 뒤도 돌아보지 않고 도망치는 게 정상일 것이다.

'하지만⋯⋯.'

광목천작이 제대로 싸우지도 않고 도망치는 건 그가 원하는 바가 아니었다.

그가 바라는 건 불명 노사가 치열하게 싸우는 것이니까.

반악은 도착한 마차에서 우르르 내리는 지국천작과 그 무리들을 상대하기 위해 자세를 잡는 황보만천과 염서성이 있는 쪽으로 걸어갔다.

반악의 태도를 신경 쓰고 있던 불명 노사도 황보만천 등이 있는 곳으로 움직였다.

"미친 늙은이! 지금 날 무시하는 거냐!"

광목천작은 버럭 소리치며 달려들었고, 용과 비사사 등도 그의 뒤를 따랐다.

＊　　　＊　　　＊

"지국천작님."

지국천작은 자신의 소매를 당기는 부단나를 귀찮고 짜증스런 시선으로 쳐다봤다.

수적으로 매우 우세하지만 결코 만만히 볼 수 없는 반악이 다가오고 있어 신경이 예민해진 탓도 있지만, 부단나가 무공을 잃어 거의 쓸모가 없어졌다는 점도 크게 작용했다.

그런데도 부단나를 데려온 것은 무공은 잃었어도 제법 쓸만한 독탄들과 독에 대한 지식을 가지고 있다는 점 때문이었다.

"왜?"

부단나는 지국천작이 자신을 어찌 생각하는지 알고 있기에 내심 욱하는 마음이 일었지만, 꾹 억눌러 참고 말했다.

"우린 이대로 강을 건너야 합니다."

"넌 눈도 없냐? 저 새끼 오는 거 안 보여? 지금 여기 문제를 해결하는 것도 힘든데, 강 건널 시간이 어디 있어."

"제가 저번에 철수룡에 대해 말씀드린 거 기억나십니까?"

지국천작은 인상부터 썼다.

"기억나지. 네가 사용한 독이 엄청 대단해서 철수룡이 죽었을 거라고 했잖아."

지국천작도 처음엔 그 말을 듣고 일말의 기대감을 품었던 게 사실이었다.

철수룡이 싸움 막바지에 가부좌를 하고 구슬땀만 흘려 대는 걸 직접 목도하기도 했었으니까.

하지만 광목천작 등과 합류하여 뒤를 쫓는 중에 철수룡은 멀쩡히 살아 있고, 잘만 움직이고 있다는 걸 알고 나서는 미련 없이 기대를 버렸다.

"광목천작에게 철수룡은 걱정하지 않아도 된다고 말을 했다가 내가 얼마나 욕을 먹었는지 아냐? 네가 무공을 잃고부터 감이 없어진 모양인데, 아무래도 널 데려온 게 잘못인 거 같다. 도움도 안 되니까, 그냥 뒤로 빠져 있어."

부단나는 노골적인 비아냥거림과 무시에 마음 가득 수치심과 배신감이 부글부글 끓어올랐지만, 이대로 포기하면 도태되고 말 것이라는 절박함 때문에 다시금 인내심을 발휘하여 감정을 억누르고 말했다.

"제 예상이 빗나간 것은 사실입니다. 하지만 저들이 수적으로 열세인 상황에서 고수 중의 고수인 철수룡을 먼저 보낸 이유가 뭐겠습니까? 여자들을 지키는 게 중요하다고 생각해서요? 절대 그럴 리 없지요. 철수룡의 몸이 정상이 아니라서 싸울 수 없기 때문일 겁니다."

"……"

옆에서 가만히 듣고 있던 건달바도 일리가 있다 생각했는지 거들고 나섰다.

"제가 봐도 부단나의 말이 맞는 것 같습니다. 여자들을 보호할 생각이었으면 차라리 저기 젊은 놈을 딸려 보내는 게 낫지, 굳이 철수룡을 보낼 이유는 없지 않습니까."

"흠, 그런가?"

건달바까지 동조하자 지국천작은 마음이 흔들리기 시작했다.

게다가 부단나의 말이 사실이라고 한다면 철수룡을 죽일 수 있는 엄청난 기회를 얻게 되고, 여자들을 빼앗기며 잃었던 교주의 신임을 되찾을 수도 있지 않겠는가.

아니, 교주가 여자들에게 이상할 정도로 집착하고 있는 걸 감안하면, 이전보다 더 강한 신뢰를 쌓을 수 있을지도 모른다.

'그래, 이런 기회를 날린다면 그거야말로 바보 같은 짓이지.'

마음을 정한 지국천작은 건달바와 부단나에게 광목천작의 수하들이 타던 말을 가져오라고 지시하고서 얼른 구반다에게 다가갔다.

"난 따로 빠져서 여자들을 되찾겠다."

"예?"

대적할 진을 구성하기 위해 수하들에게 정신없이 지시를 내리고 있던 구반다는 황당하다는 듯 돌아봤다.

하지만 지국천작은 뭐라고 따질 틈도 주지 않았다.

"여긴 네가 맡는 거다."

그리고는 곧장 말에 올라타고 건달바, 부단나, 그리고 세 명의 실력 좋은 지국천도들과 함께 옆으로 크게 돌아서 강 쪽으로 달려갔다.

'여우같은 새끼!'

구반다는 목젖까지 치밀어 올랐던 욕을 되삼키고 다시 수하들에게 지시 내리는 데에 집중했다.

이미 빠져나간 인간에게 무슨 말을 할 것이며, 외견상 지위가 낮은 그가 뭐라 한다고 해서 제대로 들어 먹을 지국천작도 아니었으니까.

* * *

반악은 지국천작 등이 크게 돌아서 강 쪽으로 달려가는 걸 보고도 쫓지 않았다.

'저놈들 정도는 처리할 수 있겠지.'

아무리 몸 상태가 정상적이지 않은 구지행이지만, 이름값이라는 게 있는 법이었다.

지국천작의 실력이 무시할 수준은 아니라고 해도, 천하에서 손꼽히는 고수를 어찌할 정도의 능력은 되지 못하는 것이다.

172

반악은 광목천작의 집요한 공격을 막아내면서 자신이 있는 곳으로 이동해 오는 불명 노사를 쳐다보고 황보만천에게 말했다.

"저쪽은 바쁜 거 같으니, 우리끼리 잘 싸워 봅시다."

그런데 황보만천은 대꾸도 않고 불명 노사 쪽만 쳐다보고 있었다.

'분명 저자다.'

그는 불명 노사가 아니라, 광목천작을 보는 것이었다.

그의 품에는 그림 한 장이 있었다.

실종된 황보곡리를 탐문하던 중에 찾아낸 유일한 목격자의 증언을 토대로 그린 흉수의 얼굴.

그 얼굴이 광목천작의 외모와 유사했던 것이다.

허나, 어렴풋한 기억을 토대로 그린 그림만을 가지고 확신하는 건 아니었다.

은조수.

반짝거리는 길고 날카로운 은빛의 조수.

목격자는 흉수가 멀리서 봐도 알아볼 수 있을 만큼 길고 뾰죽한 세 개의 날이 달린 장갑을 양손에 끼고서 싸웠는데, 그걸로 곡리 숙부의 가슴을 몇 번이나 반복해서 찔러 죽였다고 했다.

'원수는 외나무다리에서 만나기도 한다는데……'

간신히 목격자를 찾아 증언을 듣고 귀환하는 중에 천부교에 쫓기는 구지행 등과 만나고, 그들을 쫓아온 무리들 속에 곡리 숙부를 죽인 흉수가 끼어 있다는 건 하늘이 그에게 복수의 책임을 부여했기 때문일까?

'복수는 해야겠지만, 우선······.'

자신이 살고 봐야 할 일이었다.

황보만천은 일단 눈앞의 적과 싸워서 살아남는 데에 집중하기로 마음을 굳혔다.

"역시 계획은 없는 거요?"

딴 곳만 쳐다보다가 갑자기 정신을 차린 듯한 황보만천의 물음에, 반악은 어깨를 으쓱였다.

"일단 붙어나 봅시다."

반악은 진을 형성하고 천천히 거리를 좁혀오는 적들을 향해 앞으로 뛰어나갔다.

실력의 고하를 떠나서, 압도적인 숫자를 상대로 선공을 택하다니.

"당신의 주인은 원래 저리 직선적인 사람이오?"

"이 정도는 아무 것도 아니요."

쓸쓸한 미소를 지으며 대답한 염서성은 곧장 반악의 뒤를 따랐고, 황보만천은 광목천작을 힐끔 쳐다보고는 마지막으로 적들을 향해 몸을 날렸다.

＊　　＊　　＊

'이것들 움직임이 제법 튼실하네.'

반악은 자신이 뛰어든 순간 좌우로 흩어졌다가 다시 모여들어 그를 한순간에 포위하고 사방에서 칼을 휘둘러 오는 천부교도들의 공세를 막아 내며 살짝 감탄했다.

이들이 구성한 진은 방어에 중점을 둔 방원진.

지난번 지국천도들이 염서성을 둘러싸고 몰아치던 때도 느꼈었지만, 이들 천부교도들은 그냥 겉핥기식으로 배워 모양만 그럴듯하게 펼치는 게 아니라, 진의 고유한 특성과 위력을 거의 완벽하게 구현하고 있었다.

진법에 일가견이 있는 전문가에게 제대로 단련을 받은 것이라고밖에 설명되지 않는 실력인 것이다.

'천부교에 병부 출신이 있는 건가?'

모를 일이었다.

그냥 진법에 특별히 관심이 많아서 나름의 경지를 이룬 무림인이 있을지도 몰랐다.

천이서생이 천하에서 꼽힌다고 하며 오십삼 명의 고수를 선별했지만, 다각적이기보다는 무력과 세력에 치중한 판단이 아니던가.

만약 그 두 가지 이상의 요건을 기준으로 삼아서 인물들을 뽑았다고 한다면 특별한 능력의 사람이 워낙 많아서 오십삼 명 이상의 숫자가 나왔을 것이다.

또한 천이서생이 드넓은 중원을 한 곳도 빠짐없이 살폈다고 할 수도 없으니, 알려지지 않은, 그리고 아직 무림에 나서지 않은 고수들까지 따진다면 더 많아질 게 분명했다.

허니, 천부교에 알려지지 않은 기인이사들이 있다고 해도 이상하다 생각할 이유는 없는 것이다.

'상관은 없지.'

상대가 약하든 강하든, 당혹스러울 정도로 기기묘묘한 방법을 쓰든 아니든, 일일이 신경을 써 가며 대응할 필요는 없다.

그냥 자신의 장점을 살려 맞상대하면 되는 것이니까.

차차차창-

빠르게 휘둘린 박도에 부딪혀 네 개의 칼이 주인을 따라 뒤로 밀려났다.

하지만 그건 힘에 밀렸다기보다 진법의 규칙을 따른 후퇴. 그들이 물러나며 비어 버린 자리를 순식간에 다른 천부교도들이 채웠고, 다시 칼을 휘둘렀다.

계속해서 힘을 소비하지 않도록 하는 빠른 자리 전환과 마치 숫자를 외치며 때를 맞추기라도 한 것처럼 네 방향에서 동시에 칼을 휘두르는 합공 방식은 개개인의 평범한 공격력과 방어력을 몇 배로 부풀려 상대를 압박하는 크나큰 장점을 가지고 있었다.

다수가 소수를 공략하기 용이하도록 차륜의 묘를 중심에 두고 만든 게 방원진이었으니까.

하지만 상대는 반악이었다.

염서성이나 황보만천 정도가 상대라고 한다면 동수를 유지하다 점차 진땀을 흘리게 하고 결국 우세를 점할 수 있을 것이다.

허나, 반악은 그들과 달랐다. 무공의 경지와 싸움의 경험에 있어서 수준을 달리 하는 고수 중의 고수였다.

까가가강—

묵직하게 부딪히는 소리와 함께, 네 개의 칼이 금방이라도 튕겨나갈 것처럼 위로 밀려났다.

그리고 그들이 다시 칼을 앞으로 당겨 방어 자세를 취하거나 뒤로 물러날 만한 틈도 없이 휘둘린 박도가 정확히 네 개의 목젖을 날카롭고도 깊숙하게 베고 지나갔다.

"……!"

소리 없는 고통의 외침.

목을 베인 네 명의 천부교도들은 눈을 부릅뜨고 입을 잔뜩 벌린 채로 살짝 비틀거리다가 이내 고꾸라졌다.

그들 뒤쪽의 천부교도들은 뒤이어 자리를 채우고 공세를 가해야 했지만, 동료들의 어이가 없을 만큼 빠른 죽음 앞에서 순간적으로 멈칫했다.

그러나 반악은 죽은 동료들에 대한 안타까움과 연민 등으로 인해 멈칫거린 천부교도들의 마음을 헤아리거나 진정될 때까지 기다려 줄 생각이 조금도 없었다.

스악―

순간이었지만 반악에겐 너무나 충분한 시간.

공력이 잔뜩 응집된 박도가 빠르게 휘둘리고, 그 끝에서부터 퍼져 나간 하얀 빛이 가까이 있던 천부교도들을 휩쓸고 지나갔다.

풀썩.

다시 네 명의 천부교도들이 땅바닥으로 무너졌다.

이번 역시 비명도 없었고, 신음도 없었다.

목젖을 베는 수준이 아니라 완전히 베고 지나갔고, 머리가 몸에서 분리되어 먼저 땅으로 떨어졌기 때문에 그런 소리가 나올 수 없었던 것이다.

하지만 죽은 이들의 비명과 신음 대신, 살아 있는 자들의 음성이 반악에게 들려왔다.

먼저 들려온 것은 뒤에서 천부교도들을 지휘하는 구반다의 공력이 담긴 목소리였다.

"그들은 행복만이 가득한 극락으로 갔다. 남은 이들은 천단을 복용하고 교주의 의지를 받들어, 구천의 악귀와 다를 바 없는 요망한 자들을 처단하라!"

반악에게는 귀신 씨나락 까먹는 소리였지만, 천부교도들에겐 아닌 모양이었다.

그들은 재빠르게 품에서 꺼낸 단약을 입에 넣어 삼키고
는, 호응하듯이 한꺼번에 중얼거렸다. 그 소리는 분노 섞인
고함이나 악에 받친 욕지거리가 결코 아니었다.

"제석극락 불신구천!"

교주인 제석천을 믿으면 극락에 가고, 믿지 않으면 귀신
이 되어 고통 속에서 영원히 구천을 떠돌게 될 거라는 의미
의 중얼거림이 천부교도들의 입을 통해 흘러나왔다.

'이건 무슨 개소리들이야?'

반악을 더 황당케 하는 건, 천부교도들 모두가 입가에 미
소를 짓기 시작했다는 점이었다.

조금 전까지 동료들의 죽음에 당황하던 얼굴이 아니라,
죽음이 오히려 그들을 행복케 한다는 표정이었다.

그들은 말 그대로 광신도들처럼 변해 버렸다.

'천단이란 걸 먹어서 달라진 거구나!'

천부교도들 중에는 전에 봤던 지국천도들도 섞여 있었지
만, 이전과는 완전히 다른 모습이 아닌가.

천단이란 단약이 뭔가 특별한 성분을 함유하고 있는 게
분명했다.

"죽여라!"

구반다의 쩌렁한 명령과 함께 천부교도들은 다시 공격을
하기 시작했고, 그 위력은 이전보다 두 배, 아니, 세 배로 늘
어났다.

*　　*　　*

염서성은 양쪽에서 떨어지는 칼을 철토시로 감싼 팔뚝으로 막고, 빠르게 발을 내질러 정면에 있는 천부교도의 명치를 걷어찼다.

뻑!

"......!"

염서성은 너무 놀라 헛바람을 내지를 뻔 했다.

분명 제대로 맞았으니 묵직한 소리가 들린 게 아니겠는가.

숨을 쉬기 힘들어 컥컥거리고, 심하면 구역질까지 하는 게 정상이었다.

그런데 명치를 맞은 천부교도는 고통스런 반응을 전혀 보이지 않고, 오히려 더욱 진한 미소를 지으면서 진법의 규칙에 따라 동료와 자릴 바꾸었다.

갑자기 상승의 외공을 수련한 고수로 변모하기라도 한 걸까?

"이것들 뭐야!"

염서성은 어이가 없고, 괜스레 등줄기를 타고 소름이 돋아서 외친 것이었다.

하지만 그런 심정은 황보만천도 마찬가지였다. 자신의 주먹에 얼굴을 맞아서 코가 부러지고 이를 몇 개나 뱉어냈음에도 히죽 웃으면서 뒤로 물러나는 천부교도의 모습은 사람에게서는 느끼기 힘든 거부감을 주고 있었기 때문이었다.

'게다가⋯⋯.'

천부교도들의 공격력이 완전히 달라졌다.

빠른 반응과 증가된 힘, 그리고 다치거나 말거나 개의치 않고 밀고 들어오는 저돌성. 조금 전의 그들이 아닌, 완전히 다른 자들과 싸우는 것 같았다.

'단약 하나 삼켰을 뿐인데, 이렇게 달라질 수 있단 말인가?'

상식적으로 믿기 힘든 변화였다.

일정 수준 이상의 무공, 끊임없는 수련과 노력, 실전을 통한 경험 축적을 통해서만이 강해질 수 있다고 믿고 있는 황보만천에겐 더더욱 받아들이기 힘든 변화였다.

하지만 천부교도들의 공격은 확실히 매서워졌고, 그들의 충혈된 눈동자 가득 광기의 빛이 일렁이는 걸 보고 있자니 믿지 않을 도리가 없었다.

'이대로는⋯⋯.'

염서성도 자신처럼 힘겨워하고 있어 도움을 바랄 수가 없었다.

자연히 그의 시선은 반악을 향했고, 그 순간 발길질 한 번에 머리가 박살나 쓰러지는 천부교도의 모습을 보게 되었다.

끔찍한 광경이었다.

하지만 반면에 감탄스런 광경이기도 했다.

'강하다!'

아무리 고수라도 발길질 한 번에 머리를 박살내기는 어려웠다.

두개골이 단단하기도 하지만, 머리는 그냥 고정된 표적이 아니라 이리 저리 움직이며 정확히 노리기 어렵게 만드는 동적인 표적이기 때문이었다.

게다가 박도 끝에서 아른거리는 빛은 뭐란 말인가.

'강기?'

정말 강기를 발현시킨 것일까?

그렇다면 반악이 그의 수준으로는 상상하기 힘든 고수란 뜻이 아닌가.

'저렇게 젊은 무림인들 중에 강기를 발현시킬 만큼 강한 고수가 있었던가?'

없었다.

최소한 그가 아는 한에서는 없었다.

그래서 충격이 컸다.

그는 산동의 패자인 황보세가에서도 기대를 받는 인물.

서른이 넘어 후기지수란 말을 듣는 게 괜스레 민망하기는 하지만, 어쨌든 산동에서 비슷한 연배와 그 아래의 무림인들 중에서는 수위에 꼽힌다고 하는 신진고수였다.

헌데, 고작 이십 대 중후반으로 보이는 자가 그를 아래로 볼 정도의 고수란 사실이 얼마나 충격적이겠는가.

하지만 지금은 당혹감과 자격지심에 빠져들 틈이 없었다.

그는 반악 쪽을 눈짓으로 가리키며 염서성에게 소리쳤다.

"저쪽으로 가야 하오!"

둘만으로는 갑자기 수준이 달라진 천부교도들의 맹공을 버틸 수 없기 때문이었다.

염서성도 비슷한 생각을 하고 있었기에 고개를 끄덕였다. 그런데 그 순간, 정확히 두 사람 사이로 불명 노사가 뚝 떨어져 내렸다.

그는 땅에 발을 딛자마자 한 명의 천부교도를 공중으로 내던져 버리며 말했다.

"염 공자, 늦어서 미안합니다."

염서성은 저도 모르게 불명 노사와 광목천작 등이 싸우고 있던 곳을 바라봤다.

그곳엔 광목천작과 용, 비사사, 그리고 세 명의 광목천도들이 쓰러져 있었다.

'죽었나?'

아니었다.

세 명의 광목천도들은 시체처럼 꼼짝도 않고 있었지만 광목천작과 용, 비사사는 비틀거리면서도 일어나고 있었다.

꼼짝 않는 자들도 죽은 것 같아 보이진 않았다.

염서성은 솔직히 감탄했다.

불명 노사는 여유롭게 상대할 수 있기 때문에 광목천작

등을 죽이지 않은 게 아니었다. 그의 옷에 두세 군데 찢겨진 자국이 있는 걸 보면 그들을 죽이지 않고 제압하기 위해서 쉽지 않은 싸움을 했음이 분명했다.

싸움이란 그런 것이었다. 투쟁심을 가지고 응하지 않으면, 상대를 죽이겠다는 마음가짐으로 임하지 않으면 본래의 능력과 힘을 제대로 사용할 수 없었다.

그런데도 불명 노사는 굳이 어려움을 자초하며 싸웠던 것이다.

"반 공자와 함께 해야 합니다."

불명 노사는 자신을 향해 떨어지는 두 개의 칼을 피하고, 다른 두 개의 칼은 손으로 쳐내면서 말했다.

'힘겹기 때문일까, 아니면 주인님의 살육을 막기 위함일까?'

염서성은 불명 노사가 반악 쪽으로 가려고 하는 건 아마도 후자 때문일 거라고 생각했다.

지금껏 보여 준 불명 노사의 능력을 감안할 때, 자신들과 함께 하는 것만으로도 충분히 우세한 싸움을 할 수 있을 테니까.

'따를 수밖에.'

염서성은 불명 노사에게 고개를 끄덕이고 천부교도들의 공격을 막아 내며 조금씩 뒤로 물러났다.

황보만천도 공격보다는 방어에 치중하며 물러났다.

불명 노사는 때리기보다 쓰러트리거나 던져 버리는 식으로 반격을 하며 반악이 있는 쪽으로 물러났다.

만약 다른 사람이 이런 식의 싸움을 주도했다면 염서성은 미친 생각이라고, 무슨 바보 같은 짓이냐고 욕을 했을 것이다.

하지만 그는 불명 노사에게 깊이 감복한 상태였다. 명확하게 설명할 만한 이유와 명분은 없었다. 특별히 귀중한 조언을 들은 것도, 대단한 선행을 본 것도 아니지만, 불명 노사가 그리 하자고 하니 그래야 한다는 믿음이 저절로 생긴다고 할까.

별로 좋은 인생을 산 것도 아니고 좋은 놈도 아닌 자신이 이런 생각을 한다는 게 웃기지만, 마음이 그렇게 흘러가는 걸 어쩌겠는가.

'나중에 주인님한테 된통 욕을 먹을지도 모르겠군.'

어쩌면 지난번 오줌에 피가 섞여 나올 만큼 맞았던 것처럼 심하게 두들겨 맞을지도 모른다.

'에라, 모르겠다.'

염서성은 그 점이 약간 걸리기는 했지만, 그냥 눈 딱 감고 불명 노사의 옆에 붙어서 공격을 막으며 반악 쪽으로 이동하는 데 집중했다.

　　　　　*　　　*　　　*

　스악.

　팔뚝이 매끈하게 잘려 나가며 피가 샘물처럼 뿜어져 나왔다.

　하지만 자신의 잘린 팔이 땅에 떨어지고 피가 마구 쏟아져 나오는데도, 천부교도는 비명도 지르지 않았다. 그냥 살짝 인상을 찌푸렸다가 뒤에 대기하고 있던 동료와 위치를 바꾸었다.

　그리고 나서야 옷을 찢어 잘린 부위를 동여매 출혈을 막는 것이었다.

　목을 베어 버리거나 머리를 박살내기 전에는 포기하지도 않다니.

　'어이가 없군. 팔이 잘리는 정도로는 끄떡도 없다는 건가?'

　반악은 만담가의 이야기를 통해서나 들을 수 있는 강시처럼 반응하는 천부교도의 모습에서 분노 비슷한 것을 느끼기 시작했다.

　천부교도들은 이미 정상적인 심신의 상태가 아니었다. 눈동자는 배고픈 짐승의 그것처럼 변해 있었고, 몸은 상대를 죽이기 위한 움직임만을 취했다.

　이런 상태에서도 진법의 규칙을 따른다는 게 신기할 정도였다.

'도대체 단약을 무엇으로 조제했기에…….'

사람을 이렇게 변화시킬 수가 있단 말인가.

'젠장, 그딴 걸 내가 왜 신경 쓰는 거냐.'

천부교도들은 적이었다.

그들이 이상한 약을 복용했고, 그래서 강시처럼 반응하고 인성을 상실한 채로 스스로의 의지가 아니라 그들의 목숨과 가치를 조금도 존중하지 않는 자들에 의해 인형처럼 조종당하고 있다고 해서, 자신이 신경 쓸 이유가 무엇인가.

'날 죽이겠다는 자들에게 연민 따위……!'

반악은 눈앞으로 떨어지는 칼을 쳐내면서 흠칫했다.

연민?

'내가 적을 불쌍하고 가련하게 여긴다고?'

갑자기 짜증이 와락 일었다.

자신은 적에게 그런 바보 같은 감정을 가지는 부류가 아니기 때문이었다.

물론, 탈태환골을 하고 나서 한두 번 비슷한 감정을 느끼긴 했지만, 이렇듯 명확하게 적대감을 표출하며 덤벼드는 자들을 불쌍하다고 느끼는 건 자신답지 않았다.

'난…….'

반악의 눈동자 가득 살기가 일었다.

'감정에 휘둘려 바보 같은 짓을 할 정도로 나약하지 않다.'

인정하고 싶지 않은, 인정할 수 없는 감정의 찌꺼기를 치워 버릴 생각이었다.

그러기 위해선 감정을 건드린 존재들을 눈앞에서 사라지게 만들어야 했다.

우웅.

박도가 진동했다.

공력이 가득 주입되어 막강한 기운이 뿜어져 나왔다.

천부교도들은 이성을 잃은 상태였지만, 본능적으로 위험을 감지하고 주춤거렸다.

헌데, 바로 그 때, 옆에서 불명 노사가 나타나더니 반악이 박도를 휘두르지 못하도록 앞을 막아섰다.

"반 공자, 이들은 정상적인 상태가 아닙니다. 여긴 소승에게 맡기십시오."

그리고는 기세에 눌려 주춤하고 있는 천부교도들을 붙잡아 쓰러트리고, 집어 던지기 시작했다.

붙잡힌 천부교도들이 쓰러지면서도 칼을 휘두르고, 때론 팔에 매달려 물려고까지 하는데도, 그는 목숨을 위협할 만한 반격을 하지 않았다.

쓰러트리고, 집어 던지고, 틈이 생기면 기혈을 찔러서 움직이지 못하도록 점혈을 했다.

반악의 얼굴이 일그러졌다.

'이런 개 같은!'

아까까진 두고 보자는 마음이었다.

위선을 떨겠다고 한다면 어디 얼마나 잘 할 수 있는지, 위험한 상황에 몰려도 계속 그럴 수 있는지 지켜볼 생각이었다.

그러나 지금은 인내의 한계를 느꼈다.

짜증나고 화가 나는데, 불명 노사는 자신의 일그러진 감정에 불씨를 던진 것과 같았다.

이젠 불명 노사가 과거엔 누구였고, 어떻게 변화했으며, 지금은 어떤 이상향을 꿈꾸고 살아가는지, 끝까지 그런 마음을 지킬 수 있는지에 대해서 전혀 궁금하지 않았다.

타탁.

그는 땅을 박차고 위로 뛰어올랐다.

동시에 그의 박도가 새하얀 빛에 휩싸이며 막대한 기운을 뿜어냈다. 불명 노사가 방해할 수 없도록 광범위한 공격이 가능한 강기를 날릴 생각인 것이다.

"젠장, 피해야 해!"

반악의 표정이 심상치 않자 계속 눈치를 살피고 있던 염서성이 공중에 떠오른 반악의 박도가 새하얀 빛에 휩싸이며 엄청난 기운을 뿜어내자 황보만천에게 소리치고 급히 몸을 뒤로 뺐다.

황보만천은 영문을 알지 못하면서도 느낌이 좋지 않아 염서성의 뒤를 따랐다.

"반 공자!"

불명 노사는 집요하게 달라붙는 천부교도들의 공격을 막아 내며 외쳤다.

그러지 말라고, 그래서는 안 된다는 의미의 외침이었다.

하지만 반악은 그의 말을 한 귀로 흘려 버렸다. 그럴 생각도 없었고, 그러고 싶지도 않았다.

스아악-

박도가 소름끼치도록 매끈하게 공간을 갈랐고, 그 끝에서 초승달 모양의 강기가 뿜어져 나와 불명 노사를 향해 떨어졌다.

그를 죽이겠다는 목적이 아니라, 천부교도들에 대해 신경 쓰지 말고 피하도록 만들기 위한 목적이었다.

하지만 불명 노사는 피하지 않았다.

순간 그의 옷자락이 크게 부풀어 올랐다. 차분하고 깊은 눈동자엔 강렬한 기운이 넘실거렸다. 그는 왼다리를 뒤로 뻗어 하체의 균형을 잡고, 오른 주먹을 힘차게 위로 내질렀다.

그 주먹에서 뿜어져 나간 무형의 기파가 공간을 밀어 내며 치솟아 올라 강기와 맞부딪쳤다.

광-

멍멍할 정도의 굉음과 함께 무형의 충격파가 상하좌우로 퍼져 나갔다.

영향권 안에 있던 천부교도들은 보이지 않는 압력에 떠밀려 뒤로 나동그라졌다. 고막이 상했는지, 그들의 귀에선 피가 흘러나왔다.

'백보신권!'

충격파에 밀려 공중으로 더 높이 떠오른 반악은 방금 자신의 강기를 와해시킨 무공이 소림의 백보신권이라 생각했다.

소림의 무공 중에 공간을 격하고도 이 정도로 파괴적인 위력을 가질 만한 무공이 또 무엇이 있겠는가.

"반 공자, 소승을 믿고 물러나 주십시오!"

불명 노사는 발목까지 파고든 왼발을 땅에서 빼내며 소리쳤다.

반악은 공중에서 핑그르르 회전하며 박도를 위로 치켜들었다.

"당신이나 비키시오!"

그의 박도가 다시금 빛에 휩싸였다.

불명 노사는 한숨과 함께 다시 백보신권을 펼치기 위해 자세를 잡았다.

*　　　*　　　*

'도대체 저 자들은 뭐야?'

반악과 불명 노사가 다시금 강기와 무형의 기파를 날려 굉음과 충격파를 만들어 내자, 멍하니 쳐다보고 있던 구반다는 뒤로 한 걸음 물러났다.

그가 선 자리는 넉 장이나 떨어져 있어 전혀 위험하지 않았지만, 두 사람이 격돌하며 만들어 낸 충격파가 미미하게나마 얼굴에 와 닿는 느낌은 심리적으로 그를 위축시켰던 것이다.

압도당해 버렸다고나 할까.

솔직히 두렵다기보다는 황당했다.

강기와 무형의 기파를 발출할 정도의 대단한 고수가 둘이나 적으로 있는데, 그 둘이 자신들을 구경꾼 취급하고 안중에도 두지 않고 있으니…….

"공격하지 않고 뭘 하는 거야!"

짜증과 분노가 담긴 외침이 멍해 있던 구반다의 정신을 일깨웠다.

광목천작의 외침이었다.

그는 반악과 불명 노사가 격돌하는 저 엄청난 광경을 보고도 두렵지 않은 걸까?

'그럴 리가 없지. 다만, 자신보다 강한 상대가 둘이나 있다는 사실에 분노하는 마음이 더 클 뿐.'

일종의 투쟁심일 것이다.

상대가 강하면 강할수록 화가 나고, 이기고 싶다는, 자신이 더 강하고 싶다는 욕심.

그것이 현재의 광목천작을 만들어 낸 원동력이 아니던가.

그러나 약간 위험스럽기는 해도 광목천작의 말이 맞았다. 뭔 이유인지는 모르지만 적들이 분열을 일으키고 있을 때 공격해야만 한다.

'저들 중 하나라도 죽일 수 있다면……'

설사 여자들을 확보하지 못하고 돌아간다고 해도 큰 성과라고 할 수 있을 것이다.

현재의 상황을 보자면, 저들은 천부교의 잠재적 방해 요소니까.

그는 음성에 공력을 담아 외쳤다.

"놈들을 죽여라!"

잠시 갈피를 잡지 못해 머뭇거리던 천부교도들은 곧바로 불명 노사를 향해 달려들었다.

무형의 기파에 계속 떠밀려 아직도 공중에 떠 있는 반악을 공격할 수가 없으니, 가까이 있는 불명 노사를 노릴 수밖에 없지 않겠는가.

하지만 불명 노사를 공격하는 것도 쉽지 않다는 걸 모두가 깨닫게 되었다.

그의 전신에선 강력한 기운이 뿜어지고 있었다. 그 기운이 마치 방패처럼 천부교도들의 칼을 튕겨 버리는 것이다.

'설마 호신강기?'

구반다는 자신도 모르게 떠올린 생각에 흠칫 놀랐다.

호신강기라고 하는 단어의 무게감이 너무나 크기 때문이

었다.

현 무림에서 그러한 경지를 이룬 무림인이 있기나 한 걸까?

'모르겠다.'

하지만 무형의 방어막을 달리 표현할 말이 없었다.

그리고 그의 수준으로는 감히 측량할 수 없는 고수들이 많이 있으니 불가능하다고 볼 수만도 없지 않은가.

'만약 그렇다면…….'

가능성이 있는 사람은 기껏해야 두 손에, 아니 한 손에 꼽힐 것이다.

사왕이나 삼존 정도?

그럼 저 허름하고, 왜소한 노승의 정체는?

순간 한 사람의 이름이 머릿속을 스쳐 지나갔다.

'그럴 리가…….'

그 사람일 리가 없었다.

배분과 명성, 그리고 뒤를 받쳐 주는 배경과 무공 실력을 감안하면 가히 존엄하다고까지 할 수 있는 그 사람이 왜 여기에 있단 말인가.

그것도 저리 초라한 몰골로.

상대를 가리지 않고 존대를 하는 말투 또한 그를 떠올리기 힘들게 했다.

"구반다! 너도 도와라!"

광목천작은 자신도 나서고 구반다까지 힘을 합쳐야 불명노사를 죽일 수 있다고 본 것이다.

'광목천작님은 저 노승의 정체가 무엇인지 짐작도 되지 않는 모양이구나. 하지만 만약 내 생각대로 그 사람이라고 한다면……'

자신들이 다 달려든다고 해서 이길 수 있을까?

구반다는 생각을 멈추었다. 이왕 이렇게 된 마당에, 다른 선택은 있을 수 없었다. 그래서 진형 안으로 뛰어들려고 했다. 하지만 그는 갑자기 걸음을 멈추고 뒤쪽을 돌아보았다.

두두두두!

세 마리의 말이 맹렬한 속도로 달려오고 있었다.

그냥 지나가는 게 아니라는 것은 말의 속도와 방향만으로도 알 수 있었다.

'저자들은 객잔에서 보았던……'

말을 타고 있는 자들이 얼마 전 본 적이 있는 견일, 견이, 견삼이라는 사실은 그를 의아케 했다.

그러나 문제는 그들이 자신들에게 적대적이라는 점이었다.

선두에서 달려오고 있던 견이가 말 등을 박차 뛰어오르고 동시에 두 개의 륜이 태양빛을 반사시키며 자신 쪽으로 날아오고 있었던 것이다.

구반다는 급히 허리를 뒤로 젖혀 하나를 피하고, 그대로 한 바퀴를 돌아 나머지 하나도 피해 냈다.

스악 스악!

'염병!'

구반다의 얼굴이 일그러졌다.

자신이 피한 륜이 그대로 쪽 뻗어 나가 두 명의 천부교도
들을 양단하고 주인에게 돌아가 버리는 게 아닌가.

왠지 륜을 던진 자에게 농락을 당했다는 기분이 들었다.

하지만 방금 전의 공격은 견이가 온 힘을 다했기 때문에
생겨난 결과라는 걸 알면 그의 기분이 조금은 나아질까?

*   *   *

"젠장, 이게 모두 너 때문이야!"

견일이 견삼을 질책하며 초겸을 빼들어 양손에 잡았다.

견삼은 연편을 손에 말아 쥐면서 반발했다.

"내가 뭘!"

"네가 들키지 않으려면 충분한 거리를 두고 쫓아야 한다
고 해서 이렇게 늦어 버린 거잖아!"

"그럼 눈에 빤히 보이도록 바짝 쫓다가 저놈들에게 걸려
야 했다는 거냐!"

"몰라, 임마! 주인님이 뭐라 하시면 네가 책임져!"

"씨발, 무슨 책임! 대형이면 대형답게 굴어!"

"이럴 때만 대형이냐!"

견일은 짜증을 내며 말 등을 박차고 뛰어올라 구반다의 머리 위로 떨어졌다.

"그래, 이럴 때만 대형이다!"

견삼 역시 맞받아치며 구반다의 오른쪽을 향해 뛰어올라 연편을 휘둘렀다.

'이런 개자식들이!'

구반다는 머리와 어깨를 향해 날카롭게 찔러오는 초겸을 칼로 쳐내고, 살짝 뛰어올라 다리를 노리고 뻗어 오는 연편을 피하며 내심 욕을 내뱉었다.

자기들끼리 투덕거리면서도 정교하게 합공을 해 오는 짓거리가 아무래도 자신을 방심시키기 위한 수작처럼 느껴졌던 것이다.

하지만 그가 어찌 생각하든, 견일과 견삼은 입을 다물지 않았다.

"그런데 주인님과 싸우는 저 늙은이는 누구냐?"

"내가 그걸 어찌 아냐? 하지만 엄청난 고수 같다."

"그러게. 우리 주인님이 저렇게 힘껏 싸우는 것도 그 노인네 이후 처음 아니냐?"

"그럼 저 늙은이도 그 노인네 수준의 고수란 건가?"

"그렇게 볼 수도 있겠네. 그런데 저 늙은이는 같은 편이야, 다른 편이야?"

"나도 헷갈린다. 우리가 없는 동안 주인님 주변에서 무슨 일이 있었던 거야?"

"막내에게 물어 보면 알겠지. 하여튼, 주인님은 종잡을 수 없는 분이라니까."

구반다는 더는 듣고 있기가 힘들었다.

좌우에서 정신없이 공격을 하면서도 자신을 안중에 두지 않고 있다는 듯 시답잖은 대화를 하고 있다니.

"이 개자식들이, 날 어떻……!"

퍽!

"윽!"

뒤쪽에서 살기를 감지하고 몸을 뺐는데도 결국 등을 걷어차인 구반다는 재빨리 땅을 굴러 교도들이 응집된 방향으로 물러났다.

그를 걷어찬 건 처음에 륜을 던졌던 견이였다.

'여기서 싸워야겠다.'

구반다는 교도들을 등 뒤에 두고 자세를 잡았다.

혼자 나서서 셋을 감당할 자신이 없기 때문이었다.

하지만 견일 등은 그를 쫓지 않았다.

"잔챙이 새끼는 내버려 두고 중앙으로 가자!"

견이가 크게 외치며 교도들 사이로 뛰어들자, 견일과 견삼도 곧장 그의 뒤를 따랐다.

'날 무시하다니!'

구반다는 자존심이 상했다.

자신은 천부교의 실세인 증장천작의 오른팔이었고, 무공 실력도 어디 가서 무시당할 수준이 아니었다.

그런데 견일 등은 자신을 잔챙이로 취급하다니.

"구반다!"

광목천작의 짜증스런 음성이 들려왔다.

오라고 했던 구반다는 오지도 않고 난데없이 새로운 적들이 나타나 방해를 하려고 하니 화가 난 것이리라.

하지만 구반다 역시 열 받기는 마찬가지였다.

'씨발, 내가 가기 싫어서 안 가나!'

그는 신경질적으로 땅을 박차고 교도들 사이로 뛰어들었다.

*   *   *

"이게 도대체 무슨 일이야?"

견일이 천부교도들의 공격을 막아 내며 염서성에게 물었다.

"여긴 어떻게들 온 거요?"

"어떻게 오긴. 말 타고 왔지."

"웃기지도 않는 소리 하지 말고, 대답이나 하시오."

"너야말로 묻는 말에 대답이나 해. 그리고 저 친구는 또 누구야?"

황보만천에 대해 묻는 것이었다.

염서성은 자신의 옆구리를 찔러오는 칼을 쳐내고 자릴 바꿔 앞에 나타나는 천부교도의 다리를 걷어차며 말했다.

"지금 대꾸할 상황이 아니오. 일단 이 자식들이나 처리합시다."

견일은 다리를 심하게 차였음에도 아무렇지 않다는 듯이 뒤로 물러나는 천부교도를 신기해하는 표정으로 쳐다보며 다시 물었다.

"한 가지만 말해 줘. 저 늙은이는 누구야? 적이야?"

견일이 불명 노사를 가리키며 묻자, 염서성은 머뭇거리며 대답하지 못했다.

뭐라고 설명을 해 줘야 할지 난감했던 것이다.

그런데 바로 그때 짜증스러움이 가득 찬 반악의 외침이 들려왔다.

"항마철불! 진짜 한번 죽기 살기로 붙어 보자는 거요!"

모두의 시선이 천천히 땅에 내려서고 있는 반악에게 모였다.

반악 때문이 아니라, 그가 외친 말 때문이었다.

항마철불(降魔鐵佛).

그 이전에는 소림신승(少林神僧)이라고도 불리었던 소림 최고의 고수이자, 현 방장의 사숙이기도 한 굉요 대사의 별호였다.

허나 그보다 더 유명한 별호가 있으니, 삼존(三尊)의 일인인 불존(佛尊)이 바로 그것이었다.

'불명 노사가 불존이라고?'

염서성도 놀라고, 황보만천도 놀라고, 자세한 사정을 알지 못하는 견일 등도 놀랐다.

하지만 가장 놀란 것은 그들 모두와 적대시하고 있는 광목천작을 비롯한 천부교의 무리들이었다.

물론, 제정신이 아닌 교도들은 그 말을 이해하고 놀랄 만큼 이성적이지 못했지만.

'빌어먹을, 좋지 않은 예감은 잘도 맞는다고 하더니.'

혹시 항마철불일지도 모른다고 생각하면서도 제발 아니길 바라고 있었던 구반다는 심장이 덜컥 내려앉는 줄 알았다.

구반다는 광목천작을 쳐다봤다. 상대가 천하의 고수 중에서도 수위에 꼽히는 불존이라고 하는데, 이제 어떻게 할 거냐고 묻는 것이다.

광목천작의 얼굴엔 뭔가 기묘한 열기가 깔려 있었다.

'불존이다. 불존.'

구반다가 그 속내를 알았다면 황당해 했겠지만, 광목천작은 희열이라고도 말할 수 있는 기대감에 휩싸여 있었다.

'진짜 천하의 고수와 싸울 수 있는 거다.'

불존은 그냥 천하 오십삼 명에 꼽히는 고수가 아니었다.

그 중에서도 최고라 불리는, 무림에서 누구도 부정하지 못할 최고 수준의 고수인 것이다.

'싸우자!'

모르고 싸울 때도 적잖게 끓어올랐던 승부욕과 투쟁심이, 이제는 광목천작의 머리와 육체를 완벽히 지배해 버렸다.

그는 은조수를 앞으로 치켜들며 외쳤다.

"구반다!"

구반다는 저도 모르게 인상을 찡그렸다.

그의 이름을 외치는 음성에서 광목천작이 무얼 원하고 있는지를 읽었기 때문이었다.

호승심이 과할 정도라는 건 알고 있었지만, 불존을 앞에 두고도 싸울 마음을 먹다니.

이제 광목천작의 정신 상태를 단순히 누군가를 이기고자 하는 투쟁심 정도로 치부할 수 없었다.

'저 인간은 미쳤어.'

무림인이라면 호승심과 투쟁심이 강할수록 칭찬 받아 마땅하다.

하지만 그 상대가 일말의 승산이라도 있는 수준이어야 하지 않겠는가.

'가만.'

구반다는 지금껏 간과하고 있던 사실 하나를 떠올렸다.

'그럼 불존과 호각으로 싸우고 있는 저자는 뭐란 말인가.'

구반다는 지금 상황이 반전을 기대할 수 없을 만큼 심각하게 불리하고 위험하다는 걸 깨달았다.

그래서 은조수를 치켜들고 히죽거리며 불존에게 다가가는 광목천작에게 멈추라고 소리치려 했다.

만약 반악이 치켜든 박도에서 불길처럼 이글거리는 강기를 보지 못했다면 그렇게 소리쳤을 것이다.

"어디 막아 볼 테면 막아 보시오!"

쩌렁한 외침과 함께 반악의 신형이 불존의 앞으로 쭉 뻗어 나갔다.

후아악―

동시에 좌우로 휘둘리는 박도를 따라 아찔할 만큼 눈부신 빛이 길게 늘어나며 불존의 좌우에 자리 잡고 있던 천부교도들을 덮쳤다.

"반 공자는 손속에 자비를 두십시오!"

결코 반악에게 뒤지지 않는 웅혼한 음성이 울려 퍼지며 불존의 신형이 순간적으로 사라졌다가 강기가 길게 뻗어나가는 방향에 나타나서는 양손을 포개어 밀어 내듯 강기를 향해 내질렀다.

눈으로 구별하기도 힘들 정도로 빠르다고 하는 불영선하보(佛影仙霞步)와 강맹하기 이를 데 없다는 대력금강장(大力金剛掌)이었다.

쾅!

격돌의 여파로 근방에 있던 천부교도들이 뒤로 날아갔다.

그 중에 몇 명은 피를 한가득 토하고 쓰러져 다신 일어나지
못했다.

불존의 얼굴은 안타까움과 슬픔으로 물들었다. 그는 진정
그들의 죽음을 원치 않고 있었던 것이다.

'미친!'

반악은 기분이 더러웠다.

불존 굉요는 사파인과 악도들에게 있어 저승사자와 같은
사람이었다.

지금으로부터 수십 년 전에, 그가 당시 사부였던 소림 방
장의 명을 받고 처음 무림에 출도하여 무림공적으로 이름
높았던 무정마검(無情魔劍)을 일장에 때려죽이고, 내가 아니
면 누가 지옥에 가겠느냐고 했던 말은 수많은 정파인들에게
감명을 주었고, 아직까지도 회자되고 있을 정도였다.

못된 짓을 일삼는 사파인들과 악도들 앞에서는 티끌 만한
자비도 보이지 않고, 손에 피를 묻히는 것도 마다하지 않았
기에 붙은 별호가 마를 굴복시키는 철의 부처, 항마철불이
었던 것이다.

또한 그에게 원한과 악심을 품고 덤벼들었다가 고혼이 되
어 버린 무림인들이 얼마나 많았던가.

그랬던 불존이 결코 올바른 자들이라 할 수 없는 천부교
도들의 죽음 앞에 저런 표정을 짓다니.

'저런 자들의 죽음이 그리도 슬픈가?'

반악은 비웃음을 지었다.

그렇다면 눈물을 펑펑 쏟게 만들어 주리라 결심하고 다시 박도에 공력을 밀어 넣었다.

"그만!"

반악이 또다시 강기를 날릴 기미를 보이자 불존이 급하게 소리쳤다.

하지만 이미 작정을 한 반악이 멈출 턱이 없었다.

"그만 하라 하지 않았습니까!"

반악이 조금도 머뭇거리지 않고 박도를 휘두르자, 불존은 노기 서린 외침과 함께 뛰어올라 공력을 가득 응집시킨 양 손을 반악을 향해 내리쳤다.

*　　*　　*

"물러나야 합니다!"

구반다는 광목천작의 소매를 붙잡으며 버럭 소리쳤다.

광목천작의 눈동자가 매섭게 번뜩였다.

"다신 내 몸에 손대지 말라고 했을 텐데. 그 머리통이 떨어지고 나서 후회할 테냐?"

하지만 구반다는 조금도 굽히지 않고 오히려 목소리를 높였다.

"광목천작님이야말로 정신 차리십시오! 사사로운 호승심 때문에 목숨을 내던져 버리겠다는 것입니까!"

"내 목숨이다!"

"틀렸습니다! 광목천작님의 목숨은 교주님의 것입니다! 잊으셨습니까?"

광목천작의 얼굴이 일그러졌다.

구반다의 말이 맞았다. 그의 목숨은 그의 것이 아니라 교주 제석천의 것이었다.

교주에게 완벽하게 패하고, 교주를 이길 수 있을 때까지 자신의 목숨을 교주에게 맡기겠다고 맹세한 뒤 천부교에 입교하지 않았던가.

'빌어먹을!'

"잊지 않았다."

"그럼 됐습니다. 물러나란 명령을 내리십시오."

광목천작은 그의 좌우에 서서 명령을 기다리고 있는 용과 비사사에게 말했다.

"물러난다."

용과 비사사는 즉시 목소리에 공력을 실어 후퇴하라고 크게 외쳤다.

천부교도들이 썰물처럼 빠져나가기 시작했다.

염서성 등은 그들이 물러나는 걸 막지 않았다. 그들도 지친 상태라서 더 싸울 마음이 들지 않았던 것이다.

게다가 지금 그들이 신경 써야 할 건 천부교도들이 아니라 반악과 불존이었다.

"가히 용호상박이군."

황보만천은 반악과 불존의 싸움을 바라보며 감탄성을 터트렸다.

누가 더 우위에 있다고 하기 어려울 정도로 두 사람의 싸움은 치열했다.

그리고 엄청났다.

강기와 무형의 기파가 난무하고, 귀가 멍멍할 정도의 굉음이 연달아 터졌다. 때론 공중으로 뛰어올라 어지러울 정도로 손과 발이 부딪쳤다가 떨어지기를 반복했다.

"도대체 반 소협의 정체가 무엇이오?"

황보만천의 물음에 견일이 반문했다.

"그러는 댁은 누구요?"

"아, 인사가 늦었구려. 난 황보만천이라 하오."

염서성이 황보세가의 사람이라는 설명을 덧붙였다.

견일은 그를 새삼스런 시선으로 쳐다보며 자신들의 이름

을 밝히고, 반악을 주인으로 섬긴다고 말했다.

황보만천은 꽤나 이상하고, 어찌 보면 굴욕적이기까지 한 이름을 조금의 거부감도 없이 밝히는 견일 등이 신기하고 놀랍기만 했다.

하지만 이어진 견일의 말이 그를 더욱 놀라게 만들었다.

"주인님은 남궁세가의 전인이시오."

"……!"

황보만천은 처음엔 자신이 잘못 들은 게 아닌가 하고 생각했다.

그래서 다시 물었지만, 견일과 염서성은 너무도 분명하게 반악이 남궁세가의 후인이라고 대답해 주었다.

'한 명도 살아남지 못했다고 들었는데…….'

황보만천은 불존과 변함없이 호각을 이루고 있는 반악을 쳐다보았다.

왠지 그럴 수도 있겠다는 생각이 들었다.

그러면서 의문도 같이 생겨났다.

'남궁세가의 무공이 저렇듯 대단한 것이던가?'

세가의 어른들에게 남궁세가에 대해 들어 본 적은 있었지만, 직접 만나 본 적도, 무공을 견식 해 본 적도 없었던지라 생겨나는 의문이었다.

이 때 견이가 염서성에게 물었다.

"묵 소저는 왜 안 보여?"

반악과 불존의 싸움에 정신이 팔려 있던 염서성은 고개도 돌리지 않고 강 쪽을 손으로 가리켰다.

"위험하니까 먼저 강을 건너도록 했소."

견이는 강 건너를 쳐다봤다.

그리고 굳어진 표정으로 소리쳤다.

"저쪽에서 싸우고 있잖아!"

염서성 등은 깜짝 놀라 강 건너로 시선을 돌렸다.

'아차!'

지국천작과 몇 명이 강 쪽으로 갔다는 건 알고 있었지만, 정신없이 싸우느라 깜빡하고 있었던 것이다.

한편으로는 구지행에 대한 믿음이 컸기 때문일 것이다.

"상황이 안 좋아 보인다! 서두르자!"

견일 등은 급히 강 쪽으로 달려갔다.

황보만천은 반악과 불존의 싸움을 계속 보고 싶었지만, 이내 아쉬움을 뒤로 하고 견일 등을 쫓았다.

*   *   *

광— 광—

좌우로 몰아치는 강기와 무형의 기파가 충돌한 순간 뜨거운 바람이 일어나며 두 사람의 붉어진 얼굴을 쓸고 지나갔다.

반탄력에 순응하여 뒤로 물러나 석 장의 거리를 두고 멈춰 선 반악과 불존은 곧바로 공세를 이어가지 않고 서로를 응시하기만 했다.

엄청난 공격이 난무했었는데도 불구하고 두 사람의 호흡은 신기할 정도로 차분했다.

둘 다 최선을 다하지 않았다는 의미일까?

아니면 상대에게 틈을 보이지 않기 위해 억지로 참고 있는 걸까.

불존이 먼저 입을 열었다.

"제왕무적검을 다시 보게 될 줄은 몰랐습니다. 반 공자는 남궁세가와 어떤 관계입니까?"

"내 사조께서 남궁세가의 분이셨소."

불존은 의문이 깨끗하게 사라질 정도로 충분한 대답을 들은 게 아니었지만, 더 따져 묻지 않았다.

대신 한 사람도 남지 않은 주위를 둘러보며 말했다.

"천부교의 무리는 모두 떠났으니, 이제 우리도 그만하는 게 좋겠습니다."

반악은 코웃음을 쳤다.

"내가 단순히 천부교도들 때문에 당신과 싸웠다고 생각하는 거요?"

"……."

"당신은 위선자요."

"……."

"당신이 항마철불이라 불린 이유에 대해서는 스스로가 더 잘 알겠지. 그런데 지금은 그 어떤 사람이라도 목숨은 소중하니 죽여서는 안 된다고?"

불존은 쓸쓸한 미소를 지었다.

그리고 반악의 말이 옳다는 듯 고개를 끄덕였다.

"부정하지 않겠습니다. 반 공자의 말이 맞습니다. 과거의 소승은 그런 사람이었습니다."

반악은 그 대답이 마음에 들지 않았다.

과거에 그랬었다는 건 현재는 그렇지 않다는 부정의 의미이기 때문이었다.

"예전 소승의 행동은 비난 받아 마땅할 만큼 잘못되었습니다. 그래서……."

"그래서 이전과 다르게 살려고 한다는 거요? 그래서 내가 날 죽이려 하는 자들을 죽이겠다는 것도 막겠다는 거요? 나도 당신의 그 달라진 가치관을 따라야 한다는 거요?"

"그렇습니다."

불존의 대답은 조금의 머뭇거림도 없었기에 잠시 반악의 말문을 막히게 했다.

하지만 곧 그의 마음은 반발심으로 들끓었다.

"난 나를 위해 살아가는 사람이오. 남이 옳다고 해서 그 말을 듣는 사람도 아니오. 특히 당신과 같은……."

불존은 그의 말을 끊고 말했다.

"반 공자이기 때문에 막은 것입니다."

"······?"

"막강한 힘에는 책임감과 제약이 필요합니다. 하지만 큰 힘을 가진 사람일수록 욕망이 강합니다. 책임과 제약은 그 욕망을 펼치는데 있어 거추장스러운 것들입니다. 소승 또한 과거에는 그런 욕망에 빠져 있었습니다. 내가 배운 게 옳고, 내가 들은 것이 옳고, 내구 추구하고자 하는 것이 옳기에 그 외에 것들은 사악하다. 그러니 그 사악한 것들을 없애야 한다는 욕망에 빠졌습니다. 그래서 소승의 눈에 거슬리는 사람은 죽어 마땅하다 생각했습니다. 소승의 생각이 잘못되었다고 거부하는 사람들에겐 가차 없이 분노를 퍼부었습니다. 불자면서도 그들의 피를 손에 묻히는 것에 한 줌의 망설임도 없었습니다. 오히려 자랑스러워했고, 즐거워했습니다. 소승이 가진 커다란 힘에 겁을 먹은 이들은 속내를 감추고 떠받들어 주었고, 그럴수록 더욱 많은 사람을 죽이면서 우월감을 가졌고, 기뻐했습니다."

"······."

"강한 힘은 그런 것입니다. 자신이 무얼 잘못하고 있는지도 모르게 만듭니다. 또한 그런 우월감의 늪에서 벗어나지 못하게 만듭니다. 과거 소승의 손에 죽은 이들은 모두 소승의 욕망이 만들어 낸 희생자들이었습니다. 그래서 후회합니다. 매일같이 용서를 빌고 또 빌고 있습니다. 스스로 인내하고, 관용을 품지 않았던 어리석음을 질책합니다. 하지만 아직도 죄책감과 번민에서 벗어나지 못하고 있습니다."

그래서 불존은 자신이 만든 목조불상 앞에서 절을 하며 운 모양이었다. 지난날의 과오를 후회하며 신에게 용서를 빌고 있었던 것이다.

하지만 반악은 그것도 마음에 들지 않았다. 잘못은 사람에게 하고, 용서는 신에게 구하고 있다니.

그럼 죽임을 당한 사람과 그 가족은 누구를 원망해야 하고, 누구에게 사과를 받아야 한단 말인가?

광존도 불존과 비슷한 후회에 빠졌고, 그래서 과거와 완전히 다른 삶을 살고 있었다.

허나, 그는 불쌍하고 힘없고 외로운 아이들을 데려와 보살피는 방법으로 폭력과 살육의 과거를 지우려 애를 쓰고 있었다. 나름의 방법으로 사람에게 용서를 구하고 있는 것이다.

하지만 불존의 방법은 반악에게 전혀 공감을 주지 못했다.

"반 공자의 모습에서 과거 소승의 모습이 보입니다. 일말의 망설임도 없이 사람을 죽이는 손속에서 과거 소승이 품었던 의지가 보입니다. 그래서 막아야겠다고 생각했습니다."

반악은 헛웃음을 지으며 물었다.

"그러니까 당신처럼 늙어서 후회하지 않으려면 나보고 불살생계를 지키라는 거요? 난 무림인이오. 수많은 사람들과 목숨을 걸고 싸워야 하는 게 내 삶이란 말이오. 그런데 살기 위해 죽여야 하는 상황에서 적의 목숨을 걱정하라는 말이오? 하하하!"

반악은 크게 웃었다.

불존의 말이 너무나 웃기고, 어이가 없어서였다.

지금 불존의 말은 그에게 전혀 이해될 수도, 설득될 수도 없는 말이었다. 그에게는 궤변으로밖에 들리지 않았다.

하지만 불존은 흔들림도 없이 고개를 내저었다.

"반 공자는 살기 위해 사람을 죽이는 게 아닙니다. 죽일 능력이 있고, 죽이는 게 편하고, 상대의 죽음을 통해 자신의 가치가 높아진다고 여기기 때문에 죽이는 것입니다."

"……!"

"불살생계는 살아 있는 것을 죽이고, 상처 입혀서는 안 된다고 하는 계입니다. 계는 우리말로 경계하라는 의미이나, 범어로는 자주 행하는 것, 습관을 들인다는 의미지요."

"……."

"반 공자는 조금 전의 싸움에서 절박함을 느낀 적이 없습니다. 그런데도 사람을 죽이는 데에 거리낌이 없었습니다. 다른 이들과 달리 그러지 않을 수 있는데, 마음에 차지 않기 때문에 살생을 한 것입니다. 몸에 밴 무엇을 행하지 않았을 때 생기는 불편함과 꺼림칙함. 반 공자는 이미 누군가를 죽

214

이지 않으면 개운치가 않은 습관이 들어 버렸습니다. 과거의 소승도 그러했기에 잘 압니다. 소승은 그런 마음을 막고 싶었습니다. 반 공자가 옳지 못한 욕망에 휘둘려, 몸에 밴 습관 때문에 인성을 모른 척하는 걸 막고 싶었습니다."

반악은 순간 마음 한쪽이 아릿해지는 느낌을 받았다.

갑자기 불존의 말이 맞을지도 모른다는 생각이 들었다.

하지만 곧 그 생각을 부정했다. 불존의 생각은 불존 개인의 생각일 뿐이었다.

'인생이 하나로만 귀결되는가?'

삶은 모두 다르다.

자신의 처지를 받아들이고 평가하는 개개인의 관점이 너무 다르기에, 겉으로는 같은 길을 걸어온 듯 보이는 두 사람이라도 그 삶은, 인생은 같다고 할 수 없다.

그래서 결과도 다른 것이다.

물론, 불존의 말이 맞을 수도 있다. 하지만 반대로 반악에게는 맞지 않는 개념일지도 모른다.

'내가 사람을 죽이는데 익숙하고, 그게 편하고, 살인을 통해 우월감을 느끼는지도 모른다. 아마 그게 진실일 것이다. 하지만 그렇다 하여 지금의 나를 부정해야 하는가?'

"난 당신처럼 될 수 없소. 내게 훗날을 말하지 마시오. 지금의 삶도 명확히 갈피를 잡지 못하고 있는데 미래를 염려하라는 말이오?"

"……"

"지금의 나는 나인 거요. 이렇게 살다 보면 훗날 지금의 삶이 후회될 수 있다고 했소? 그럼 후회하라지. 왜 지금부터 걱정을 해야 한단 말이오. 난 그러기 싫소. 난 마음에 들지 않는 자들을 용서하지 않을 것이고, 나를 죽이려는 자들의 피를 손에 묻히는 데 조금도 망설이지 않을 것이오. 그러니까 앞으로도 계속 날 막겠다고 한다면 누가 죽고 살건 간에 여기서 결판을 내 버립시다."

반악은 박도를 치켜들었다.

불존은 안타까운 표정으로 한숨을 내쉬었다. 그리고 가만히 합장을 하고 머리를 숙였다.

"지금 반 공자가 내 말을 이해하지 못하는 것도 부처님의 뜻이겠지요. 소승은 더 이상 반 공자를 막지 않겠습니다."

반악은 박도를 집어넣었다.

그는 불존에게 뭔가 말을 하려다가 그만두었다. 서로 간에 가치관과 생각이 다르다는 걸 확인한 마당에, 이 이상의 대화는 무의미하다 여긴 것이다.

"……?"

반악은 문득 말소리를 듣고 강 쪽으로 고개를 돌렸다.

강 너머에서 견일 등이 손을 흔들며 소리치고 있었다. 잘 들리지 않아 공력을 귀에 집중하여 청력을 높였다.

"묵 소저가 중독됐습니다!"

"……!"

깜짝 놀란 반악은 최대한의 힘으로 경공을 펼쳐 강 쪽으로 달려갔다.

*   *   *

부단나가 무차별적으로 독탄을 사용하고, 지국천도들이 여자들을 집중적으로 노리며 신경을 분산시키는 등의 비겁한 방법까지 동원하여 구지행을 점점 궁지로 몰아가던 지국천작 등은 견일 등이 가세하자 얼마 버티지 못하고 도주해버렸다.

다행스런 점은 그들이 워낙 급하게 도망치느라 어깨를 다치고 무공까지 잃은 상태에서도 가장 크게 활약한 부단나를 버려두고 갔다는 점이었다.

그래서 또다시 중독이 된 구지행과 여자들을 보호하느라 가장 심하게 독향을 들이마시고 혼절한 묵 소저, 그리고 미미하게 중독 증상을 보인 여자들에게 늦지 않게 해독약을 먹일 수가 있었다.

하지만 구지행은 다시금 불존의 도움을 받았음에도 재중독의 후유증으로 걷지 못할 만큼 운신이 어려워졌고, 묵담향은 반악이 공력을 써서 도왔지만 혼절한 상태에서 깨어나지 못했다.

그래서 무리는 황보맹준이 사람들을 데리고 돌아오고 나서, 다시 그들이 마차를 준비할 때까지 한참을 더 기다린 끝에, 싸움이 끝난 지 세 시진이나 흐른 유시(酉時오후5~7시) 말 무렵에야 태안으로 출발할 수 있었다.

第三十五章

　태안현.

　황보세가에서 운영하는 표국 내 별관.

　묵담향, 구지행이 안정을 취해야 하기에 따로 마련된 방
으로 들어간 반악은 견일 등과 염서성의 몸에 심어 둔 공력
이 날뛰지 않도록 조정해 주었다.

　"감사합니다, 주인님."

　견일 등은 이제야 살 것 같다는 표정을 하고서 뒤로 물러
나 섰다.

　"안휘의 사정을 말해 봐라."

　"주인님께서 떠나신 지 얼마 있지 않아 본거지에서 당주

가 직접 고수들을 이끌고 려강으로 왔습니다. 그리고 강 당두와 논의를 마친 뒤 곧바로 패왕보와 함께 거룡성의 함산 분타를 공격해 괴멸에 가까운 타격을 입혔습니다."

"강 당두가 잘하고 있군."

반룡복고당이 아직 충분한 역량을 갖추지 못했다고 생각하는 당주가 분타를 공격하자는 주장을 받아들이게 하고, 앞장서서 활약하도록 설득하는 건 쉽지 않은 일이었을 게 분명했다.

그만큼 강학청이 당주에게 신임을 얻었다는 뜻도 되고, 책사로서의 능력 역시 한층 진보했다는 의미인 것이다.

"저희들이 려강을 떠나올 때쯤에 구화산으로 출발할 준비를 마친 상태였으니, 지금쯤 구화산 분타에 도착하여 공격하고 있을 것입니다. 어쩌면 이미 마무리 지었을지도 모르지요."

함산 분타의 괴멸 소식이 전해져 방비하기 전에, 팔공산 본타에서 무력대를 보내 지원하기 전에 구화산 분타를 무너트리는 것을 시작으로 장강 이남을 공략해 반룡복고당의 세력기반을 안정적으로 구축하겠다는 목적인 것이다.

"간 보주를 앞세워 평소 거룡성에 불만을 품고 있던 장강 이남의 문파들을 설득하는 작업을 시작했고, 열혈당은 의리파로 이름을 바꾸어 육 주인을 주축으로 해서 무위를 시작으로 장강 이북의 암흑가를 흡수하는 작업에 착수했습니다.”

“의리파?”

반악은 어이없다는 표정을 지었다.

홍문한에게 열혈당의 존재를 들켰으니 이름을 바꿔야 하는 건 맞지만, 너무 유치한 이름이 아닌가.

“더 하오문답게 보이게 하고, 거룡성에 포착되지 않도록 하기 위해 고의로 그렇게 지었답니다. 계급체계는 전의 것을 그대로 사용하고, 강 당두는 이제부터 강 문주로 불리게 됩니다.”

“함산 분타가 공격당한 것에 대한 거룡성의 반응은?”

“저희들이 떠나기 전까지는 소수 인원을 함산으로 보내 조사케 하는 것 외에 별다른 움직임이 없었습니다. 강 문주의 생각으로는 언뜻 신중하게 대처하려고 하는 듯 보이지만, 그보다는 예상 못한 공격을 받아서 당황했기 때문일 것이라 합니다.”

하지만 거룡성은 말 그대로 안휘의 패자.

이대로 가만히 있을 거라는 기대는 절대 하지 말아야 할 것이다.

그래서 당주와 강학청은 장강 이북에서는 최대한 드러나지 않게 활동하도록 하고, 장강 이남에서는 노골적으로 무력을 과시하면서 빠르게 세력 기반을 다지는 데에 주력한다고 했다.

"지금까지는 나쁘지 않군. 이제 너희들은 다시 돌아가라."

볼일이 끝났으니 다시 돌아가 부용설을 보호하라는 것이다.

하지만 견일 등은 더 할 말이 남아 있는 모양인지 바로 일어나지 않았다.

언제나 그렇듯이 견일이 대표로 입을 열었다.

"주인님."

"왜?"

"부 장주의 일로 드릴 말씀이 있습니다."

반악은 애써 담담한 척했지만 내심으로는 견일이 무슨 말을 할지 궁금했다.

사실 말은 않고 있었지만, 처음부터 부용설이 어찌 지내는지 알고 싶었던 것이다.

"뭔데?"

"부 장주와 당주가 만남을 가졌습니다."

반악은 눈살을 찌푸렸다.

강학청에게 진가장과 인연을 끊으라고 지시했는데, 부용설이 하총평과 만날 이유가 무엇이란 말인가.

"강 당두, 아니 강 문주가 주선한 거냐?"

"아닙니다. 부 장주가 직접 강 문주를 찾아가 만남을 요청해서 이루어진 것입니다."

하긴 강학청이 자신의 지시를 함부로 무시할 리는 없으니까.

"왜 만났는데?"

"자세한 내막은 저희들도 모릅니다. 그 자리엔 강 문주도 참석할 수 없었습니다."

부용설의 요청인 걸까?

아니면 하총평이 다른 의도가 있어 고의로 내린 결정인 걸까.

"그 만남 이후로 당주가 직접 뽑은 당원 열 명이 부 장주의 호위무사로 배정되어 진가장에 보내졌습니다. 강 문주가 조심스럽게 알아보니 진가장으로부터 막대한 자금이 은밀하게 들어왔다고 합니다. 그러나 당내에서 당주의 제자들을 비롯한 측근 몇 명 외에는 그 내막조차 알지 못하는 모양입니다."

"……!"

반악의 얼굴이 굳어졌다.

그렇다면 부용설과 하총평이 이전에 자신이 부용설과 맺었던 방식으로 약정을 했다는 의미이기 때문이었다.

'용설, 무슨 생각인 거요.'

반악은 부용설이 반룡복고당과 계속 관계를 유지하고자 하는 것이 우려스러웠다.

지난번과 같은 일이 또 일어나지 말란 법도 없지 않은가.

'나 때문일까?'

그가 독단적으로 관계를 끝낸 것이기에 그녀가 받아들이

지 못한 게 아닌가 하는 생각이 들었다.

'아니면……'

이미 빠져나올 수 없을 만큼 깊이 개입되었다고 판단하여 어쩔 수 없이 반룡복고당을 도와 일신의 안전을 도모하기 위한 의도일 수도 있다.

'모르겠군.'

부용설이라면 전자도 가능하고, 후자도 가능하기 때문이었다.

어쨌든 마음이 편치 않았고, 그녀가 걱정도 되었다.

"주인님, 저희들은 어떻게 할까요?"

하총평이 따로 호위무사들을 배정했으니 자신들까지 부용설의 곁을 지킬 필요는 없지 않겠느냐는 의미의 물음이었다.

사실 견일 등의 솔직한 심정은 또다시 위험을 감수하고 싶지가 않다는 것이었다. 이번에 반악과 만나는 게 조금만 더 늦어졌더라면 몸에 심어진 공력을 제어하지 못해 낭패를 볼 수도 있었으니까.

"돌아갈 필요 없다. 이제부터 함께 움직인다."

"알겠습니다."

견일 등은 내심으로 안도의 한숨을 내쉬고는 뭔가 깊은 생각에 빠진 반악을 방해하지 않기 위해서, 그리고 그동안 어떤 일이 있었는지 듣기 위해서 염서성을 데리고 방을 나갔다.

*　　　*　　　*

중독의 여파로 혼절했던 묵담향은 거의 하루 만에 정신을 차렸다.

가뜩이나 하얀 그녀의 얼굴은 마치 몸 안에 있는 피를 모두 쏟아 낸 시체처럼 창백하기 그지없었고, 운신이 가능할 정도로 회복한 구지행을 비롯하여 모두를 걱정하게 만들었다.

하지만 묵담향은 핏기 없는 낯빛과 어울리지 않는 밝은 웃음과 활기찬 표정을 지으며 깨어난 지 얼마 되지도 않았는데 침상을 벗어나려고 했다.

구지행은 그냥 누워 있으라고 만류했지만 그녀는 조금 피곤할 뿐이라고 말하며 침상을 빠져나왔고, 다음날에는 제남에서 많은 무사들을 이끌고 온 황보세가의 중진과 만나는 자리에도 참석하려고 하는 강한 의지를 보였다.

결국 아무도 그녀의 고집을 꺾을 수가 없었다.

*   *   *

묵담향이 반악과 함께 방으로 들어가자, 황보만천과 황보세가의 중진이라 짐작되는 장년인이 자리에서 일어났다.

묵담향은 황보만천에게 살짝 고개를 끄덕여 아는 척을 하고, 장년인을 똑바로 쳐다보며 자신을 직접 소개했다.

"반룡복고당의 묵담향이라 해요. 이쪽은 반악 소협이세요."

"황보익상이오."

그는 가주의 아우이자, 황보만천의 부친이기도 했다.

헌데, 그의 시선은 묵담향에게 아주 잠깐 머물렀을 뿐, 곧바로 반악에게 집중되었다. 마치 뭔가 신기하고 놀라운 물건을 감상하는 듯한 시선이랄까.

만약 황보만천이 헛기침을 하지 않았다면 계속 반악만 쳐다봤을 것이다.

그의 시선은 어떤 의미인 걸까?

미안해하는 기색도 전혀 없이 다시 묵담향에게 시선을 돌린 황보익상이 자리에 앉으며 물었다.

"묵 소저의 몸이 좋지 않다고 들었는데, 괜찮겠소?"

사안의 중대성을 감안할 때 금방 끝나지 않을 자리인데, 그 몸으로 버틸 자신이 있겠냐는 물음이었다.

처음의 반응이 말해 주는 것처럼, 황보익상은 묵담향보다 그녀의 뒤에 서 있는 반악에게 더 관심을 가지고 있었다. 그가 남궁세가의 전인이고, 불존과 맞상대할 정도로 대단한 고수란 이야기를 아들인 황보만천에게서 들은 상태였기 때문이다.

그는 묵담향이 앞에 나서고 있지만, 실상은 반악이 반룡복고당을 대표한다 생각하고 있었다.

한마디로, 묵담향을 허수아비 정도로 여기고 있는 것이다.

묵담향은 차분한 음성으로 응대했다.

"걱정해 주셔서 감사하지만, 반룡복고당을 대표하는 몸으로서 응당 해야 할 일입니다. 이 정도도 참지 못한다면 당주님이 제게 막중한 책임을 부여하지도 않으셨겠죠. 그러니 저에 대해선 염려하지 않으셔도 됩니다."

묵담향은 황보익상이 어떤 마음으로 그녀를 대하고 있는지 알아챘다.

하지만 전혀 기분 나쁜 표정 없이 오히려 느긋하게 미소를 지으며 정면으로 마주할 수 있는 자리에 앉아서 그를 똑바로 쳐다보았다.

반악이 아니라 자신이 반룡복고당을 대표하고 있고, 어떤 종류의 논의든지 간에 자신과 해야 한다는 걸 주지시키기 위한 태도였다.

반악은 별말 없이 그녀의 옆에 앉았다. 자신은 그저 참관하는 데에 의의가 있다는 듯이 무심한 표정이었다.

'정말 이 여자가 반룡복고당을 대변한다는 건가?'

황복익상은 그제야 묵담향의 존재감을 신경 쓰기 시작했다.

반악이 더 중요한 인물이라는 생각엔 변화가 없었지만, 그녀만이 대화할 자세를 갖추었는데 계속 무시할 수도 없는 일이 아닌가.

"우선 묵 소저와 반 소협이 어떤 용무로 황보세가를 찾아오셨는지에 대해 들어 보고 싶소."

"단도직입적으로 말씀드리죠. 우리 당주께선 황보세가와 맹약을 맺고 싶어 하세요."

"맹약?"

"황보세가에서도 현재 안휘의 무림이 어떤 상태인지는 대략 알고 계시리라 생각해요."

당연히 알고 있었다.

황보세가는 지난번 거룡성의 행사를 축하하기 위해 선물까지 보냈고, 그 임무를 맡아 팔공산에 갔던 사람이 바로 황보익상이었다.

그러니 대략 정도가 아니라 많은 부분을 파악하고 있는 것이다.

하지만 겉으로는 가볍게 고개를 끄덕이는 정도로 그녀의 말에 동조를 표시했다.

"이제까지 그들이 해 왔던 일들을 통해 드러났듯이, 거룡성은 매우 패도적이고 팽창적인 성향을 가진 문파예요."

"힘을 키우고 패자가 되고자 하는 건 어느 문파든 공통적으로 가진 성향이 아니겠소."

"물론 그렇죠. 하지만 제가 말하고자 하는 건, 과연 그들이 안휘만으로 만족할 것이냐, 하는 점이에요."

묵담향은 거룡성이 이제까지 안휘의 패자로 평가받던 문파들과는 다르다고 말했다.

남궁세가의 경우를 보더라도 오랫동안 안휘 최강으로 평가받았지만, 안휘 전체를 한 손에 쥐고 흔들려고 한 적은 한 번도 없다고 했다.

그들은 엄청난 명성과 실력을 모두 갖추었음에도 타 지역 문파들이 가진 권위와 영향력을 무시하지 않았고, 동반자로서 인정해 주었다.

그래서 남궁세가가 멸문한 상태에서도 아직까지 안휘 무림인들에게, 그리고 일반인들의 기억 속에 남아 있을 수 있는 거라고 말이다.

"그에 비해 거룡성은 타 문파들이 수장을 세우는 문제까지 간섭하고, 영향력을 행사하고 있어요. 또한 원래 그들의 것이 아니었던 여러 이권에 손을 뻗어 불합리하게 이득을 챙기고 있다는 걸 알고 계시나요?"

그렇게 막대한 자금을 축적해 가고 있는 거룡성이 안휘의 패자 자리만으로 만족하리라고 보는 건 순진한 기대라고 말했다.

"남궁세가도 거룡성의 팽창을 심각하게 보지 않았기에 무너졌다는 걸 말씀드리고 싶어요. 또한 거룡성이 장강 이남에서 이북으로 총단을 옮겼다는 점도 간과해선 안 되겠지요."

"거룡성이 북쪽 지역으로의 진출을 노리고 있다는 말이오?"

"솔직히 확실하다고 말씀드리진 못하겠어요. 하지만 천부교의 존재를 같이 놓고 본다면 우려할 수밖에 없다고 말씀드릴 수 있겠네요."

"......!"

황보익상은 어리둥절한 표정을 지었다.

거룡성을 이야기하다 왜 갑자기 천부교를 말한단 말인가.

'천이에게 곡리 아우에 대한 이야기를 들은 걸까?'

하지만 황보만천은 그 누구에게도 천부교와 자신들 간에 생겨난 문제를 이야기한 적이 없다고 하지 않았던가.

"거룡성과 천부교가 무슨 상관이 있다는 말이오?"

"지금까지는 상관이 없었을지 모르지만, 이제 황보세가가 천부교와 적대시하게 된다면 상관이 있게 되겠지요."

"무엇을 근거로 우리가 천부교와 적대시한다고 말하는 거요? 내 아들이 일신의 의협심으로 당신들을 도왔다고는 하지만, 그게 우리 모두가 천부교를 적으로 간주하겠다는 뜻은 아니오."

어느 한 사람의 의지를 황보세가 전체의 의지로 볼 수는 없고, 황보세가는 필요하다고 하면 언제든 천부교와 화의를 논할 수 있다는 말이었다.

묵담향은 알고 있다는 듯 고개를 끄덕였다.

"당연히 그러시겠지요. 하지만 이번 일 하나 때문에 천부교와 적대시하게 되었다고 말씀드린 건 아니에요. 전 이번 일이 아니라도 황보세가가 천부교와 문제가 있다고 생각했어요."

"……."

"저희가 천부교에 쫓기고 있다고 했을 때 황보만천 소협과 황보맹준 소협의 표정이 달라지는 걸 보았어요. 그리고 저흴 적극 돕겠다는 것도 범상하게 느껴지지 않았죠. 뭔가 이전부터 천부교와 좋지 않은 일이 있었던 것으로 보였거든요."

물론, 그러한 짐작을 가능케 한 것들에는 황보익상이 많은 무사들을 이끌고 태안으로 왔다는 점 등을 비롯해 다른 몇 가지 이유들이 더 있었다.

하지만 그에 대한 설명은 하지 않았다. 최소한의 정보에서 많은 것들을 유추한 것처럼 말해야 더 유능해 보일 테니까.

"제 짐작이 틀렸나요?"

황보만천은 어색한 표정을 지었고, 황보익상은 내심 감탄을 했다.

'표정을 읽고 그 정도까지 유추하고 있었다니……'

두 사람은 새삼스런 시선으로 묵담향을 보게 되었다.

이젠 그녀가 무시할 수 있는 인물이 아님을 느끼게 된 것이다.

"묵 소저의 짐작이 맞는다고 칩시다. 그래서 그게 거룡성과 무슨 상관이란 말이오?"

"천부교는 황보세가의 상대가 될 수 없어요."

황보익상은 당연하다는 듯 고개를 끄덕였다.

"하지만 이번에 겪어 본 바로, 쉽게 쓰러트릴 만큼 만만한 상대도 아니에요."

직접 겪어 본 황보만천이 동감한다는 듯 고개를 끄덕였다.

"천부교도 그러한 예상 정도는 할 수 있을 거예요. 그리고 바보가 아닌 이상 이대로 무리한 싸움을 하지도 않을 거예요."

"천부교가 우리에게 화의를 청하리란 생각은 하지 않소?"

"그쪽에서 화의를 청한다면 받아들일 생각이신가요?"

황보익상은 대답하지 않았다.

일족의 한 사람이 죽은 상황에서, 그 죽음이 조용히 은폐당할 뻔했던 상황에서 그들이 선택할 길은 하나밖에 없었으니까.

묵담향은 그의 침묵을 부정으로 받아들였다.

"그렇게 하지 않을 거라 생각했어요. 그리고 설사 황보세가에서 받아들일 생각이 있다 해도 천부교가 그러지 않을 거예요."

"왜 그렇게 생각하시오?"

"그들은 포기를 모르니까요. 그들을 겪어 본 경험으로도 그러했고, 고래로 종교 세력들은 목숨을 잃더라도 굴복과 패배를 받아들이지 않았어요."

묵담향의 말이 많았다.

종교인들은 자신들의 믿음과 의지를 거스르면서까지 살아남기를 원하는 자들이 아니었다. 오히려 그것을 지키다가 죽는 것을 자랑스럽게 여기며 기쁘게 받아들이는 자들이었다.

"만약 천부교가 황보세가에 머리를 숙이는 일이 있더라도 그건 더욱 큰 성장을 위한 선택일 거예요. 오히려 그런 기회를 이용해 황보세가의 턱밑까지 교세를 확장하며 힘을 키우고, 결국 황보세가의 등에 비수를 꽂으려 할 거예요."

황보익상은 마른침을 삼켰다.

묵담향의 말이 그럴듯하게 들렸기 때문이었다.

하지만 곧 정신을 차리고 물었다.

"그것도 묵 소저의 말이 맞는다고 칩시다. 그래서 거룡성과 무슨 상관이란 거요?"

"현재의 전력을 감안하면 열세가 분명하니, 천부교는 조력자의 필요성을 느끼게 되겠죠. 가장 가까이 있어 도움을 얻을 수 있는 지역은 하남과 안휘인데, 소림사의 영향력이 높은 하남의 문파들이 사교나 다름없는 천부교를 돕진 않을 테고, 그렇다면 안휘밖에 없죠. 그리고 안휘 북쪽에서 그만한 여력을 가진 곳이라고는 거룡성과 오행궁밖에 없으니, 답은 뻔하잖아요."

"오행궁은 물론이고, 거룡성이 우리의 존재를 무시하고 천부교를 도울 거란 생각은 들지 않소."

"물론 그렇게 볼 수도 있겠으나, 반대로 상황이 절박하여 도움이 절실한 천부교에게 얻을 것이 많다고 생각할 수도 있지 않겠어요? 지금까진 북쪽에 대한 욕심이 없었을지도 모르지만, 이번 일로 마음이 달라질 가능성은 얼마든지 있어요."

"……."

"제가 말씀드리고 싶은 것은 거룡성의 욕심을 과소평가해선 안 되며, 천부교의 잠재력 역시 무시해선 절대 안 된다는 거예요."

표정이 살짝 굳어진 황보익상은 잠시 침묵하다 물었다.

"반룡복고당이 우리와 맹약을 맺음으로서 얻고자 하는 이득이 무엇이오?"

"솔직히 말씀드리면 반룡복고당은 아직까지 정면 승부하여 거룡성을 이길 역량을 갖추지 못했어요. 그래서 그들이

온전히 우리에게만 집중하게 방치할 수 없어요."

"그래서 우리 황보세가에게 등 뒤의 비수가 되어 달라고 말하는 것이오?"

"굳이 표현하자면 그래요. 하지만 어떤 큰 무력 동원을 바라는 게 아니에요. 무사들을 파견해 직접적으로 도와 달란 것도 아니고요. 그저 산동을 오가고 경유하는 거룡성과 관련된 상인들, 혹은 표행 등에 대해 지금보다 더 세밀한 조사와 개입을 하시면서 긴장관계를 조성해 주시기만 하면 충분해요."

그 정도만으로도 거룡성은 불안감을 느끼고 남쪽으로만 무력을 집중시킬 수 없을 테니까.

게다가 그러한 상황을 만드는 건 황보세가만이 아니질 않은가.

이미 맹약을 맺은 혈우림과 다음 목적지로 예정된 하남의 문파까지 동참하게 된다면, 거룡성이 느끼는 불안감이 더욱 커질 것이다.

또한 적절한 시기에 반룡복고당과 세 문파가 모종의 맹약을 맺었다는 사실을 알게 되면 거룡성이 느끼는 불안감은 조금 더 직접적인 위협으로 변할 수 있었다.

가만히 듣고만 있던 황보만천이 물었다.

"우리가 그러한 긴장관계를 만들어 거룡성의 집중도를 약화시키면 반룡복고당에 가능성이 있다는 겁니까? 내가 알기로 거룡성의 무력은 안휘의 절반을 아우를 만큼 강하고, 오행궁의 무력까지 합하면 그 힘은 더 엄청날 거라고 생각합니다. 그런데도 자신이 있다는 겁니까?"

지금까지 별달리 위협적인 활동을 하지 못했던 상황을 고려할 때, 자신들이 그런 방법으로 반룡복고당을 돕는다고 해서 크게 달라질 것 같지 않다는 말이었다.

역시 듣고만 있던 반악이 대답했다.

"아직 산동까지 알려지진 않았지만, 반룡복고당은 최근 거룡성의 장강 이북 분타를 공격하여 무너트렸으며, 이남의 분타를 무너트리는 것도 시간문제에 불과하오. 또한 안휘 남쪽을 공략하는 작업에도 들어갔소. 그리고 나 한사람으로도 반룡복고당의 드러나지 않은 힘이 어느 정도일지 짐작이 가능할 거라 생각하오."

황보만천은 할 말을 잃었다.

반악의 자신감이 오만하게 느껴져서가 아니라, 그 자신감이 그럴듯하여 반박할 말을 찾지 못한 것이다.

'불존과 단신으로 대적할 정도라면······.'

확실히, 반악 한 명만으로도 너무나 확실한 존재감이 아닌가.

더구나 반악이 불존의 절반도 되지 않아 보이는 나이란 걸 생각하면 그의 앞날이 얼마나 창창할지, 앞으로 명성이 얼마나 높아질지 상상조차 되지 않았다.

물론, 황보익상은 황보만천이 전해준 이야기를 통해서만 유추할 수 있었고, 반악이 맞상대할 수 있었던 건 불존이 최선을 다하지 않았기 때문이라고 생각하고 있었다.

'하지만 그렇다고 해도 저 나이에 강기를 어려움 없이 발출할 정도라면……'

역시 그 능력은 의심할 바 없이 막강하다 할 수 있을 것이다.

더구나 황보만천이 느낀 바로는 둘 사이에 다툼이 있었던 건 불존이 반악을 남다르게 여기기 때문인 것처럼 보인다고 하지 않았던가.

'게다가 철수룡까지……'

반룡복고당의 일원이 아님에도 같이 어울려 다니는 구지행의 존재 또한 무시할 수 없었다.

'반 소협과 철수룡, 그리고 불존의 존재감만으로도 반룡복고당의 드러나지 않은 역량은 예상을 훨씬 뛰어넘는다 할 수 있겠지.'

황보익상은 그에게 협상을 일임하기 전에 들었던 가주의 당부를 떠올렸다.

'어차피 거룡성은 우리와 가는 길이 다른 곳임을 아우도 잘 알고 있을 것이야. 그러니 현재까지 드러난 반룡복고당이 아니라, 아직 드러나지 않은 잠재력과 가능성을 살피며 대화하도록 해.'

황보익상이 지난번 거룡성을 방문하면서 느낀 것은 성주인 상관모웅이 소문만큼 대단한 인물은 아니라는 점이었다.

안휘의 고만고만한 문파였던 거룡방을 안휘 제일의 문파로 성장시킨 자라고 보기에는 살짝 부족한 점이 엿보였다고나 할까.

객관적으로 같은 육패의 일인인 그의 형님과 비교하면 그 차이가 확연했다.

'오히려 그 수하가 더 눈에 띄었지.'

성주의 의형제이고 천문당의 당주였던 홍문한.

딱 보아도 철두철미함이 느껴졌던 그와 대면하고 대화를 나눈 뒤에야 거룡성이 안휘 제일로 발돋움한 것도 이상한 일은 아니구나, 하고 생각했을 정도였으니까.

황보익상은 홍문한을 떠올리며 반악을 살폈다.

'인물로만 보자면……'

반악이 있는 반룡복고당에 무게감이 있었다.

하지만 세력 자체로만 보자면 거룡성이 우월했다.

묵담향의 주장이 그럴듯하기는 하지만, 한 지역의 패자이고 최강이라 불리는 문파들은 그렇듯 독단적이고 이기적인 성향을 보이는 게 일반적이었다.

그런 면에서는 대의와 명분을 앞세운다고 하는 거대 명문정파들조차 예외가 아닌데, 실리를 더 따지는 사파 성향의 거룡성이야 오죽하겠는가.

'하지만……'

역시 반룡복고당 쪽으로 마음이 쏠렸다.

자신을 닮아 정세와 인물을 잘 파악하는 황보만천이 반악의 능력을 높이 평가했다는 점, 반악이 자신들과 비슷한 성향이었던 남궁세가의 전인이라는 점도 그의 결정에 영향을 주었다.

황보익상은 물었다.

"우리가 당신들과 맹약을 맺음으로써 얻는 이득은 무엇이오?"

묵담향은 내심 안도의 한숨을 내쉬었다.

황보익상의 마음이 자신들 쪽으로 기울었다는 걸 알았기 때문이었다.

"그 부분에 대해선 저희가 조건을 제시하기보다 요구 사항을 듣고 가부를 결정하는 게 더 낫다고 봐요. 그리고 논의를 하기에 앞서, 반룡복고당은 크게 열린 마음으로 임할 것임을 알려드리고 싶어요."

"매우 고마운 말이구려. 그럼, 이제부터 본격적으로 이야기를 나눠 보도록 합시다."

황보익상과 묵담향은 세부적이고 현실적인 이야기를 시작했고, 황보만천과 반악은 이후로도 오랫동안 지속된 두 사람의 대화를 인내심을 가지고 조용히 듣고만 있었다.

$$* \quad * \quad *$$

곡부 천운산에 위치한 천부교의 총단.

증장천작은 조금 급한 걸음으로 길게 뻗어 있는 복도를 지나 문을 강하게 밀어젖히고 넓은 대전 안으로 들어섰다.

안에는 세 사람이 있었다.

양손을 엇갈려 가슴에 붙인 자세로 무릎을 꿇고서 머리를 살짝 숙이고 있는 광목천작과 지국천작.

그리고 장막이 열려 안쪽이 훤하게 드러나 보이는 가운데 단상 위의 화려한 의자에 앉아 있는 교주 제석천.

'뭐지?'

안으로 들어선 순간, 증장천작은 대전 안이 기이한 열기에 휩싸여 있다는 느낌을 받았다.

그리고 그 열기의 근원이 교주라는 것에 의아해 했다.

'완전히 실패했다고 들었는데…….'

그가 같이 보낸 수하 구반다의 보고에 의하면 천단까지 사용했는데도 불구하고 아무런 성과도 없이 많은 수하들을 잃은 채 돌아왔다고 했다.

그런데 교주가 발산하는 열기에선 조금의 분노도 느껴지지 않고 있으니 이상한 일이었다.

그는 의아함을 감추고 단상으로 가까이 다가가 광목천작의 옆에 서서 머리를 숙였다.

"늦어서 죄송합니다, 교주님. 조금 전에야 지국천작과 광목천작이 귀환했다는 말을 들었습니다."

교주는 한동안 대꾸가 없었다.

얼굴을 면사로 가리고 있어 표정으로 속내를 읽을 수 없으니 답답한 노릇이었다.

하지만 다행히 교주의 침묵은 길지 않았다.

"증장천작."

"예, 교주님."

"지금 당장 교의 모든 무사들을 모아라. 추성으로 사람을 보내 다문천작도 불러들여야 할 것이다."

"⋯⋯!"

증장천작은 크게 당황했지만, 표정에 드러내지 않고 조심스럽게 말했다.

"교주님께서 그리 명하시는 연유를 알고 싶습니다."

교주는 의자에서 일어났다.

그리고 뭔가 희열에 찬 눈빛으로 천장을 올려다보며 말했다.

"하늘님께서 드디어 본좌의 기도에 응답을 하셨다."

"⋯⋯?"

"계시가 내려졌으니, 천부교는 모든 힘을 모아 제남으로 갈 것이니라."

"⋯⋯!"

증장천작의 얼굴이 당혹감에 물들었다.

힘을 모아 제남으로 가겠다는 건 황보세가와 일전을 벌이 겠다는 뜻이었으니까.

"교주님, 하늘님께 어떤 기도를 드리셨다는 말씀이십니 까? 그 계시란 건 무엇입니까?"

천장을 향했던 교주의 시선이 증장천작을 향해 내려왔다. 그 눈빛은 얼음처럼 차가웠다.

"나의 기도와 하늘님의 계시에 의문을 제기하고 있는 것 이냐?"

당연히 의문을 제기하는 것이었다.

아니, 제기하고 싶었다.

천부교도, 하늘님도 자신들이 만든 것들이니, 계시니 뭐 니 하는 말은 헛소리밖에 되지 않으니까.

하지만 지금은 그런 말이 교주에게 전혀 통하지 않는다는 걸 알고 있기에 진심을 이야기 할 수 없었다.

"그럴 리가 있겠습니까. 다만, 너무도 갑작스런 명령이신 데다, 제남으로 가서 황보세가와 우위를 논하는 것은 교의 존폐가 걸려 있는 중요한 사안이기 때문에라도 함부로 진행 해선 안 된다는 생각이 들어 물었을 뿐입니다. 또한 이미 들 으셨겠지만, 여인들을 데려간 자들 중에는 삼존의 일인인 불존까지 있고, 그와 맞상대할 정도로 강한 정체불명의 젊 은 사내도……."

"갈!"

순간 터져 나온 교주의 일갈이 대전 안을 진동시켰다.

증장천작을 비롯한 세 명은 막강한 공력이 깃든 그 일갈에 귀가 아프고 기혈이 들끓어 올라 다급히 내공을 끌어올려 몸을 보호해야만 했다.

'교주의 공력이 어느새 이 정도까지······.'

세 사람 모두 깜짝 놀라지 않을 수 없었다.

특히 증장천작의 놀라움은 더욱 컸다. 분명 교주의 공력은 자신보다 깊었지만 이 정도까지는 아니었으니까.

'도대체 어떤 수련을 했기에 이렇게 강해질 수 있었던 거지?'

심장이 싸늘하게 식어 버리는 느낌이었다.

사실 그가 늦은 이유는 은밀히 추성현으로 가서 다문천작을 만나 모종의 대화를 나누느라 방금 전에야 곡부로 돌아왔기 때문이었다.

그는 예전과 너무 달라진 교주의 태도와 자신들을 안중에도 두지 않고 벌이는 독단적 행태를 비판하고, 뭔가 대책을 세우지 않으면 토사구팽 당할 수도 있다는 공감대를 확인하고서 돌아온 것이다.

물론, 다문천작은 말수가 많지 않고 앞장서서 행동하는 사람이 아닌지라 흡족할 정도의 결과를 얻은 것은 아니었다.

하지만 자신만큼이나 욕심이 많아서 동참할 가능성이 매

우 높기에 계획만 잘 세우면 일이 잘 풀릴 것이란 나름의 계
산이 있었다.

그런데 방금 전 교주의 일갈은 그러한 계산에 똥물을 끼
얹을 만큼 충격적이었다.

너무 강했으니까. 자신과 다문천작이 힘을 합하면 충분히
상대할 수 있다고 생각했던 교주가 아니라, 그 이상으로 막
강한 힘이 느껴졌으니까.

이때 교주의 고저 없는 음성이 증장천작의 정신을 일깨웠다.

"증장천작."

"예, 교주님."

"티끌만한 불신도 없는 믿음을 가져야 할 것이니라. 그리
고 하늘님의 뜻을 받아 행하는 본좌의 명을 따르라. 따르면
극락이 있을 것이요, 따르지 않으면 구천의 고통만이 남으
리라."

증장천작의 얼굴이 굳어졌다.

등골을 타고 오싹한 한기가 타고 올랐다.

이젠 분명해졌다. 교주는 말 그대로 천상천하 유아독존의
존재로서 스스로를 인식하게 되었다.

그의 눈에 자신은 더 이상 같은 선상에 놓인 동업자가 아
니었다. 그저 명을 내리면 따라야만 하는 일개 수하이고, 교
도에 불과한 것이다.

화가 났다.

분노가 치밀었다.

하지만 두렵기도 했다.

그는 무릎을 꿇고, 양손을 엇갈려 가슴에 붙이고, 이마가 바닥에 닿을 만큼 머리를 숙이며 외쳤다.

"제석극락 불신구천!"

*　　*　　*

태안을 벗어나 서쪽으로 장청(長淸)을 지나고 평음(平陰)으로 향하는 관도.

맹약을 마무리 짓고 황보세가를 떠난 반악, 묵담향, 그리고 견일 등과 염서성이 탄 이두마차가 먼지를 일으키며 달리고 있었다.

"불명 노사님은, 아니, 꾕요 대사님은 왜 아무 말씀도 없이 떠나신 걸까요?"

묵담향이 빤히 쳐다보며 묻자 반악은 살짝 짜증스런 말투로 되물었다.

"그게 나 때문이라고 말하는 거요?"

"꼭 그렇다는 건 아니지만, 솔직히 반 소협과 문제가 있기는 있었죠."

"……"

반악은 묵담향의 시선을 외면하고 조용히 창밖으로 고개를 돌렸다.

사실 불존이 황보세가에서 조용히 말도 없이 사라진 건 이목을 피하기 위한 것도 있겠지만, 반악과 얽힌 문제도 어느 정도는 영향을 미쳤을 게 분명하니까.

'짜증나는 늙은이.'

아주 잠깐 흔들리기도 했지만, 결과적으로 반악은 불존이 주장하는 개념을 이해할 수 없었다.

남을 위해 나를 희생하는 것이면서, 결국 그게 나를 위해서 참는 거라고 하는 위선적인 논리를 어찌 받아들일 수 있단 말인가.

불존이 말하고자 하는 건 인간으로서 마땅히 지켜야 할 도리와 그에 준하는 행위, 즉 도덕을 희생정신과 부합시켜 확고히 지키라는 의미와 같았다.

그러나 세상에는 선인보다 악인이 많다. 그러한 자학적인 도덕을 지키면 지킬수록 선인보다 악인이 더 혜택을 본다는 게 반악이 겪은 세상의 진실인 것이다.

'생각을 말자.'

반악은 다시는 만나지 않을 것이니 신경을 끊어 버리자고 마음을 먹었다.

불존에 대한 이야기를 반악이 꺼리기 때문인지, 묵담향은 화제를 구지행에 대한 이야기로 바꾸었다.

"구 어르신이 여기 없으니 허전하네요. 역시 들어온 자리
는 몰라도 나간 자리는 바로 안다는 말이 맞는가 봐요. 그렇
지 않은가요, 반 소협?"

"뭐, 약간은."

반악은 대답을 하고나서 저도 모르게 피식 웃었다.

제남까지 오는 내내 귀찮은 늙은이라고 생각했던 구지행
의 존재감을 이런 식으로 느끼게 될 거라고는 예상하지 못
했던 것이다.

구지행이 함께 하지 않은 것은 그의 몸이 완전히 회복되
지 않아서이기도 했지만, 원래부터 황보세가까지만 동행하
기로 한 데다, 흑광웅 벽거길을 쫓아가야 한다는 분명한 목
적이 있기 때문이었다.

'어이없는 늙은이. 고작 쇠바구니 하나 때문에······.'

구지행은 그동안 벽거길을 쫓는 이유에 대해서 이야기를
한 적이 없었다.

그런데 황보세가를 떠나며 그 이유에 대해 염서성이 자꾸
캐묻자 결국 대답을 해주었는데, 알고 보니 지난번 벽거길
이 복수를 한답시고 구지행의 쇠바구니를 훔쳐 박살을 내고
대장간에 팔아 버렸다는 것이다.

그리고는 추적을 두려워해 일시지간에 산채를 해산시키
고 도망을 쳐 버렸는데, 구지행은 오랫동안 지니고 다니며
정이 들었던 쇠바구니를 잃었다는 것에 화가 난 나머지 지

루하고도 고생스런 추적길에 올랐다는 게 사건의 전말이었다.

그 말을 듣고 반악뿐만이 아니라 모두가 어이없어 한 것은 너무도 당연한 반응이었다.

하지만 구지행의 의지는 쇠기둥처럼 확고해 보였고, 아마도 벽거길과 어떻게든 끝장을 보기 전까진 포기하지 않을 게 분명했다.

'다신 볼 일이 없으면 좋겠지만, 왠지 다시 보게 될 것 같다는 불길한 예감이 든단 말이야.'

헤어지면서 구지행과 묵담향이 조용히 이야기를 나누던 모습을 봐서는 그 불길한 예감이 그대로 실현될 가능성이 매우 높았다.

각자의 생각에 빠져 잠시 침묵이 이어지다가 묵담향이 다시 입을 열었다.

"반 소협, 한 가지 궁금한 것이 있어요."

"……."

"황보세가는 왜 우리에게 도움을 청하지 않은 건가요?"

생각보다 수월하게 설득이 되어 맹약을 맺게 되자, 묵담향은 천부교와의 싸움에 협력해 달라는 요청이 들어올 거라 예상했었다.

염서성과 견일 등도 실력이 뛰어나지만, 불존과 단신으로 대응하여 엄청난 무위를 선보였던 반악이 함께한다면 아주 큰 도움이 될 테니까.

그래서 아직 끝내지 못한 임무가 있어 오래 있지는 못하겠으나, 보다 확고한 동맹관계를 다지기 위해서라면 잠깐이라도 도와야 하지 않겠냐고 반악을 설득할 생각까지 하고 있었다.

하지만 황보세가의 누구도 그에 대한 말은 한마디도 없었고, 오히려 서둘러 떠나 주기를 바라는 기색을 보여서 솔직히 매우 놀랐다.

그래서 생포한 부단나를 넘겨주고, 여자들을 잘 처우해 달라 부탁한 뒤 곧바로 태안을 떠난 것이다.

허나, 반악은 전혀 이상한 일이 아니라는 표정으로 대답했다.

"그들은 황보세가잖소."

"그래서요?"

"산동을 넘어 무림 전체로 봐도 명문거파로 평가받는 황보세가가 아직 시작도 하지 않은 싸움에 남의 손을 빌릴 거라고 생각하시오?"

"자존심이란 건가요?"

"뭐, 간단하게 말하면 그런 거요."

물론, 무림인이 아니면 수긍하기 힘든 보다 복잡한 이유들이 더 있었지만, 쉽게 이해되도록 말하자면 자존심 때문이었다.

사실 반악의 평소 가치관으로 보자면 그들의 태도를 쓸데 없는 고집과 오만함이라고 비웃어야 하는 게 정상이었을 것이다.

그러나 황보만천과 황복익상을 만나보고, 그들이 데려온 무사들을 살펴본 뒤에는 그렇게 비난하고 싶은 마음이 들지 않게 되었다.

'그들에겐 고집을 부리고 오만함을 내세울 정도의 자격이 있다.'

묵담향과 대화하고 협상하던 황복익상은 거파 출신 특유의 거만함은 있었으나, 실리를 생각지 않는 무모함은 보이지 않았다.

외견상 세력의 격차가 확연한데도 거룡성이 아닌 반룡복고당을 선택한 것부터가 생각의 깊이와 판단력이 남다르다는 의미일 것이다.

또한 그런 황보익상을 책임자로 보낸 가주라면 직접 보지 않고도 됨됨이를 미루어 짐작할 만하지 않은가.

'물론, 앞날은 아무도 알 수가 없으니.'

섣불리 승패를 확신해서는 안 될 것이다.

"그렇다면 역시 황보세가가 우리 편이 되어 준 것은 매우 좋은 일이겠죠?"

"너무 큰 기대를 해서도 안 되겠지만, 최소한 혈우림과 맹약을 맺은 것만큼의 효과는 얻게 될 것이라 생각하고 있소."

강학청이 맹약의 상대로 선택한 것에는 다 그만한 이유가
있는 것이니까.

"다행이네요."

묵담향은 빙긋이 웃고는 짐 속에서 책을 꺼내 들고 읽기
시작했다.

그리고 앞으로 한동안은 대화가 단절되리란 걸 알고 있는
반악은 가부좌를 하고 명상에 집중하기 시작했다.

*　　*　　*

이백 명에 이르는 인원이 길게 이어져 천천히 이동하고
있는 행렬.

행렬의 가장 앞에서 말을 타고 가는 증장천작은 팔짱을
낀 채로 심각한 표정을 하고서 드넓게 펼쳐진 평야를 바라
보고 있었다.

'극음지체라⋯⋯.'

그는 교주에게서 총동원령을 발하라는 명령을 받은 날,
따로 불러 낸 지국천작에게서 괴이한 이야기를 들었다.

큰 질책을 각오하고 보고를 했는데, 여자를 빼앗아간 무
리 중에 극음지체의 여인이 있다는 말을 듣고 교주의 반응

이 급변했다는 것이다.

극음지체(劇陰之體), 또는 천음지체(天陰之體)는 태어날 때부터 과도할 정도의 음기를 지닌 사람이라고 한다.

워낙 드문 경우이기 때문에 많은 것이 알려지진 않았지만, 대부분 머리가 뛰어나고 몸이 약해 단명을 한다는 특징이 있었다.

그리고 지국천작이 입가에 미소를 지우지 못하고 유독 강조한 말은 극음지체의 여인이 천하에 다시없을 명기라는 속설이었다.

지국천작의 본명은 하파고였다.

색혼수사(色魂秀士)라는 별호만으로 알 수 있듯이, 색마라고 지탄을 받아도 이상하지 않을 만큼 지저분한 명성을 날렸던 인물이었다.

그래서 증장천작은 교주가 그를 입교시키고 지국천작에 앉힌다고 했을 때 반대를 했었다. 무공 실력은 쓸 만하지만, 과거의 전력이 너무 엉망진창이라 잘못하면 큰 곤란을 야기할 수 있었으니까.

결국 그의 주장은 완전히 무시당했지만.

돌이켜 보면 교주에 대한 증장천작의 불만이 그때부터 본격적으로 쌓여가기 시작했는지도…….

어쨌든, 지국천작은 여자에 관한 것이라면 모르는 것이 거의 없었다. 손 한 번 잡아본 것만으로도 극음지체의 몸이라는 것을 알아챌 수 있었으니, 더 무슨 설명이 필요하겠는가.

'교주가 왜 이렇게 여자를 밝히게 되어 버린 것인지……'

교주가 계시를 받았다면서 제남으로의 진격을 천명했을 때는 황보세가와 우열을 가려 산동의 패권을 쥐겠다는 의지를 드러낸 것인 줄 알았다.

그런데 지국천작을 태안으로 보내 염탐을 시키더니만, 갑자기 진격 명령을 유보시키고 서쪽으로 방향을 선회하라는 새로운 명령을 내려 그를 어리둥절하게 만들었다.

알고 보니 교주의 관심은 황보세가가 아니라 여자들을 빼앗아 간 무리에 있었고, 그중에서도 천음지체의 여인이 목적이었던 것이다.

'때로 무공의 경지가 상상을 벗어나 기이할 정도로 높아졌을 때 마음이 비틀어져 이상한 쪽으로 빠져 버리는 경우도 있다고 하던데……'

깜짝 놀랄 만큼 공력이 상승해 있는 것과 그동안 이상할 정도로 많은 여자들을 수집한 것, 그리고 지금은 천하의 명기라는 천음지체를 손에 넣기 위해 교의 모든 전력을 모아 집중시키는 것까지, 교주가 지나칠 정도로 색욕에 빠졌다고밖에 설명이 되지 않는 상황이었다.

즉, 주화입마에 준할 정도로 좋지 않은 변화인 것이다.

'오는군.'

증장천작의 눈동자가 가늘어졌다.

저 멀리 지평선 쪽에서 말 한 마리가 먼지를 일으키며 맹렬한 속도로 달려오고 있었다.

기수는 증장천작의 왼팔인 폐례다였다.

그는 석 장의 거리에서부터 속도를 줄이더니, 증장천작의 바로 옆으로 말을 붙이고 나란히 몰면서 공손하게 머리를 숙였다.

"놈들을 찾아냈습니다."

"어디냐?"

"지금쯤 평음을 지나고 있을 것입니다."

"어느새 거기까지 갔군. 추적하는 수하들에겐 조심하라 일렀겠지?"

"예, 증장천작님."

"잘했다. 놈들 중에 고수가 많으니 신중히 행동하지 않으면 바로 들키게 될 것이다."

"그런데 놈들 중에 철수룡과 항마철불은 보이지 않았습니다."

"정말이냐?"

"예. 늙은이는 아무도 없고 젊은 사내들 다섯에 여자만 한 명 끼어 있었습니다."

"확실하겠지?"

"예, 혹시 주변에 있을까 싶어서 몇 번이나 확인했지만 보이지 않았습니다."

증장천작의 얼굴에 화색이 돌았다.

'원래부터 일행이 아니었던 건가?'

숫자는 적어도 천하 오십삼 명에 속하는 고수가 둘이나 있다면, 게다가 그중 한 명이 상위 세 손가락에 들어가는 최강 수준의 고수이고 소림사라는 막강한 배경까지 가지고 있다면 결코 쉽게 해결할 수 없는 문제였다.

그런데 그 둘이 모두 빠져 있다고 하니 어찌 기쁘지 않을 수 있겠는가.

'그럼 항마철불과 혼자서 대적했다고 하는 젊은 놈만 해결하면 되겠구나.'

"알겠다. 넌 교도들을 몇 명 더 데려가서 우리가 방향을 잡는 데 어려움이 없도록 일정한 간격마다 대기시켜라."

"알겠습니다."

폐례다는 곧장 교도 다섯 명을 선별하여 왔던 길로 되돌아 달려갔다.

증장천작은 말 머리를 뒤로 돌려 행렬 중간에 자리 잡고 있는 거대한 사두마차 앞으로 다가갔다.

특히나 믿음이 투철하고 무공 실력이 뛰어난 교도들이 둘러싸고 있는 마차는, 좌우에 작은 창문이 하나씩 뚫려 있는 것 외에는 사방이 완전히 막혀 있는 형태였다.

"교주님, 증장천작입니다."

창문을 통해 특유의 중성적인 음성이 흘러나왔다.

"고하라."

"척후로 보냈던 수하의 보고에 의하면 놈들이 평음을 지나고 있다 합니다. 게다가 항마철불과 철수룡도 보이지 않는다고 하니 쉽게 잡을 수 있을 것 같습니다."

나름 기쁜 마음으로 보고했던 증장천작의 얼굴은 교주가 묻는 말에 굳어져 버렸다.

"그렇다면 왜 그들을 잡으러 가지 않고 아직도 여기에 있는 것이냐?"

"예?"

"항마철불과 철수룡이 없어서 쉽게 잡을 수 있을 것 같다고 하지 않았느냐."

"하지만 그들 중에는 항마철불과 호각으로 싸웠다고 하는 자가 있어서……."

자신이 감당할 자신이 없다는 말은 차마 하지 못했다.

주변에 있는 교도들이 빤히 보고 듣는데 체면 때문이라도 꺼낼 말은 아니질 않은가.

"증장천작, 참으로 본좌를 실망스럽게 만드는구나. 그동안 나태하여 답보하였을 뿐만 아니라, 담력조차도 모두 잃어버리다니."

증장천작의 낯빛이 붉어졌다.

아무리 그래도 많은 교도들 앞에서 무능하고 겁쟁이라고 비난하는 건 너무 심하지 않은가.

허나, 교주는 그의 기분이 어떠한지 전혀 개의치 않았다.

"다문천작―!"

작은 창문을 통해 흘러나온 교주의 음성은 마치 메아리처럼 주변으로 퍼져 나갔다.

단순히 공력이 깊다고 해서 나올 수 있는 음성이 아니었기에 모두가 깜짝 놀라고 경탄어린 표정으로 마차를 쳐다보았다.

마차 뒤쪽에서 따라오고 있던 다문천작이 부름을 받자마자 얼른 말을 몰아 다가왔다.

"부르셨습니까, 교주님."

다문천작은 등에 검을 매고 몸이 호리호리하면서도, 다리가 길어 날쌔 보이는 장년인이었다.

"그들이 어디 있는지 찾았다고 하니, 증장천작과 함께 몸이 날랜 교도 오십 명을 데리고 가서 도망치지 못하도록 포위하고 있으라."

"포위만 합니까?"

"본좌가 직접 나설 것이니, 본좌가 도착하기 전까지는 공격을 자중하고 신중히 대처해야 할 것이니라."

마음에 들지 않는 명령이었지만 다문천작은 더는 묻지 않고 머리를 숙였다.

"교주님의 명을 따르겠습니다."

그리고는 표정이 좋지 않은 증장천작의 어깨를 툭 치고서 먼저 말을 몰아 움직였다.

순간 자신의 실수를 깨달은 증장천작은 급히 본래의 표정으로 돌아와 명을 따르겠다고 외치고는, 심복들과 함께 데리고 갈 교도들을 고르고 있는 다문천작 쪽으로 말을 몰아갔다.

"서둘러라!"

선별된 오십 명의 교도들은 다그침을 받아 지붕 없는 마차 석 대에 신속하게 나눠 타고, 증장천작과 다문천작은 자신들의 심복들을 좌우에 거느리고서 선두에 섰다.

"출발한다."

증장천작과 다문천작이 고삐를 흔들어 나란히 앞장서고, 그 뒤로 네 명의 심복이, 그리고 그 뒤로 오십 명의 교도들을 태운 석 대의 마차가 따라 움직여, 점차 빠르게 속도를 높여 서쪽으로 달려갔다.

*   *   *

서둘러 산동을 넘어 하남으로 들어서자는 생각에 평음현도 들르지 않고 계속 이동해가던 반악 등은 양곡현을 지나고 얼마 있지 않아서 나타난 허름한 객잔 앞에 멈춰 섰다.

원래 반악은 객잔도 무시하고 갈 생각이었다. 하지만 아직까지 중독의 여파가 남아 있는 듯 피곤해 보이는 묵담향의 건강을 염려하여 요기라도 제대로 하고 가자는 쪽으로 마음을 바꾼 것이다.

따로 마구간을 만들어 놓은 객잔이 아닌지라, 염서성에게 마차를 지키게 하고 나중에 견일 등이 식사를 끝내고 교대를 하기로 한 뒤, 모두 안으로 들어갔다.

객잔 안에는 손님이 두 명밖에 없었다. 일행으로 보이는 그들은 벽 쪽으로 붙어 있는 자리에 앉아 있는데, 보부상인 듯 등짐을 발치에 놓아두고 소면을 먹는 중이었다.

반악 등은 그들과 반대쪽 창가 자리에 앉았고, 중년의 점소이가 다가와 별로 깨끗해 보이지 않는 수건으로 탁자를 닦는 시늉을 하며 물었다.

"뭘 드시겠습니까?"

"여기서 할 줄 아는 음식이 뭐가 있소?"

반악의 경험상 이런 외지고 초라한 객잔에서 골라 먹을 만큼 여러 종류의 음식을 바랄 수는 없기에 그리 물은 것이었다.

주인이 보이지 않는 걸 보면, 아마도 숙수가 주인이거나, 아니면 점소이가 주인일 가능성이 높았다.

아니면 둘이서 동업을 하고 있는 것이거나.

점소이는 전혀 민망해하는 기색도 없이 소면과 만두밖에 없다고 대답했다.

"그럼, 만두와 소면을 숫자에 맞게 가져오고, 마차에 사람이 한 명 있으니 그에게도 가져다 주시오."

원래는 교대를 해서 먹게 하려고 했지만, 소면과 만두는 자리에 불편을 느끼지 않고 먹을 수 있는 간편한 음식이 아니던가.

"조금만 기다려 주십시오."

점소이가 주방 쪽으로 사라지고, 반악 등은 각자 창밖을 쳐다보거나 의미 없는 눈길로 객잔 안을 두리번거리며 조용히 시간을 흘려보냈다.

하지만 겉으로만 그럴 뿐, 묵담향을 제외한 반악 등은 드러나지 않게 벽 쪽에 앉은 이들을 살피고 있었다.

견일이 소리 없는 화법으로 반악에게 물었다.

『저 새끼들, 아닌 척하면서 은근히 힐끔거리는 걸 보니 우릴 감시하고 있는 것 같습니다. 뭐 하는 놈들인지 지금 알아볼까요?』

『일단 먹고 나서.』

『알겠습니다.』

기다린 지 얼마 있지 않아 소면과 만두가 나왔고, 그리 나쁘지 않은 맛이어서 모두 만족스럽게 식사를 마치고 일어났다.

"저희들이 계산할 테니까, 두 분은 먼저 나가서 기다리고 계십시오."

견일이 자신의 품을 뒤적거리며 말하자 반악은 두말 않고 묵담향과 함께 객잔을 나왔다.

묵담향은 식사를 마치고 마부석에 늘어져 있던 염서성을 보고 안쓰러운 표정을 지었다.

"염 소협만 혼자 식사하게 해서 미안해요."

"그렇게 생각할 거 하나 없습니다. 오랜만에 혼자 먹는 것도 그리 나쁘지 않았어요. 그런데 견 형들은 왜 안 나옵니까?"

"세 분은……."

콰장창!

묵담향은 깜짝 놀라 객잔 쪽을 쳐다보았다.

객잔 안에서는 계속 요란하게 부서지는 소리와 고함 소리, 점소이가 지르는 듯한 비명 소리가 터져 나왔다.

"반 소협, 안으로……."

들어가 봐야 하지 않겠냐고 말하려던 묵담향은 자신과 달리 반악의 표정이 담담한 걸 보고는, 그가 이미 예상하고 있던 상황임을 알게 되었다.

"반 소협, 무슨 일이죠?"

"아까 벽 쪽에 앉은 자들 때문이오."

"그 보부상들이 왜요?"

"그들은 보부상처럼 변장한 감시자들이었소."

"감시자들이요? 아니 누가 우릴…… 혹시 천부교에서 나온 사람들인가요?"

"아마도."

반악도 천부교를 염두에 두긴 했지만, 단언하지는 못했다.

그래서 견일 등에게 알아보도록 하기 위해서 뒤를 맡긴 것이 아니겠는가.

조금 뒤, 견일 등이 객잔을 나왔다. 헌데, 그들의 표정은 썩 밝지 않았다.

"한 놈은 불리한 것을 알자 혀를 깨물어 자결했고, 또 한 놈은 끝내 입을 열지 않았습니다."

"와~ 독한 놈들이네."

염서성도 이제는 견일 등이 어떤 능력과 기술을 가졌는지 대충 알고 있었기에, 끝까지 입을 열지 않고 죽었다는 말에 놀라는 것이다.

고문을 끝까지 참고 죽음을 받아들이는 건 아무나 가능한 일이 아니었으니까.

하지만 반악은 그 이야기를 듣고 감탄하기보다는 자신의 짐작을 확신하게 되었다.

'그 정도로 독한 놈들이라면 천부교가 맞겠군.'

아무리 생각해도 달리 떠오르는 무리가 없는 것이다.

물론 거룡성이 있긴 했지만, 거룡성의 종자들이라면 견일
등이 알아내지 못할 리가 없었다.

"조금 더 서둘러야겠어."

감시자들이 있다는 건 그들을 추적하는 무리도 있다는 의
미였으니까.

반악 등은 마차를 타고 이전보다 빠르게 속도를 내서 달
렸다. 그러나 한 식경을 넘지 못하고 그들의 뒤쪽으로 일단
의 무리가 나타났다.

증장천작과 다문천작, 그리고 그들의 심복 네 명과 오십
명의 교도들이었다.

＊　　＊　　＊

"역시 감시하던 놈들이 들킨 거라고 하지 않았소. 그런데
진짜 눈치가 빠른 놈들이네."

다문천작은 저 앞으로 나타나기 시작한 마차를 보며 웃었
다.

증장천작은 그렇게 웃어넘길 게 아니라는 듯 눈살을 찌푸
렸다.

"그러니까 만만히 볼 자들이 아니란 거요."

"또 항마철불하고 맞상대했다는 그 젊은 놈을 이야기하는

거요? 그거라면 이젠 귀에 딱지가 앉을 지경이라오."

"다문천작까지도 날 겁쟁이라 놀리는 거요?"

"그럴 리가 있겠소. 다만, 항마철불과 싸운 녀석이라 해서 너무 긴장할 건 없다는 거요."

"다문천작은 천하에서 세 손가락에 들어가는 고수를 너무 쉽게 생각하는 것 같구려."

"쉽게 생각하진 않지만, 그렇다고 최강이라고 생각하지도 않소. 천이서생이 뭐가 그리 대단하다고 그가 뽑은 고수와 서열을 절대적이라 믿어야 한단 말이오."

증장천작은 내심 고소를 지었다.

왜?

믿을 필요가 없다는 그 천하 오십삼 명 안에 다문천작의 이름도 들어가기 때문이었다.

십괴(十怪)의 일인인 경괴(輕怪) 서정쾌.

쾌속무영(快速無影)이란 별호가 붙었을 만큼 경신법의 속도와 경쾌함에 한에서는 그 짝을 찾기 힘들만큼 대단하다는 평가를 받는 고수였다.

'가만, 그러고 보니, 다문천작이 오늘 이상할 정도로 말이 많네.'

다문천작은 평소 말수가 거의 없었다.

그런데 지금은 쓸데없다 싶을 정도로 말이 많았다.

'긴장한 건가?'

어떤 사람은 긴장하게 되면 말이 많아지기도 하니까.

오히려 자신이 천하에 꼽히는 고수들 중에 한 명인 만큼, 불존의 무게감을 더욱 확실하게 느끼고 있는 지도 모르는 일이었다.

'아니면 자신은 십괴 밖에 되지 못했다는 반발심에서 나오는 투덜거림일 수도.'

어쨌든 다문천작의 진짜 속마음은 쫓고 있는 자들을 꺼림칙하게 생각하는 게 아닐까 하는 의심이 강하게 들었다.

마차를 빤히 쳐다보던 다문천작이 말했다.

"우선 저들이 도망치지 못하도록 발목부터 부러트립시다."

"발목을? 그게 무슨 소리요?"

"내가 앞장서겠소."

다문천작은 고삐를 세게 흔들어 말을 다그치며 속도를 한층 높였고, 증장천작과 심복 네 명은 영문도 모르고 덩달아 속도를 내며 그의 뒤를 따랐다.

하지만 반면에 오십 명의 교도들이 타고 있는 석 대의 마차는 말의 속도를 따라갈 수 있을 정도로 빠르지 못해서 어쩔 수 없이 점점 뒤로 쳐질 수밖에 없었다.

"우리 여섯으로 뭘 어쩌자는 거요?"

쫓고 있는 마차가 순식간에 십 장 거리로 가까워지자 증장천작이 우려 섞인 표정으로 물었다.

"발목을 부러트리는 일은 나 혼자서도 충분하오."

"……?"

증장천작은 의문이 해소되지 않아서 더 많은 설명을 듣고 싶었다.

하지만 물어 볼 틈도 없이, 다문천작이 말 등을 박차고 날아올라 저 앞쪽 땅에 내려서고 엄청난 속도로 달려 나가기 시작했다.

말보다도 훨씬 빠른, 가히 명불허전의 경공이었다.

'도대체 뭘 할 생각인 거야?'

영문을 알 길이 없는 증장천작은 도저히 경신법으로 쫓아갈 자신이 없었기에 미친 듯이 고삐를 흔들면서 말을 다그쳤다.

다문천작이 어떤 의도로 혼자 달려 나간 것인지는 곧 드러났다.

'아!'

놀란 증장천작의 눈이 커졌다.

경공으로 따라붙어 마차와 나란히 달리기 시작한 다문천작이 등에서 검을 뽑아들었다. 마차의 바퀴를 노릴 셈이었던 것이다.

그러나 다문천작의 계획은 곧바로 방해에 부딪혔다.

마부석에 있던 자들 중 한 명이 가벼운 몸놀림으로 지붕에 올라서더니 다문천작을 향해 매섭게 채찍을 휘두르기 시작한 것이다.

"이럇!"

히히힝!

다문천작의 심복인 야차와 나찰이 급히 말을 몰아 마차의 뒤쪽으로 따라붙었고, 견삼을 막기 위해서 망설임 없이 말 등을 박차고 지붕 위로 뛰어올랐다.

그러자 마부석에서 다시 한 명이 지붕 위로 올라섰는데, 그의 손에는 빛나는 륜이 두 개나 들려 있었다.

"우리도 가자."

견이까지 합세하여 다문천작을 방해하려고 하자, 그냥 보고만 있을 수 없었던 증장천작은 구반다와 폐례다를 이끌고 마차 뒤쪽으로 맹렬히 따라붙었다.

그런데 세 사람이 뒤쪽에 붙어서 지붕으로 뛰어오르려고 하던 바로 그 때, 가볍고도 경쾌한 몸놀림으로 채찍을 피하며 기회를 엿보고 있던 다문천작이 기어이 마차의 바퀴를 검으로 내리치는 데에 성공했다.

콰득.

금이 가는 소리와 함께 마차가 크게 흔들렸다.

그리고 또다시 다문천작의 검이 바퀴를 향해 강하게 내리쳐졌다.

콰지직!

바퀴 일부분이 순식간에 깨지고 조각나며 마차가 한쪽으

로 급격히 기울었다.

"피해!"

증장천작은 급히 고삐를 당겨 말의 속도를 늦췄고, 지붕 위에 있던 야차와 나찰은 옆으로 몸을 날렸다. 그들과 싸우던 견이와 견삼도, 마부석에 있던 염서성과 견일도 마차 안으로 뭐라고 소리친 뒤에 땅으로 뛰어내렸다.

쾅!

마차가 한쪽으로 완전히 기울어 뒹굴기 직전, 굉음과 함께 지붕이 박살이 나고, 훤하게 뚫린 공간으로 묵담향을 안아 든 반악이 뛰쳐나왔다.

쿠콰콰콰쾅—

마차는 공기를 불어넣은 돼지 오줌보처럼 부서진 나무 파편을 이리저리 흩날리며 경쾌하게 땅을 뒹굴었고, 결국 말들까지 깔아뭉갠 후에야 간신히 멈출 수 있었다.

다문천작 등과 함께 그 광경을 멍하니 쳐다보고 있던 증장천작은 퍼뜩 정신을 차리고 반악 등을 찾았다.

반악 등은 처참하게 박살이 나 버린 마차 오른쪽에 모여 있었다.

증장천작은 그제야 도착한 석 대의 마차를 돌아보며 소리쳤다.

"어서 내려와 저놈들을 포위해라!"

＊　　＊　　＊

"괜찮으십니까?"

견삼이 조심스런 목소리로 반악에게 물었다.

견일과 견이도 눈치를 보며 반응을 살폈다.

물론, 이런 정도로 반악이 다칠 리가 없다는 건 그들도 알고 있었다. 그런데도 세 사람이 눈치를 보는 건 바퀴가 망가지는 걸 막지 못해서 질책을 받을까 걱정이 되었기 때문이었다.

하지만 반악은 그에 대해 뭐라 하지 않았다. 단지 눈살을 찌푸리고만 있었다.

"도망쳐야겠다."

"예?"

반악의 말에 견일 등과 염서성, 그리고 묵담향까지 깜짝 놀라 쳐다봤다.

이제까지 반악과 함께 다니면서 도망치자는 말을 한 번도 들어본 적이 없기 때문이었다.

지독한 자신감과 그 자신감에 부합할 만큼 엄청난 무공 실력을 갖춘 반악에게 후퇴, 혹은 도망이란 말은 전혀 어울리지 않는다고나 할까.

견일이 용기를 내서 물었다.

"진심이십니까?"

"저놈들은 지금 당장 우릴 공격할 마음이 없다. 그냥 포위만 할 생각이야. 여기서 쓸데없이 버티면서 고집을 부려 봤자 이득 될 게 하나 없다. 그러니 도망쳐야지."

심상치 않아 보이는 기세의 고수 몇 명과 개인의 힘을 몇 배로 상승시키도록 고안된 진법을 훈련 받은 수십 명의 적들이 포위만 하겠다고 작정을 하면 제아무리 반악이라도 상대하기가 쉽지 않았다.

게다가 무공도 익히지 않은 묵담향을 신경 쓰며 싸워야 하는 상황에선 더더욱.

'그리고……'

포위를 한다는 건 누군가를 기다리고 있다는 의미가 아닌가.

앞으로 얼마나 더 많은 적들이 나타날지 알 수가 없는 것이다.

"지체할 시간 없다. 가자."

반악은 묵담향의 의향도 묻지 않고 다짜고짜 어깨에 들쳐 업고서 자신들을 향해 몰려오는 천부교도들과 반대 방향으로 달리기 시작했고, 견일 등도 그 뒤를 따라 있는 힘껏 경공을 펼쳤다.

말과 마차를 타고 쫓아오는 천부교.

본신의 능력에만 의지해서 도망쳐야 하는 반악과 견일 등에게는 짜증나고 힘겨운 일이 아닐 수 없었다.

꼬리를 잡힐 때마다 반악이 묵담향을 견일 등에게 맡기고 뒤로 쳐져서 반격을 하며 시간을 끌지 않았다면 진작 포위되어 낭패스런 상황에 처하고 말았을 것이다.

하지만 아무리 애를 써도 천하의 고수까지 섞여 있는 절대 다수의 적들을 혼자서 상대하고 떨쳐내기에는 어느 정도의 한계가 있는 법.

반악과 견일 등은 본래 가던 방향이 아니었지만, 어쩔 수 없이 소수가 다수의 추적을 피하기 용이한 지형 쪽으로 방향을 바꿔야만 했다.

*   *   *

양곡산(陽谷山).

증장천작과 다문천작은 한숨을 내쉬며 눈앞에 높고도 굴곡지게 솟아 있는 산을 올려다보았다.

"꽤 험해 보이는군. 이거 상황이 좋지 않게 되어 버린 거

같소."

증장천작은 자신도 뻔히 알고 있는 상황을 굳이 말로 끄집어낸 다문천작에게 짜증내고 싶은 마음을 꾹 억눌러 참았다.

'이전에는 말수가 없어 답답하게 만들더니, 이제는 너무 말이 많아 짜증나게 만드는군.'

그에게 짜증낸다고 해서 상황이 완전히 달라지는 것도 아니고, 자신보다 강하고 뒤끝이 있는 다문천작의 기분을 상하게 해서 좋을 것도 없으며, 교주에 대한 불만을 공유하고 지금보다 밝은 자신의 미래를 위해 같이 풀어나가야 할 사이가 약간의 인내심을 발휘하지 못했다는 이유로 틀어져서는 안 되기 때문이었다.

"이제 어찌 해야겠소?"

다문천작은 전적으로 증장천작의 말을 따르겠다는 듯이 물었다.

하지만 그렇게 묻는 것도 증장천작의 입장에서는 탐탁치가 않았다.

'얍삽한 놈.'

결국 결정을 그에게 떠맡기면서 반악 등을 여기까지 도망치게 만든 것, 산속으로 도망친 그들을 찾아내는 것에 대한 책임까지 모두 떠넘기려는 속셈이 아닌가.

좋지 않은 상황에선 자신만 피해를 입지 않도록 뒤로 물러나 도망칠 구멍부터 만드는 야비한 성향을 노골적으로 드러내고 있는 것이다.

'그래서 천이서생이 당신을 십괴에 넣은 거야.'

증장천작이 볼 때 다문천작의 무공 실력은 십괴 이상이었다.

그러나 그는 기본적으로 사람을 사귀고, 신망을 쌓고, 활용하는 태도 등에 있어서 최악인 사람이었다.

너무나 소심하고, 자신만 생각하고, 자신이 아닌 사람들에 대해서는 조금의 배려도 하지 않는 이기적인 사람인 것이다.

물론, 누구나 자신이 먼저라는 생각을 하고 그게 또 현실적으로 맞는 말이기도 하지만, 다문천작은 그 정도가 너무 심했다.

본인은 다르게 생각할지 모르나, 심복이라 하는 야차와 나찰을 포함하여 다문천도들 중에 진심으로 따르는 수하들은 아무도 없을 것이다.

교주에 비해 명성과 실력이 크게 떨어지지 않음에도 수하처럼 부려지는 것에 대한 불만이 있는데도, 명령이 떨어지자마자 즉각 충직한 종처럼 대답하고 움직이는 것만 봐도 그의 성향을 알 수 있는 일이 아닌가.

사실 증장천작은 같은 처지에 있지 않고, 도움이 필요하지 않았다면 다문천작을 절대 옆에 두지 않았을 것이다.

증장천작은 구반다의 음성을 듣고 상념에서 깨어났다.

"증장천작님."

"왜?"

"교주님이 도착하셨습니다."

증장천작과 다문천작은 흠칫하며 뒤를 돌아봤다.

저 뒤쪽으로 거대한 마차와 백여 명의 교도들이 길게 늘어져 오고 있었다.

'빨리도 왔네.'

교도들의 땀으로 범벅인 얼굴과 거칠게 숨 쉬는 모양새로 추측하건대, 교주의 다그침 때문에 잠시도 쉬지 못하고 이동해 왔음이 분명했다.

"증장천작!"

특유의 중성적인 음성이 메아리처럼 들려왔다.

증장천작은 내심 짜증이 났다. 자신의 이름만 부른다는 건 결국 지금의 상황이 자신의 책임으로 전가될 가능성이 높다는 의미였으니까.

하지만 내심을 얼굴에 드러내지 않고 얼른 마차로 달려갔다.

"부르셨습니까, 교주님."

"포위하라 일렀건만, 그들은 어디 있는 것이냐?"

이미 사람을 보내 대략적인 내용을 보고 했는데도 불구하고 새삼 따져 묻는 건 모두가 보는 앞에서 질책하고, 기를 꺾겠다는 뜻일 것이다.

절로 울화가 끓어올랐다.

하지만 증장천작은 반박할 처지가 아니기에 굴복적인 태도를 취할 수밖에 없었다.

그는 양손을 엇갈려 가슴에 붙이고 허리를 숙이며 말했다.

"교주님의 넓으신 아량에 기대어 용서를 바랄 뿐입니다."

"또 본좌를 실망시키는구나. 증장천작의 잘못은 추후에 따질 것이다. 그들은 어디에 있느냐?"

"저 양곡산으로 숨어 들어갔습니다."

평야에 덩그러니 혼자만 솟구쳐 올라 있는 양곡산은 낮지 않은 높이와 이리저리 굴곡지고 험악한 경사, 나무들이 빼곡하게 우거진 모양새만 봐도 몸을 감추고 숨기기에 용이한 산이었다.

사람 여섯 명이 작정하고 숨어 버리면 정말 수색하기도, 찾아내기도 어려운 곳이라고 할까.

그래서 증장천작이나 다문천작의 솔직한 마음은 교주가 그냥 여기서 포기하자고 말을 해주길 바랐다.

그러나 교주의 의지는 그들이 생각하는 것 이상으로 강했다.

"천라지망을 펼쳐 산에서 빠져나갈 수 있는 모든 길목을 차단하고, 그들을 찾아내 포위하라."

"……!"

증장천작은 황당한 표정을 지었다.

천라지망이 마음만 먹는다고 그냥 펼칠 수 있을 만큼 쉬운 것이던가.

산 하나라고 해도, 사방을 틈새 없이 포위한다는 건 국가적인 동원력을 갖추지 않는 이상에는 거의 불가능에 가까운 방법이었다.

그래서 현실적 어려움을 토로했다.

"교주님, 천라지망을 펼치기에는 인원이 턱없이 모자랍니다."

"모자라면 채우면 되는 것인데, 뭐가 문제라는 것이냐. 당장 교도 일천 명을 본좌의 이름으로 소집하여 천라지망을 펼치도록 하라."

증장천작은 말문이 턱 막혔다.

'제정신인가?'

여차저차 해서 일천 명을 모은다고 치자.

교명록에 이름을 올린 교도만 따져도 수천이 넘으니, 가능하기는 한 숫자니까.

하지만 대규모 움직임에 민감한 관인들의 시선은 어찌 막을 것이며, 그 많은 교도들이 일용할 양식은 또 어찌 준비하란 말인가.

그 외에도 여러 문제점들이 야기될 수 있었다.

그리고 그 모든 걸 가능케 하기 위해선 현재 교가 몇 년에 걸쳐 축적한 재산의 대부분을 허공으로 날려 버리게 될 것이다.

'고작 여자 하나 때문에 그렇게 막대한 피해를 감수해야

한단 말인가?'

증장천작은 아니라고 말하고 싶었다.

하지만 교주는 그에게 다른 선택의 여지를 주지 않고 다그쳤다.

"증장천작, 당장 시행하지 않고 뭘 하는 것이냐? 만약 그대의 늦장 대응으로 그들이 산을 벗어나 도망치게 되면, 내이 자리에서 단언하건대, 지옥보다 더 큰 고통의 엄벌을 내릴 것이니라."

증장천작의 어깨가 부르르 떨렸다.

언뜻 겁을 먹어서 그러는 것처럼 보이지만, 실상은 분노 때문이었다.

증장천작이 바로 대답을 하지 않자 다문천작이 얼른 머리를 숙이며 대신 대답했다.

"교주님의 명을 따라 당장 진행하도록 하겠습니다."

다문천작이 증장천작의 소매를 잡아 흔들며 눈치를 주었다.

어차피 해야 할 것, 괜히 교주의 신경을 건드리지 말라는 의미였다.

증장천작은 내심 크게 한숨을 내쉬며 분노를 억누르고는 역시 명을 따라 시행하겠다고 대답하고 빠르게 뒤로 물러났다.

그냥 있다가는 더 참지 못하고 욕지거리라도 내뱉을 것 같아서였다.

*　　　*　　　*

"이제 무얼 해야 하는 거요?"

다문천작이 물었다.

'혼내는 시어머니보다 말리는 시누이가 더 밉다더니.'

증장천작은 아무 고민도 없는 표정으로 천연덕스럽게 묻는 다문천작의 얼굴을 한 대 때리고 싶었다.

그러나 원래 이런 인간이란 걸 알고 있었잖냐, 하고 스스로를 다독이며 대답했다.

"우선 여기 있는 인원으로 그들이 빠져나갈 만한 주요 길목부터 막아야겠소. 그러고 나서 최대한 빨리 많은 숫자의 교도들을 불러 모아 천라지망을 펼쳐야 하오."

"그런데 정말 일천 명을 모을 수 있기는 한 거요?"

제석천, 그리고 증장천작과 다문천작이 처음 만난 곳은 산동의 동쪽 외진 어촌이었다.

그곳에서 우연히 만난 세 사람은 술잔을 기울이며 이러저러한 대화를 나누었다.

왜 그곳에 간 것인지는 서로 밝히지 않았지만, 어쩌다 보니 권력과 금력을 쉽고 빠르게 모으는 데는 종교만큼 좋은 게 없다는 결론에 이르렀고, 함께 천부교를 만들자는 계획을 세우게 되었다.

그래서 천부교가 만들어지게 된 것이다.

하지만 막상 천부교의 생성과 관리, 확장에 있어서 다문 천작은 별로 한 일이 없었다. 그냥 시키는 것에만 마지못한 듯 움직였고, 교세가 커지고부터는 추성현 지부에 들어앉아서 나오지도 않았다.

그러니 지위에 맞지 않게 천부교가 어느 정도의 규모를 가지고 있는지, 일천 명의 교도들을 불러 모을 수 있는지에 대해 묻는 게 이상한 일은 아니었다.

'그래서 더 짜증나는 것이지만.'

무공 실력과 개인의 명성에 있어서 자신이 가장 하수이기는 하지만, 천부교는 그의 노력이 아니었다면 결코 지금의 성세를 이룰 수 없었으니까.

그런데도 교주는 유일무이한 존재처럼 행동하며 자신을 종 다루듯 하고 있으니…….

"오 일 정도라면 대략 가능하오. 십 일이면 그 이상도 충분히 가능하고. 하지만 교주님이 그때까지 기다릴 만큼 인내심이 있을 것 같진 않소. 당장 내일부터 뭔가 그럴듯한 모양새가 그려진 광경을 기대하겠지. 일단 발바닥에 땀이 나도록 움직이면 내일까지 최소 삼백에서 최대 오백까지 불러 모을 수 있으니, 그 정도 인원이라도 어떻게든 활용해야 하지 않겠소."

"하루 만에 그 정도까지 가능하단 말이오?"

"그렇지만 큰 기대는 말아야 할 거요. 힘도 없는 일반 교도들로 천라지망을 펼쳐 보았자, 우리조차 잡기 힘들었던 자들이 압박감이나 제대로 느끼겠소?"

"그렇기도 하군."

"어쨌든, 결과가 어찌 되건 간에 구색은 갖춰야 하니 서두릅시다. 다문천작의 심복들도 내가 써야 할 것 같으니 이해해 주시오."

"개의치 말고 마음껏 써먹으시오."

증장천작은 자신의 심복들과 그의 심복들, 그리고 광목천작과 지국천작 등도 모아 각자 할 일을 지시하기 시작했다.

*　　*　　*

양곡산 중턱, 잘 눈에 띄지 않는 작은 동굴 안.

"주인님, 식량 등이 실린 마차들이 쉼 없이 몰려오고, 산자락을 막아선 사람들의 숫자가 이젠 칠백도 넘습니다."

산 아래로 내려가 탐문하고 올라온 견일의 보고를 들은 반악은 어이가 없어 헛웃음을 지었다.

하루 정도만 지나면 알아서 포기하고 물러나겠지, 하고 생각했는데 오히려 몇 배로 불어나 산을 둘러싸 버렸으니.

그것도 아무것도 모르는 일반 교도까지 그렇게 많이 동원할 줄은 생각도 하지 못했다.

'그 여자들이 그렇게 중요했나?'

솔직히 지금 상황을 이해하기가 힘들었다.

여자 몇 명 빼앗겼다고 수백을 동원하기까지 하면서 자신들을 쫓는단 말인가?

'매우 중요한 종교의식에 이용하려던 여자들인지도 모르겠군.'

하지만 그렇다고 해도 의문이 없어지는 건 아니었다.

그렇게 중요한 여자들이면 자신들이 아니라 황보세가로 쳐들어가야 이치에 맞았다.

황보세가와 싸울 자신이 없으니 자신들에게 화풀이를 하겠다는 것도 아니고…….

"주인님, 놈들은 단순히 숫자만 많은 게 아니었습니다."

"……?"

"교주까지 와 있던데요."

"뭐?"

"얼굴은 직접 보지는 못했지만, 가장 큰 마차에 교주가 타고 있다는 말을 들었습니다. 가까이 가서 확인해 보려고 했지만, 워낙 삼엄하게 경계를 서고 있는 데다, 마차에서 뭔가 위험스런 분위기가 풍겨와서 다가갈 수가 없었습니다."

반악의 표정이 심각해졌다. 자신들을 잡는 일에 교주까지 나섰다면 천부교의 거의 모든 전력이 이곳에 집중되어 있다는 의미였으니까.

아니, 교주가 직접 와 있다는 것부터가 생각 이상으로 심각하다는 걸 보여 주는 것이었다.

'우리에게 뭔가 바라는 거라도 있나? 아니면 꼭 잡아야 하는 사람이라도?'

반악은 견일 등과 염서성, 그리고 묵담향을 차례로 둘러보았다.

하지만 이들과 천부교의 연관성을 떠올릴 수 없었다.

물론, 자신도 해당이 안 되는 건 마찬가지였다.

"어떻게 할까요? 내려가서 놈들 식량에 독이라도 풀고 올까요?"

산자락을 따라 형성된 포위망을 뚫고 가는 건 크게 어려운 일이 아니었다.

문제는 뚫고 나간 뒤에 다시 시작될 추적이었다. 떨쳐내기가 어려워 산으로 온 거고, 그래서 이제까지 가만히 기다리고만 있었던 게 아니던가.

그러나 곧 시작될 천부교의 수색과 좁혀올 포위망을 생각하면 자연히 해결되길 기다릴 수는 없는 일이었다.

반악은 묵담향을 쳐다보았다.

"묵 소저의 생각은 어떻소?"

독을 풀면 대량의 사상자가 발생하게 될 것이다.

무사들이나 고수들은 그렇다고 쳐도, 무고하다 할 수 있는 일반 교도들도 많이 죽게 될 것이다.

"지금은 달리 방도가 없잖아요. 하지만 독을 사용하는 데에 있어 너무 과용하지 않았으면 좋겠어요. 무리한 부탁인가요?"

반악은 가만히 생각하다가 고개를 끄덕였다.

"적당한 게 좋겠소. 너무 많은 사람이 죽게 된다면 그저 시키는 대로 하기만 하던 교도들까지 형체화된 적대감을 품게 될 거고, 그럼 우리에게 좋을 게 없으니까."

"지금 시작 할까요?"

견일이 서쪽으로 사라져 가는 태양을 쳐다보며 물었다.

"적당히 어둠이 깔려야 할 테니 한 식경 뒤에 움직이는 게 좋겠다. 그리고 저들이 머물 천막에 불도 질러라. 최대한 불편하게 만들어야 하니까."

"알겠습니다."

한 식경 뒤, 견일 등은 산 아래로 내려갔고, 반악은 염서성과 묵담향을 남겨 두고 식량을 구하기 위해 혼자서 동굴 밖으로 나갔다.

*　　*　　*

산 아래로 내려간 견일 등은 일반 천부교도들이라 해도 포위가 워낙 엄밀하고, 중간 중간 눈썰미가 매서운 천부교도들이 섞여 있어 무턱대고 움직여선 안 된다는 걸 깨닫게 되었다.

그래서 작은 계획을 세워 움직였다.

일종의 성동격서(聲東擊西).

견일과 견삼이 한쪽에서 소란을 피우는 사이 견이가 신경이 분산된 반대편을 통해 빠져나간 것이다.

견이는 식량을 쌓아놓은 곳으로 숨어들어가 일부에 독을 뿌리고, 곧바로 천막 등을 빠르게 돌며 불을 붙였다. 그러자 불길이 곳곳에서 치솟고, 놀란 교도들이 불을 끄기 위해 이리저리 뛰어다녔다.

견이는 흡족함을 느끼며 산 쪽으로 움직였다. 그리고 견일 등과 합류하여 쫓아오려는 교도들을 떨쳐내고 산을 올라 동굴로 돌아갔다.

그들은 반악이 잡은 토끼로 허기를 때우고 난 뒤, 산 중턱까지 내려가 가장 높은 나무에 올라가서 천부교의 동정을 살펴보았다.

"어떻게 된 거야?"

견일과 견삼은 실망스런 표정으로 견이를 쳐다봤다.

불로 인해 발생한 혼란이 기대만큼의 효과를 발휘하지 못했기 때문이었다.

하지만 견이의 잘못이 아니라, 천부교가 훌륭하게 대처했을 뿐이었다.

산꼭대기에서 내려온 물이 고여 형성된 작은 호수가 근처에 있었고, 증장천작의 즉각적인 지시를 받은 수백 명의 교도들이 일사분란하게 소화 작업을 벌여 혼란스러울 만큼의 피해를 입지 않은 것이다.

"상관없어. 어차피 내일이면 독 때문에 정신을 못 차릴 텐데, 뭐."

세 사람은 약간 아쉽긴 했지만 화공의 실패를 담담하게 받아들였다.

반악도 그에 대해 별말을 하지 않았다. 큰 기대 없이 조금이라도 천부교의 무리를 불편하게 만들자는 목적으로 지시한 것이기 때문이었다.

그리고 다음 날, 산 아래에선 새벽부터 밥을 짓는 연기가 곳곳에서 피어올랐다.

반악은 밥 짓는 연기가 사라지자 직접 아래로 내려가 분위기를 살폈다.

예상했던 반응은 금방 나타났다.

갑자기 입에 거품을 물고 쓰러지는 교도들이 속출하고, 한 시진 동안 경련을 일으키다가 숨이 끊어진 교도가 열 명도 넘었다.

하지만 반악의 흡족한 기분은 오래 가지 않았다.

'젠장.'

교도들 중에는 의원들이 있었다.

그리고 약초꾼들도 있었다.

그 두 부류가 힘을 합치자 식량에 독이 들어갔다는 것과 그 독의 종류, 해독 방법을 알아내고 처방을 내린 데 이은 투약을 거쳐 중독된 교도들을 회복시키는 과정이 일사천리로 이루어졌다.

이후 교주의 허락을 받은 증장천작이 일장의 연설을 늘어놓았다.

반악 등이 천부교에 악감정을 품고 여교도들을 납치했다는 등의 진실에 기반을 둔 일부 날조된 이야기부터 시작하여, 몰래 숨어들어 식량에 독을 살포했음이 분명하다는 제법 날카로운 추측에 근거한 험담이 주를 이루는 연설이었다.

그래서 악도들을 잡기 위해 교주까지 직접 나서게 된 것이라는 말로 연설이 끝나자, 수백의 교도들은 눈동자와 얼굴, 온몸 가득 적개심을 표출했다.

반악은 산 위로 빠르게 올라갔다.

이제부터 수백 명의 천부교도들이 눈에 불을 켜고 열성적으로 수색하면서 포위망을 좁혀올 것에 대비하기 위해서는 머리를 맞대고 고민할 필요가 있었으니까.

*   *   *

"대가리만 치면 해결되는 거 아닙니까?"

염서성이 고민할 게 뭐가 있느냐며 말했다.

견일 등도 살짝 동조하는 기색을 보였다. 그러나 묵담향
이 부정적인 반응을 보였다.

"너무 위험하지 않겠어요? 여기 계신 분들의 실력이 의심
할 바 없이 뛰어나다는 것은 알고 있지만, 상대는 무공을 모
르는 이들이 많다고 해도 수백 명이잖아요. 그리고 만약 성
공을 한다고 해도, 그 이후엔 어떻게 하나요? 교주의 죽음
에 분노한 수백 명 교도들의 포위를 뚫는 것에서부터, 그들
의 한 맺히고 광기어린 추적에서 벗어나야 한다는 것도 충
분히 고민을 해야 할 거예요."

반악도 묵담향의 말에 동감했다.

그가 자신을 배반한 상관모옹 등의 주요 원수들만 죽이려
고 시도하지 않았던 건 거룡성도 그냥 둘 수 없다는 생각이
있었기도 하지만, 그게 너무나 위험부담이 크고 성공 가능
성도 높지 않다고 생각했기 때문이었다.

머리만 자르면 모든 게 끝나는 경우는 혈맹파처럼 무리의
규모, 내부의 성향 등의 여러 여건이 잘 맞았을 때나 해당되
는 것이다.

물론, 천부교도 내부적으로 반목과 의심의 문제가 있다고

한다면 아주 가능성이 없는 건 아니지만.

그러나 지금 천부교도들이 자신들을 압박하는 모습만 보자면 그럴 가능성은 높지 않았다.

저리 일사분란하게, 그리고 자신의 몸을 돌보지 않고 열심히 뛰어다니는 교도들의 모습 어디에서 반목과 의심의 그림자를 찾을 수 있단 말인가.

견이가 조심스럽게 의견을 냈다.

"주인님, 각개로 격파하는 게 어떻겠습니까?"

"각개로?"

"우리가 둘이나 셋으로 나누어 움직이면 자연히 놈들도 힘을 분산시켜야 할 겁니다. 지금 놈들의 하는 짓거리를 보면 넓게 포위해서 우릴 한곳으로 몰아가려는 생각인 것 같은데, 놈들의 생각대로 움직일 필요는 없잖습니까. 오히려 흩어져서 기회가 될 때마다 놈들 중에 머리 역할을 하는 것들을 하나씩 처리해서 결과적으로 지휘체계를 무너트리는 겁니다. 그럼 나중에 우리가 포위를 뚫고 가더라도 추적해 오는 데에 어려움을 느끼지 않겠습니까."

"그럴듯한데."

"나쁘지 않은 생각이야."

견일과 견삼, 염서성도 동조하며 제법이라는 듯 견이를 쳐다보았다.

반악은 묵담향의 의향을 물었다.

"나도 괜찮다는 생각이 드는데, 어떻소?"

"지금으로선 그게 최선일 것 같아요. 그런데 어떤 식으로 나누어야 하죠?"

반악은 가만히 생각하다가 견일과 견삼, 견이와 염서성, 그리고 자신과 묵담향이 짝을 짓는 게 좋겠다고 말했다.

이왕 힘을 분산시키려고 한다면 두 쪽보다 세 쪽이 나으니까.

그리고 견일과 견삼은 은신과 암습에 익숙하고, 염서성은 그런 면에서는 많이 부족하나 견이의 도움을 받으면 상대적으로 강한 무공과 몸이 단단하다는 장점을 살려서 잘해 나갈 수 있을 것이라고 본 것이다.

"어떠냐?"

반악의 물음에 견일 등과 염서성은 두말 않고 고개를 끄덕였다.

사실 아무런 도움도 안 되고 오히려 거추장스럽기만 한 묵담향을 맡지만 않는다면, 절대 잡히지 않고 적들을 헤집어 놓을 자신이 있었으니까.

그래서 반악이 맡겠다고 한 게 고마울 따름이었다.

"무리해서 몸을 드러내 싸우려고 하지 말고, 한 놈이라도 확실하게 잡을 수 있도록 신중하게 움직여라. 가끔씩은 서로 공조를 해서 움직이는 것도 좋을 거다. 무슨 말인지 알아듣겠지?"

"명심하겠습니다."

"그럼 흩어져라."

견일과 견삼은 서쪽으로, 견이와 염서성은 북쪽으로, 그리고 반악은 잠시 나무 위로 올라가 천부교도들이 산을 타고 오르는 방향과 움직임을 살펴보다가 묵담향과 함께 동쪽으로 움직였다.

＊　　＊　　＊

견이의 의견은 나쁘지 않았다.

그래서 흩어져서 대응하기로 결정한 것도 옳은 선택이라 할 수 있었다.

하지만 문제는 천부교가 왜 그들을 쫓아왔는지, 누구를 노리고 있는지에 대해서 몰랐고, 충분히 고민하지 않았다는 데에서 발생했다.

물론, 묵담향이 극음지체이고, 교주가 그녀를 너무도 간절히 원하리라고는 반악을 비롯해 누구도 예상할 수 없었겠지만.

어쨌든 천부교의 목적을 모르고 있었다는 점으로 인해서 저녁 무렵이 되었을 때 반악과 묵담향은 낭패스런 상황에 처할 수밖에 없었다.

견일과 견삼, 그리고 견이와 염서성이 크게 활약하여 꽤 많은 숫자의 천부교 무사들을 제거함으로써, 본의 아니게 반악과 묵담향이 그들과 따로 움직이고 있다는 걸 증장천작이 유추할 수 있도록 만들었던 것이다.

그래서 증장천작은 지국천작과 광목천작에게 견일 등이 눈치채지 못하도록 그들을 상대하는 척하게 하고, 실상 거의 대부분의 주요 전력을 견일 등이 활동하는 곳의 반대쪽, 아마도 반악과 묵담향이 있지 않을까 예상되는 양곡산의 동쪽 지형을 집중적으로 수색하도록 지시했다.

*　　*　　*

핑―

화살이 날아갔다.

날이 어둑해져 가고 있었고, 궁수의 실력이 뛰어나지 않은 데다, 노리고 쐈다기보다 반사적으로 시위를 놔버린 것이며, 날아간 방향이 무성하게 자란 나뭇가지 사이였기에 목표를 맞추지 못하고 나뭇잎만 몇 개 떨어트린 채 저 멀리 사라져 버렸다.

하지만 그 한 발로 인해서 주변에 있던 천부교도들은 반악과 묵담향이 그 방향에 있다는 걸 알게 되었다.

"저쪽이다!"

누군가의 외침과 함께 십여 명이 우르르 몰려갔다.

반악은 묵담향을 굵은 나뭇가지에 앉혀 두고 아래로 뛰어
내렸다.

"나타났다!"

무공을 익히지 않은 교도들, 무공을 익힌 교도들 구별 없
이 들고 있던 칼과 몽둥이를 휘둘렀다.

하지만 반악이 고개와 어깨, 그리고 허리를 살짝살짝 트
는 움직임으로 모두 피해 버렸다.

퍼퍼퍼퍼퍽!

잔영이 생겨날 정도의 속도로 뻗어나간 주먹과 발길질에
맞은 교도들이 우르르 뒤로 나동그라졌다.

"으아~!"

기합성과 함께 한 명의 교도가 쓰러진 교도들을 뛰어넘으
며 칼을 휘둘렀다.

무공을 익히지 않은 교도인지, 칼질이 어색하고 서툴렀다.

반악은 파리를 쫓듯이 손으로 칼을 쳐냈다. 하지만 교도
는 칼을 놓치고도 포기하지 않고 온몸으로 내리눌러 버리겠
다는 듯 펄쩍 뛰어올랐다.

틱.

반악은 번개처럼 손을 뻗어 교도의 목을 움켜잡았다.

"커컥……."

공중에 들린 교도는 양팔과 양다리를 허우적거렸다.

반항의 의지인지, 아니면 숨이 막혀 그러는 것인지 알 수가 없었다.

'죽일까?'

교도는 딱 보아도 어렸다.

아무리 많다고 해도 스물을 넘지 않았을 것이다.

반악은 교도의 얼굴을 빤히 쳐다보며 생각했다.

무슨 생각으로 천부교에 입교한 걸까?

어떤 마음으로 여기까지 와서 잘 다루지도 못하는 칼을 휘두르고 있는 걸까?

'이 녀석은 일면식도 없는 내게 어떤 마음을 품고 있는 건가?'

지금은 충혈된 눈동자 가득 두려움과 좌절감이 맺혀 있었다.

하지만 조금 전 칼을 휘두를 때의 기합과 표정엔 분명한 적개심이 담겨 있었다.

교도의 눈동자를 채우던 그렁그렁한 눈물이 결국 뺨을 타고 주룩 흘러내렸다.

숨이 막혀서? 아니면 죽기가 싫어서?

교도의 바지가 축축하게 젖으며 지린 오줌 냄새가 나는 걸 보면 후자인 모양이었다.

이때 옆에서 칼이 휘둘려 왔다.

"내 친구를 놔 줘, 이 악도야!"

말하는 것도 그렇고, 또래로 보이는 외모도 그렇고, 위험을 무릅쓰고 덤벼드는 것도 그렇고, 무척 오랫동안 우정을 나눈 사이인 모양이었다.

어쩌면 어릴 때부터 같이 자라서 비슷한 꿈과 이상을 마음에 품고 함께 천부교에 입교했을지도 몰랐다.

반악은 고개를 옆으로 꺾어 칼을 피하고 발을 번개처럼 내질러 복부를 걷어찼다.

쓰러진 교도는 구역질을 하며 일어나지 못했다. 하지만 고개를 쳐든 얼굴에는 절대 굴복하지 않겠다는 의지가 서려 있었다.

종교란 진정 이런 것인가?

알지도 못하는 사람에게 부모를 죽인 철천지원수를 쳐다볼 때나 지을 법한 표정을 짓게 만드는, 그래서 망설임 없이 칼을 휘두르게 하는 것이 종교의 힘이란 말인가?

그렇다면 신의 이름을 빌어 수많은 이들의 정신과 의지를 이끌어 가고 조종하는 자들의 말 한마디가 가진 위력은 정말 엄청난 것이다.

그리고 지금의 상황은 그들이 욕심을 억누르지 않으면, 그들의 가치관과 개념이 균형을 잃고 한쪽으로 치우쳐 버리면 얼마나 많은 사람들이 피해를 입고 죽어 가게 되는지를 확실히 느끼게 해주었다.

'자기가 뭘 하고 있는지도 모르는 놈들을 죽여서 뭐하겠냐.'

반악은 목을 잡고 있던 교도의 마혈을 찍고 옆으로 던졌다.

그리고 주춤거리며 주위를 맴도는 교도들의 당황한, 두려움 섞인 얼굴을 둘러보고는 먼저 달려들었다.

핑.

화살이 날아왔다.

반악은 날아오는 화살을 잡아 궁수를 향해 던졌다.

"악!"

어깨에 화살이 박힌 궁수가 비명을 지르며 활을 놓치고 쓰러졌다.

반악은 교도들이 본능처럼 휘두르는 칼을 피하고 그들의 마혈을 찌르는 방식으로 십여 명의 교도들을 모두 제압했다. 주먹에 맞거나, 발에 걷어차여 일어나지 못하는 교도들도 일일이 다가가 마혈을 찔러 꼼짝 못하게 만들었다.

'이게 뭐하는 짓인가 싶지만······.'

반악은 이들을 죽이는 게 의미가 없다는 자신의 생각을 그냥 따르기로 했다.

반악은 나무 위로 솟구쳐 올라 묵담향의 옆에 내려섰다.

그런데 묵담향은 뭔가 기묘한 느낌이 담긴 시선으로 그를 쳐다봤다.

"왜 그렇게 보는 거요?"

묵담향은 아무것도 아니라며 고개를 내저었다.

하지만 그녀는 내심 반악이 달라졌다 생각하고 있었다.

'꿩요 대사님의 노력이 아주 헛되지는 않은 것 같아.'

하지만 그런 속내를 말로 표현하지는 않았다.

만약 불존 때문에 반악이 교도들을 거침없이 죽이지 않고 살려 두는 것 같다는 말을 한다면 오히려 거부감을 일으킬 테니까.

"갑시다. 잠시 쉴 공간을 찾아야겠소."

묵담향은 일어나서 반악에게 몸을 기댔다.

처음엔 거부감이 들고 당혹스러웠지만, 아직도 얼굴이 붉어지기는 마찬가지였지만, 이젠 반악에게 안겨서 움직이는 것에 익숙해져 버린 것이다.

반악은 묵담향을 안고서 나뭇가지를 깊게 눌렀다가 그 탄력을 이용하여 오른쪽 나무를 향해 뛰어올랐다.

*　　　*　　　*

산 중턱에 형성된 작은 협곡 모서리.

반악과 묵담향은 위에서 내려다봐도 눈치챌 수 없는 위치에 나란히 앉아 있었다.

"춥소?"

때는 여름이었지만 산속은 일교차가 심해서, 밤이 되자 낮과 달리 기온이 싸늘하고 냉랭했다.

반악은 거의 한서불침의 경지에 이르러 별 상관이 없었지만, 무공을 익히지 않았고 몸까지 약한 묵담향에게는 만만한 기온이 아닐 것이다.

하지만 묵담향은 고개를 흔들었다.

"참을 만해요."

그러나 팔짱을 끼고 어깨를 움츠리고 있으니 그 말을 믿을 수가 없지 않겠는가.

반악은 상의를 벗어 내밀었다.

"걸치시오."

"괜찮아요."

"지금이야 참을 만하겠지만, 조금 뒤에는 체온이 내려가 입술이 덜덜 떨릴 만큼 추위를 느끼게 될 거요."

"반 소협은요?"

자신에게 옷을 주면 상체가 맨몸의 상태인데 괜찮겠냐고 묻는 것이다.

"내게 이 정도는 거의 영향을 주지 않소."

"무림인들은 좋겠어요. 무공이란 건 의외로 실생활에 많은 도움이 되는 것 같아요."

반악은 내심 움찔했다.

부용설도 그에게 비슷한 말을 한 적이 있기 때문이었다.

문득 그녀의 얼굴이 떠올랐다.

'지금 뭘 하고 있을까?'

저도 모르게 쓴웃음을 지었다.

방해가 된다 하여 매몰차게 떠나보낸 여자가 지금 뭘 하고 있는지 알아서 어쩌겠다는 건가.

"무슨 생각을 해요?"

"별거 아니오. 그냥…… 이 상황을 어떻게 벗어날까에 대해 생각했소."

묵담향은 한숨을 내쉬며 말했다.

"미안해요."

"뭐가 말이오?"

"나 때문에 제대로 싸우지도 못하고, 빠져나가지도 못하고 있잖아요."

"미안할 거 없소. 묵 소저와 함께 가야 한다는 걸 알고부터 이 정도는 각오했었으니까."

이번 임무를 진행하는 데에 있어서, 처음부터 그녀의 동행 자체를 여러 가지로 귀찮고 불편한 요소로 인식했었다는 대답이었다.

하지만 묵담향은 기분 나빠하지 않고 웃었다.

반악의 성향을 몰랐다면 모르겠지만, 그는 언제나 이런 식이었으니까.

오히려 그 솔직함이 다른 사람들과 구분되는 장점이라고 생각했다.

묵담향은 반악의 겉옷을 어깨에 걸치고 꼭 여미면서 물었다.

"내가 고맙다는 말을 했던가요?"

"……?"

"반 소협은 여러 번 날 구해주었잖아요. 구화산에서도 그 랬고 마 관주, 아니 고변책 그자가 자결했을 때에도 반 소협 이 아니었다면 큰일이 났을 거라고 다른 분들한테서 들었어 요."

반악은 고변책이 자폭공으로 자결했을 때의 상황을 그녀 가 모르고 있는 줄 알았다.

그런데 모두 알고 있었다니…….

"물론, 그 때는 나뿐만 아니라 다른 당원들도 위험해질까 봐 그랬겠죠."

"……."

반악은 아무 대꾸도 하지 않았다.

실상은 다른 사람들은 생각 않고 묵담향이 위험해질까 싶 어서 무리를 했었던 거라고 말할 수는 없었으니까.

"이번 여정 중에도 여러 번 도움을 받았잖아요. 너무 늦었 지만 지금이라도 말하고 싶어요. 정말 고마워요."

웅크린 상태에서 살짝 고개만 들고 쳐다보는 묵담향의 눈 동자는 달빛 때문인지 유독 영롱하게 반짝거렸다.

반악은 그 시선을 똑바로 마주할 수 없었다. 괜스레 이상 한 기분이 들었기 때문이었다. 그래서 부자연스럽지 않게, 당황했다는 기색을 드러내지 않고 시선을 외면하며 하늘을 쳐다보았다.

"고마울 거 없소. 할 수 있기 때문에 했던 거요."

"그렇기는 하지만, 고마운 것은 고마운 거잖아요. 그리고 세상에는 할 수 있어도 하지 않는 사람이 많고요. 가만, 그러고 보니, 우린 이제 말 그대로 생사고락을 함께 하는 동료가 되었네요."

묵담향은 기분이 좋다는 듯 환하게 웃었다.

"묵 소저는 종잡을 수 없는 사람 같소."

"뭐가요?"

반악은 바로 대꾸하지 못했다.

잔혹마 시설 만났을 때의 느낌과 환골탈태 후 만났을 때의 느낌이 너무 달랐고, 반룡복고당에서 같이 활동할 때와 지금은 또 다른 느낌이었다.

하지만 잔혹마 시절의, 묵담향이 기억하지도 못할 만남을 거론할 수는 없는 일이 아닌가.

그래서 대충 말을 지어내 얼버무렸다.

"본거지에서 묵 소저의 동생을 만난 적이 있소. 그 아이에게 듣기로 꽤나 엄한 누이라고 하더이다. 그런데 내가 알고 있는 묵 소저는 그렇지 않으니까 하는 말이오."

"반 소협이 볼 땐 내가 어떤데요?"

"잘 웃고, 잘 말하고, 때론 변덕스럽지만 대체로 활달한 사람이오."

"내가 변덕스러운가요?"

"그렇소."

"하긴, 반 소협이 그리 느낄 만도 하죠."

묵담향은 잠시 말이 없었다.

뭔가 할 말이 있어 보이기는 한데, 시원스럽게 말하기가 망설여지는 내용인 모양이었다.

반악은 차분히 기다렸다. 다그쳐서 꼭 들어야 할 이유가 없었으니까.

"사실 철이 앞에서 엄해지는 건, 내가 없어도 그 아이가 혼자서 구김살 없이 당당하게 잘 살 수 있기를 바라기 때문이에요."

"······?"

"난 오래 못살아요."

"무슨 말이오?"

"우리 집안사람은 남녀를 가리지 않고 음기가 매우 강해요. 혹시 천음지체란 말을 들어 본 적이 있나요?"

"있소."

탈태환골을 이루기 위해 별의별 것을 다 조사하고 다녔으니, 특이하고 희귀한 신체에 대해 알고 있는 것도 이상한 일은 아니다.

물론, 눈으로 보고 접촉하는 정도로 단박에 알아챌 만큼 해박하지는 못하지만.

"묵 소저가 천음지체의 몸이란 말이요?"

"맞아요. 그리고 철이도 나와 같아요."

반악은 그제야 오래 못 산다는 말의 뜻을 이해했다.

천음지체를 가지고 태어난 사람이 대부분 단명한다는 건 그도 알고 있는 사실이었으니까.

'그래서……'

강한 음기 때문에 묵담향과 묵담철의 얼굴이 유난히 하얗고 동안이었단 말인가?

"언제부터인지는 정확하지 않지만, 선대에 음기가 강한 분들이 몇 분 있었다고 해요. 그런데 갈수록 그런 분들이 많아졌고, 부모님 대에는 음기가 강한 몸으로 태어나는 게 당연하게 받아들여질 정도가 되었죠. 부모님도 내가 어릴 때 돌아가셨어요. 만약 그때 당주님이 함께 계시지 않았다면, 그리고 나와 철이를 맡아 주시지 않았다면, 어떻게 되었을지 상상도 되지 않아요."

그래서 지난번 당주가 그들의 은인이라고 말을 했던 모양이었다.

"상대적으로 여자들이 더 오래 살기는 하지만, 그것도 길어 봤자 오 년의 차이 정도에 불과해요. 그래서……"

끝맺지 못했지만 묵담향이 하려는 말은 뻔했다.

그러나 반악은 그녀의 말에서 이해가 가지 않는 점이 있었다.

"묵 소저의 집안이란 것은 부계를 말하는 거요, 아니면 모계를 말하는 거요?"

"부계에요. 어머님은 옆 마을에서 시집 오셨어요."

"묵 소저의 집안은 원래부터 그 마을에서 살았던 거요?"

"그 마을에서 살기 시작한 건 제 위로 오 대 부터에요. 선조께서 그곳에 자리 잡으시고 부터 사람들이 모여들어 마을이 형성되었다고 들었어요. 그런데 그건 왜 묻죠?"

반악은 대꾸는 하지 않고 다시 물었다.

"혹 마을에 산이나 수심이 깊은 계곡이 있소?"

"산이 있어요. 다공산(多蚣山)이라고 하는데 꽤 높고 험해요. 마을이 다공산 바로 밑에 있고요."

"다공산이라면 그곳에 지네가 많은 모양이오?"

"예전엔 그랬던 모양이에요. 하지만 내가 자랄 때는 본 적이 거의 없어요."

반악은 뭔가 생각에 빠진 듯, 이후 아무 말이 없었다.

묵담향은 왜 그런 걸 묻는지 알 수가 없었지만 물어볼 분위기가 아닌지라 알아서 이야기해 주겠거니 하며 조용히 기다렸다.

"……!"

반악이 갑자기 벌떡 일어났다.

그리고 눈을 감고서 뭔가를 듣는 모양새를 취하는 듯하더니, 묵담향에게 일어나라고 말했다.

"왜 그래요?"

"천부교가 우릴 잡기 위해 밤낮을 가리지 않기로 한 모양이오. 제법 많은 인원이 이쪽으로 다가오고 있소."

"우리가 그들의 기분을 단단히 틀어지게 만든 모양이네요. 하지만 역시 이렇게까지 하는 저들이 이해가 가지 않아요."

"나도 그렇소. 뭐, 언젠가 알게 되겠지. 일단 다른 곳으로 이동합시다."

반악은 자연스럽게 묵담향을 안아들고 어둑한 계곡 위쪽으로 몸을 날렸다.

*   *   *

산자락 곳곳에서 불빛이 아른거렸다.

수백의 교도들이 제등(提燈: 자루가 있어 들고 다닐 수 있는 등)을 들고 산속을 이 잡듯이 뒤지고 다니고 있기 때문이었다.

그러나 증장천작은 지금의 상황이 여전히 만족스럽지 않았다.

'피해가 너무 커.'

이제까지 죽고 다친 교도만 삼십 명이 넘었다.

문제는 양이 아니라 질이었다. 죽고 다친 교도들 대부분이 무공을 익혔고, 상대적으로 수준이 높아 다른 무사들을 관리하는 위치에 있는 교도들이라는 게 문제였다.

'여자와 젊은 놈을 거의 구석으로 몰아가긴 했지만……'

신기한 것은 여자 쪽에는 별다른 피해가 없다는 것이었다.

대부분 혈도가 찍혀 움직이지 못하는 상태로 발견되고 있어 그를 의아하게 만들었다.

'무슨 속셈인지 모르겠군.'

광목천작 등의 말에 의하면 불존과 맞상대한 젊은 놈이 무리 중 가장 단호하고 냉정한 손속으로 교도들을 죽이고 다치게 만들었다고 하지 않았던가.

이 때 폐례다가 다가왔다.

"증장천작님, 여자와 젊은 놈이 꼭대기 쪽으로 가고 있는 게 목격되었습니다."

"역시 예상대로군."

"그런데 반대쪽에 있는 놈들이 아무래도 우리의 계획을 눈치챈 모양입니다. 그들이 나타나는 위치가 점점 여자 쪽에 가까워지고 있습니다."

"길어 봤자 한 시진 정도면 여자와 젊은 놈을 완전히 구석으로 몰아갈 수 있을 것이다. 그때까지 방해하지 못하도록 교도들을 더 투입해라."

"알겠습니다."

"잠깐, 지금 천단이 몇 개 남았지?"

"이백 개가 조금 안됩니다."

"놈들 쪽을 막고 있는 교도들에게 모두 지급해서, 놈들이 나타나면 복용하고 싸우게 해라."

앞으로 천단을 다시 조제하여 필요한 만큼의 물량을 확보하려면 많은 돈과 노력, 그리고 시간이 필요하겠지만 지금은 빨리 상황을 마무리 짓는 게 더 시급한 것이다.

"알겠습니다."

폐례다가 지시를 하달하기 위해 사라지고, 얼마 있지 않아 아래로 내려가 쉬고 있겠다고 했던 다문천작이 다급히 올라왔다.

"문제가 생겼소."

"......?"

"여기로 오기 전에 신경이 쓰여서 수하 몇 놈에게 제남과 태안 쪽을 감시케 했는데, 지금 황보세가의 고수들이 이쪽으로 오고 있다고 알려 왔소."

"......!"

증장천작의 얼굴이 일그러졌다.

"어찌해야겠소?"

"지금이라도 작업을 멈춰야 하오. 아무리 여자가 중요해도 황보세가의 문제보다 중요하진 않을 테니까."

증장천작은 교주를 설득하기 위해 다문천작과 함께 아래로 달려갔다.

증장천작은 교주의 마차 앞에 머리를 조아리고 황보세가
에 대한 보고를 했다.

"……해서 저의 생각을 말씀드리자면, 일단 황보세가의
문제를 해결하고 난 뒤에 다시 저들을 잡……!"

쾅―

갑자기 커다란 폭발음과 함께 마차의 벽이 박살나고 사방
으로 튕겨나갔다.

증장천작과 다문천작은 물론이고 주변에 있던 교도들까
지 놀라서 뒤로 물러났다.

파편이 가라앉으며 교주의 모습이 드러났다.

형형색색의 화려하고 풍성한 옷차림, 눈동자만 드러내고
얼굴을 가린 노란 면사, 머리에 쓴 모자는 태양을 연상케 하
듯 그 끝이 둥글게 물결치며 삐죽이 치솟아 올라서 보는 이
로 하여금 절로 머리를 숙이게 만드는 위압감을 발산하고
있었다.

"증장천작―."

중성적이기는 했으니 이제까지 들었던 그 어떤 목소리보
다 크고 힘이 넘쳤기에 증장천작은 저도 모르게 어깨를 움
츠렸다.

"때란 것은 이후로 미룰 수 없는 것이다. 본좌가 직접 가

서 산속에 숨은 자들을 잡을 것이니, 증장천작은 황보세가
의 무리가 올 것에 대비하라."

"알겠습니다, 교주님."

증장천작이 머리를 숙이며 대답하자, 교주는 가볍게 바닥
을 찍고 양곡산으로 뛰어올랐다.

한 걸음에 다섯 장을 뛰어넘어 버리는, 가히 날아간다는
말에 어울릴 만한 경공술에 교도들은 경악했다.

심지어 다문천작도 놀랄 정도였다.

"제석극락 불신구천!"

교도들은 교주가 사라진 방향을 향해 무릎 꿇고 한목소리
로 외치고, 또 외쳤다.

"우리도 갑시다."

교주의 엄청난 경공술에 할 말을 잃고 있던 증장천작은
다문천작을 쳐다보며 물었다.

"어딜 말이오?"

"난 교주의 무공이 어느 정도인지 직접 확인해야겠소. 그
항마철불과 맞상대했다는 젊은 놈과 교주가 싸우게 되면 확
실히 결정할 수 있겠지."

"……?"

"앞으로 우리가 진정 어떤 마음으로 교주를 대해야 할지.
말이오."

다문천작의 말은 의미심장한 뜻을 담고 있었다.

그리고 공감이 가기도 했다.

"먼저 가시오. 난 따로 지시를 내리고 뒤따라가겠소."

"알겠소."

다문천작은 곧장 교주가 사라진 방향으로 경공을 펼쳐 달려갔다.

증장천작은 잠시 생각에 잠겼다가 황보세가의 고수들에 대처할 수 있도록 심복들을 불러 지시를 내리고, 자신 역시 산으로 향했다.

〈9권에서 계속〉

역천의 황제
Rebirth the Great
태제 판타지 장편소설
FANTASYSTORY & ADVENTURE
문피아 판타지 베스트 1위, 골든 베스트 1위!
『리버스 담덕』의 작가 태제의 신작 판타지 장편소설!
신들의 꼭두각시가 되기를 거부한 황제의 마지막 선택
이 미들란 대륙의 역사를 송두리째 뒤흔든다!
베헬린 대전과 함께 정복황제 샤르엔의 시대는 끝이 났다.
그러나 새로운 철혈군주의 시대는 이제부터 시작이다!
dream
books
드림북스

이환 판타지 장편소설

FANTASYSTORY & ADVENTURE

숲의종족

클로네

『은빛마계왕』, 『정령왕 엘퀴네스』의 작가!
이환이 그려간 신비로운 숲의 종족 클로네!

곳적부터 이어온 클로네와 마물족 간의 대결,
그리고 그에 얽힌 세계의 종말에 관한 비밀!

세계를 구하려면 클로네의 비밀을 찾아야 한다.
운명의 아이, 세이가 그 끝 모를 모험에 뛰어든다!

dream
@books
드림북스

DUSK HOWLER

더스크 하울러

태선 게임 판타지 소설
GAME FANTASY STORY

『다이너마이트』, 『타나토스』의 작가 태선의 신작!
소심한 성격을 극복하기 위해 밸런스 막장으로
소문난 게임 '트리키아'에 뛰어들었다

마법사라면 쳐맞아도 주문은 외워야 산다!

어떤 상황에서도 주문을 외는 강철 주둥이,
인간 종족의 이단아가 되어 암흑 지역을 지배한다!